ウィリアム・ハズリット

William Hazlitt

テーブルトーク

Table Talk

上

高橋昌久 訳

文芸社

凡　例

一、本書はウィリアム・ハズリット（1778-1830）による *Table-Talk Essays on Men and Manners* の Vol.1を William Hazlit, *Table-Talk Essays on Men and Manners*, Kindle Edition, 2011. を底本として私、高橋昌久が翻訳したものである。

二、表紙の装丁は川端美幸氏による。

三、原文（オリジナル）にあった注は本文中にアラビア数字で振り、各章末に【原　注】と明記の上記載した。
その他、読書の助けとして訳者がラテン数字で施した注は【訳者注】として併せて記載した。

四、古典ギリシアの文物に関しては訳者の方針を優先し、再建音でカタカナで記載している。
その他、本文に登場する言葉は可能な限り【訳者注】にて現代のネイティヴの発音に近いカタカナで記載している。

五、「訳者序文」の前の文言は、訳者が挿入したものである。

六、《　》内の文言は、訳者が本文に補足したものである。

七、本書籍は京緑社の kindle 版第三版に基づいている。

Lorenzo: No, pray thee, let it serve for table-talk; I shall digest it.
Jessica: Well, I'll set you forth.

ロレンゾ：いやお願いだから、テーブルトークの時までとっておいてくれ。その時に聞くからさ

ジェシカ：わかったわよ。たっぷり聞かせてあげるわ

『ヴェニスの商人』シェイクスピア

訳者序文

ウィリアム・ハズリット（William Hazlitt：一七七八〜一八三〇）はイギリスのエッセイストで文芸批評家でもあった。彼はサミュエル・ジョンソンやジョージ・オーウェルと並ぶ英語の最も偉大な批評家・エッセイストである。

その彼のこの『テーブルトーク』を知ったのはモームの『読者案内』においてである。そこでは『食卓閑話』と題名が翻訳されていたが、私は響きの良さやシンプルさも考慮し、敢えて題名そのままをカタカナにした。『読者案内』において紹介されている他の作品では有名なものもあればマイナーなものもあるが、マイナーな作品でも一応翻訳は出てはいた。だがこの『テーブルトーク』は翻訳がなかった。そしてそのことを知った十年以上前に、私はこの作品をいつか翻訳できたらな、と漠然ながら朧気ながら心のどこかで思っていた。未翻訳故に、日本初翻訳として一から訳していかなければならなかった。その分量と内容とともに、今まで翻訳してきた十七作品が練習だったと思ってしまうくらいハードであった。

最高のエッセイストであり、その中でも最良の作品が収められているとされるだけあって、その出来は確かに申し分のないものである。取り上げられているテーマは多方面にわたり、中には哲学的であったり、しっかり美学を取り込んだりしたものもある。「普通の」散文英語としては最高峰であり、見慣れない単語や常用単語でも普段使わない意味のものも多数あり、辞書をひたすら調べ上げることになり、頭脳労働というよりももはや肉体労働でありスポーツをやっている気分になった（「普通の」というのは、専門的知識が専ら取り扱われたり、『ユリシーズ』のような背景知識の取得が必須であったり、『響きと怒り』のような特殊な文学表現ではない、特殊な下調べなしに読めるという意味での「普通」である）。そして多岐にわたるテーマをうまく日本語に落とし込んでいくため、私は今まで得た全てのものを注ぎ込んでいった。英語能力、読解能力、文学的・哲学的知識と素養、膨大な量を翻訳するという肉体的パワー、翻訳者ではなく文章創作家としての経験と力量、最後まで挫けぬメンタリティ、とにかく古典を読み始めて今に至るまでの十五年間、私の全てを注ぎきった作品である。大袈裟に聞こえる人もいるだろうが、私が生を授かりこの世に生まれてきた意味をこの翻訳を完成したことにより、達成したと思っている。まさに私の総決算であった。

しかしながら、作家として私は公平にならねばならない。この『テーブルトーク』は第一部と第二部に分かれていて、確かに第一部の完成度は申し分ないが、第二部になると完成度は落ち欠点が目につき始める。彼が突然取り扱っているテーマとは無関係な自己語りを始めたり、そこまで行かずとも話を脱線したりすることがかなり目につくのだ。そして第一部のような知性の閃きを感じさせる箇所も多々あるが、それもどこか散発的で、一つのエッセーとして見た場合どうにも首を傾げてしまうことが多い。ただし第二部の最後の章「死の恐怖について」の完成度は第一部を含め全体の中で素晴らしい出来のエッセーで、それで有終の美を飾ったとも言えよう。

ともかく、今こうしてこの作品を日本語で送り出せて我ながら感無量である。しばしの休憩のためにこの序文もこれで締めくくりたい。

目次

■エッセー一　絵を描く喜び

絵を描くことにはその創作者にしかわからない喜びがある。文章を書く時は世間と対峙しなければならない。だが絵を描く際は自然と馴れ合いのような喧嘩をするだけでいいのである。描くべきもののために腰を下ろしさえすればもう幸福だ。鉛筆を手に取り自然の容貌に目を向けた瞬間から、創作者は安らかな心持ちになる。黙々と行われる創作を邪魔したり腕を揺り動かしたり、眉をひそめさせるような怒りめいた情念が湧き起こることはない。イライラするような気分に漂うこともない。戦わなければならない馬鹿げた意見というのもなければ緊張するようなことも決してなく、叩き潰すべき敵対者もいなければ自分をむかつかせるような阿呆もいない。誰にも恐怖や好意を向けることはない。「取り繕う」ようなことは絵の創作においてなく、詭弁や策を弄したり、証拠を改竄したりすることもない。黒を白に、或いは白を黒に変えたりすることもない。そうではなくその創作者はより大きな力、つまり自然の手に委ねるのである、子供のような天衣無縫と熱狂者の如き献身を以て。「喜びを以て自然の習俗を学び、歓喜を以てそのスタイルを味わう」。創作者の精神は平穏であると同時に充溢しているのである。手と目は同時に行使されている。

植物や木の切り株といった最もありふれた対象を写生するにあたり、瞬間毎にその者は何かを学ぶのである。予期せぬ差異を感じとり、思わぬところで類似点を見出す。その者が見ている対象を書き留めようとする――そして間違いを見つけそれを修正する。誤魔化したり、意図的に間違いを犯したりする必要はない。全身全霊に労力を払っても、目的を達成するには到底足りない。終わりなき探求をするにつれ忍耐が忍耐ではなくなり、愉悦へと変わる。花の筋、葉の皺、雲のうっすらとした色合い、灰色の古い壁や瓦礫の染み、これらがこのような精神上の戦争における「スポリア・オピーマ」[1]として貪欲に摑み取られ、もう半日の労働をさらに供給するのである。時間がどこまでも過ぎ去っていき、そこには疲れや無念というものはない。そしてその時間を他のものと代替しようとは微塵にも思わない。勤勉に無垢が加わり、仕事には喜びが加わる。何か悪いことを考えたり営んだりすることもなく、精神は満足しているのである。[1]

私が書いているこのエッセー集そのものや後になってこれを読み返すことにはそれほど喜びを感じない。確かに今書いているこのエッセーは私のものであり、書く際に我ながら面白い表現が浮かぶこともあれば、着想した考えが真実のものとして私の胸を打つこともある。だが一旦エッセーを書き始めると私はただ書き終えたい気持ちに駆られるのであり、それも達成できるかは不確かである。ページどころか書くべき文章も前もって思い浮かんでくることは滅多にない。そして奇跡的に書き終えることができたなら、もうそれ以上それに心を煩わせることはほとんどない。一回書き終えたものを、もう一度書き直さないといけないこともある。というのも校正刷りを読むことは避けられず、印刷業者によるミスもなくさないといけないからである。それ故に書いた文章がはっきりとした形でき上がってきて、大衆の賞賛を得るために意識的に遠回しに誘導することができるようになったら、もうその艶と楽しみが喪失されてしまっているのであり、ありふれた陳腐な話よりもさらに退屈な代物になってしまうというわけだ。自分の作品を多大な喜びを抱きながら読むには、まず何より自分がそれを書いたことを忘れてしまう必要がある。親しさというのは軽蔑を生むことを常としている。それは実際、一枚の白紙に浅はかに言葉を注ぎ込んでいくようなものであり、自分が書いた文を反復して読むわけだからその読み手にとって文の言葉は何か新たな意味合いをもたらすものではない。その響きは鈍い。ただ読み手の虚栄心がそれに関心と意義を見出そうと駆り立てるのである。私は自分の書いた文章を他人に口述するよりも、自分自身の考えの方により満足を覚えている。私が抱いている特定の事柄に対する印象を読み手に説明するには言葉が必要となるが、それを使用することによって私の抱いている印象をより鮮明に伝えられるどころか弱めてしまい、どこか曖昧なものにしてしまう。詩人に関して言えば「私の精神は私にとっての王国である」とは言えるかもしれないが、他人の理解のための玉座や長を設置しようとはほとんど思わない。私たちが日頃抱いている考えは、影のように朧気で抽象的な状態でこそ最も良く存在しているものであり、

精神の最も奥隅に純然たる状態で

それを世間に晒されるように強制されたり、また利害関係で晒したりすることもない。こういった奥底にある考えは私たちが相当前から慣れ親しんでいるものであり、気どったり装ったりするためにそれらを変えようとすることのメリットがほとんどないものである。私が一旦決めた題目について書き終えたのなら、それはもう私の頭にはない。私の心情は言葉に変容する形で書かれ、そしてそれを私はすぐに忘れてしまう。実際、私はずっと前からあったその題目に対する私の考え方についての記憶を取り出し、多数の感情も書くことによって擦り消したのだ。私が書いたもののその後は、他人のためにあるに過ぎない。だが自分たちの考え方を絵のキャンバスへと塗り立てる場合、同じような過程を辿るとは私の経験上とても思えない。機械的な変化に際して、それらは失うよりもむしろ獲得する方が大きい。人が絵を描くのに飽きることはない。というのもその人が描こうとするのは

すでに知っていることではなく、たった今発見したことなのだから。前者の場合は想いを言葉へと翻訳するのだが、後者は名称を物として具現化するのである。何も生じていないのに、継続して創造されていくのである。ブラシを一振りする毎に、新たに探求すべき領域が開かれる。困難も新たに生じ、それを克服した際の新たな勝利も用意される。原典と模倣を比較することによってその人の成し遂げたこと、そしてまだやるべきことをその目で見ることができるのである。その際に感覚を働かせる場合、それは空想していた時よりもずっと厳しく判断し、我々を欺かせる自己愛をも凌駕するものである。自分の絵のある箇所の出来栄えに落胆すると連鎖する形で他の箇所についても落胆するようになり、自然をそのまま描くことが叶わないなら、自己流で描こうとする。芸術という形で照らし出すことにより、あらゆる対象物は輝き出す。そして鉛筆を駆使することにより、描く人は視野にある対象物に触れ、扱っているとも言えるだろう。存在しているかのような様子で描かれたそれは、キャンバスにリアルな形で映える。美という形状は実体へと変化される。世界の夢と栄光は見るだけでなく感じるものとしても明瞭に存在するようになる。――そして見よ！　キャンバスから虹が立ち昇る。それには湿っぽい栄光の筋もあり、まるで天上の雲状のアーチから描写したものであるかのようだ。驟雨が降り注いだ後の風景が、注がれた雫と共に煌めく。沈みゆく太陽が放つ微かな光の中、羊たちは己の羊皮を見せる。

羊飼いたちは一日の別れの調べを、夕方の清澄な空気の中で奏でる。そしてこの輝かしい光景が、世界の巨力な構造を映し出している泡のように、生気のない鈍い白紙から創られるとは。一体誰が、ルーベンスの筆から彼の奇跡が生まれたと考えるだろうか？　そしてそれを目の当たりにした者は、自分も同じようなことをしたいとして人生を過ごさないなんてあり得るだろうか？　広い休閑地、生えない刈り株畑、乏しい収穫物がレンブラントの描く風景に運び込まれる様を見るがよい！　それとその自然を私がどれほどこの目で見て、その光を濃縮させるように同じように描こうとしたことだろう！　それによって醸し出された雰囲気の生々しさといったら！　この点における絵と自然の精錬は終わりのないものである。どこまでも広がっていく霧が立ち込めながらも輝く地平線をキャンバスに一振りで映し出すことを望んで、その光景を目が眩み想像が失われるほどまでに眺めることもある。ウィルソン[ii]は、沈みゆく太陽の輝きの中、舞う埃を描き出そうとよくしていたと述べている。別の時には、友人がウィルソンのアトリエに入ってきた時、彼自身は憂鬱気な姿勢をとって床に座っていたが、彼の絵は驟雨が降り注いだ後の風景のようだということを見出した。そのことを知ったウィルソンはこの上ない喜びで立ち上がってこう言った。「君の言っている効果こそ僕が描き出したいものだったが、失敗したんじゃないかと思っていた」。ウィルソンは顧みられなくなった。そして次第に、絵のことも彼は無視するようになり、夢中になってブランデーを飲み始めた。筆捌きも不安定になり、モデルとする風景の場所へと足を運んだり、狙った効果を生み出すためには何回もやり直したりする必要が出てきた。そして絵に少しだけ手を加えたら、たまたま側にいた知人がいれば、「今日はもう十分に描いた。じゃあ、どっか行こう」。クロード[iii]が自分の絵やテヴェレ川[iv]を観察することから離れた時は、このような感じではなかった。彼は他の娯楽を求めたり、太陽で光り輝く谷や遠い丘をじっくり眺めたりするのをやめるためにそうしたのではなかった。そして彼の目が自然の澄んだ煌めく色合いや素敵な形状に見入っている間、彼の手はその光景をキャンバス上に明瞭な形でずっと留めておくために描き込んだのであった！　私の人生で最も愉快な時間の一つはある晴れ晴れとした夏の時にあった。私はよく夕暮れ時に外を散歩し沈みゆく太陽の最後の輝きをこの目で見ようとした。その輝きは緑の坂や赤褐色の芝生を装飾し塔や樹木を金色で照らしていた。他方でイタリアの巨匠が描いた風景画の如く、次第に紫と金色に染まっていったり、曇ったような灰色に縁どられていく蒼穹の空が、辺り一帯に広大な大理石状の敷石を垂れ込めさせていったりした。だがもっと具体的にこの題目について説明したい。

　私が絵を描くにあたって最初に描こうとした顔は、被っていたボンネットによって顔の上部が覆われていた年老いた女性であった。そして忍耐心を大いに持ちながらそれを描くために努力したことは無論である。何回も何回もキャンバスの前に腰を下ろして向かわなければならなかった。その絵は今も私のところにあり、時々それを取り出してみては、これだけのものを描き出すためにどれほど苦心したものかを、思い返して驚いてしまうのである。だが物事全てを善き観点から見て学問や真の芸術眼を以て自然に目を向ければ、そこには卑俗な要素は全くないことを肌で感じさせてくれたら無益な努力ではないのである。洗練は至る所に美を創り出すものだ。対象に対して粗野なものしか見出さないのは、見る人が粗野だからに他ならない。そして私自身が粗野だったとしても、描き出すのに全身全霊を込めるのに何ら躊躇することはなかった。もし芸の道のりは長いというのなら、人生もまた然りであるとその時思っていたものだ。初日から全体像を把握することができた。そして私は成功しようとしているとして十分喜び驚いたものだった。後はひたすら時間、（必要なら）数週間や数ヶ月間、をかけて忍耐強く苦心し最後は丁寧に仕上げるのであった。バーレー・ハウスでレンブラントが描いた老人の顔を見たことがある。そして一年で、或いは残りの人生期間で、レンブラントが描いたような顔を私も描き出すことができたとしたら、それだけでも私にとって身に余る栄光であって僥倖であり、財産であって名声であった！　バーレーで私が見た顔は自然で極めて正確で驚くべき模写であり、私も（できる限り）自然を正確に模写しようと決心した。サー・ジョシュアの完璧な絵というのは、個性的な細部のない普遍的な外観にこそあるということに当時も今も私は賛同しておらず、むしろ個性的な細部の伴う普遍的な外観にこそ完璧性があるのだと考えている。そうでなかったら、創作に取りかかった初日に私はもう描き終えていたことだろう。だが普遍的な効果以上の何かを私は自然に見出し、それを絵として反映させるために時間をかけることは価値あるものだと考えていた。光と影のもたらす効果は絢爛なものだった。色調と陰影の仄暗く感知し難い多様さも、絵にもたらすためのキアロスクーロ[vi]を採り入れるには、奥行き同様繊細さも要求された。それから力強い光から暗い影への変化を描く必要があったが、その際も広がりを台無しにしてはならず、それでいてその変化していく部分を次第に柔和になるよう描く必要がある。自然もまた同様であった。だがそれを模写することは難しい。私も頑張りはしたが、何度も何度も失敗した。レンブラントの描いた皺は厳密な線というより、切れ切れで不規則なものであった。実際の顔においても同じものを目にしたことがあり、それをなんとか絵に表現しようと神経を大いにすり減らした。この興味深い外観を描き出すことに成功し、老人の皺に夜明けの光が映え出すように描くことができたなら、それだけでも有意義な一日だと思っていた。皺の寄せた黄色い羊皮のような皮膚の下で、あちこちに血の色のした筋が顔色を染めていた。私はこのことを絵に描きたいと思い、原物と出来上がった代物を自分の最大限の力を発揮し心底満足するまでずっと（鋭い目で羨むように）比べていた。一体何回描き直したことだろう！　前日に見た表情を捉え出すためにどのくらいやり直したことだろう！　現物を見るために何回前いた場所に行き、同じ表情を目にできるまで待ったことだろう！　唇が窄められたり、ボンネットの影の下で警戒した内向的な目があったり、老人らしい華奢と疑い深さを示唆していて、何度も挑戦し何回かの苦情も経てようやくなんとか我慢のできる様子になった。その絵が完成されず、場合によっては今に至るまでその絵を完成させようと労力を注いでいたこともあり得た。[2]私の一日の画家の務めが終わったら地面に腰を下ろして、くらくらするような目をしながらも、新たな希望や新たな世界の対象物が私の眼前に現れ出てくるようだった。かくして、絵を描く者は自然を異なった眼差しで見ることを学んでいくのである。以前は自然を眼鏡で黒ずんだように見ていたのが、今では顔を向け合って見ているのである。目に見えるこの世界の織地と意味合いを理解するようになり、機械的な道具を通してだけでなく、自分の上達した能力を行使し自然と身近な共感も抱きつつ、事物の生命を覗き込んでいくのである。最も卑賤なものも彼にとって無関心になったわけではない。そして彼は単なる虚栄心や利害、或いは世間の意見に基づいてではなく、それそのものへと眼差しを向けるようになる。そこにたとえ美や有益性（本当にそれらがあった場合だが）を見出さずとも、そこにはまだ真実性があり、精神の好奇心と活発さをたっぷり向けた満足感を得るための源泉は十分にあるのだ。慎ましき写生者こそが真なる学者である。そしてあらゆる学者の中で最良の存在である――自然の学者として。私自身としては、そして事物に対する本当の意味での心地よさと満足感を抱くためにも、かつて存在した中で最も偉大な決定論者や文献学者よりも、ヤン・ステーン[vii]やヘラルト・ドウ[viii]になれた方がいいと思っている。画家は神学者がよくやる注釈のように物事を雲や霧の中にあるものとして見るのではなく、自分の毎日の実践に影響を与える事物に対して向けるような真実性と公平無私な探究心を、他の事物にも同じくらい向けるのである。彼は形状を知覚し、それらの特徴を区別する。直感するような眼差しで人と本を見る。彼は鑑定家と同時に批評家である。彼の描き出す結論は明晰で説得力のあるものであるが、それは対象物そのものから描いたものである。熱狂者でも、間抜けでも、奴隷でもない。自分の目で見るという習慣は自分で判断するようにもなる。私が知っている（職業上での）最も感性豊かな人というのは画家である。つまり、自分の周りに生じている世界を最も活き活きと洞察する者であり、自分の精神に浮かぶものを最も緻密に考察する者なのである。職業上、彼らは基本同じ画家よりも世界へと身を入れていく。そして獲得した知識に不足しているところがあったら、別の画家にではなく己の知性に頼るようにすることが多い。胸を打つような描写と特徴の細かな機微を描くことに精通していた人物としてオーピー[ix]、フュースリー[x]、ノースコート[xi]を私は挙げる。[3]

一般社会における画家、或いは彼らの価値が正当に見積もられず無視されたり関心が寄せられたりしないようなところでは、彼らは図々しいくらいの自己満足感を持っている。だが他の者同様、それは彼らのせいではない。そういった厚かましさは一般的な教育が施されていないことに起因するのかもしれない。画家という職業を遂行する点において極めて厳格なリチャードソンは、ミケランジェロの身の上話を取り上げている。ミケランジェロがローマ教皇ユリウス二世[xii]から受けた中傷の件について口論した後、彼はある主教に紹介された。そしてその主教はミケランジェロの助けになると思い、画家という職人は無知なのが普通だというだけで教皇はミケランジェロと仲直りするべきだとした。教皇は主教に激怒し杖で打ち付けた。そして主教に対して、馬鹿なのはお前だと罵倒するのであった。その偉い聖職者は部屋から追い出され、ミケランジェロは教皇の祝福を贈り物と一緒に受けるのであった。追い出された聖職者は無作法な過ちを犯したのであり、それに従い非難されるのであった。

絵を描くにあたっては行使するのは精神だけでなく肉体も同様である。それは文芸であると同時に紋切り型でもある。地面に穴を掘ったり、キャベツを植えたり、的に当てたり、乗り物を動かしたり、模様を織ったりと何かをする場合、つまり何らかの効果を生み出しそれに成功する場合、力の愛好を満足させ人間精神の絶え間ない活動を実行させる何かがあるのだ。無為というのは喜ばしいが痛ましい境遇でもある。幸福であるには私たちは何かをしなければならないのだ。人間を本能的に形作るものとして考えることと同じく行動することも必要不可欠なことだ。[4]そして絵を描くという行為は両方を絶え間なく繋ぎ合わせるものである。目の正確さを実行し証明するために手がある。そしてそこから教え諭された目は技術と勤勉さの瑞々しい遂行を手に課す。一振り毎に新たな真実が立証されていることが告げられる。そして新たに洞察すれば、その瞬間に行為へと移され意志が発散される。一歩ずつ進むにつれ自分の望むものへと近づいていき、それでもなおやるべきことはまだあるのだ。ルーベンスやファン＝ダイクの筆の周りに戯れる能力や揺らめく優美さや儚い色合いに私は感嘆を覚えるものの、コレッジョ[xiii]やレオナルド・ダ・ヴィンチやアンドレア・デル・サルト[xiv]のゆっくりと辛抱強く骨を折って描いた作品ほどには羨望を覚えない。彼らの作品のタッチは全て狙うべきものをしっかりと意識して、真実を競い合うように描いていくかのように思え、描くことに辛苦している画家たちがとても入念に精巧にしていき、

まるで絵そのものがその出来を考案したようだと思ってしまうくらいである。

ある絵では、色彩がまるで魔法によってキャンバス上に息吹いたかのようである、一瞬にして出来上がったかのように。他では作品の本体に組み込まれていて、長年に亘る絶え間ない労力が払われるも、そこには完全性へと向かうための終わりなき喜ばしい進捗が見受けられるようである。[5] 作品が完成されようとしているのに戻ってきて見るのをやめたり、側にいたりするのを止める人なんているだろうか？ ルーベンスのケバケバしく素早い描き方は、まるで彼が絵の描き方を学んだら、死んでしまうと言わんばかりである。ゆっくりと進捗していくレオナルド《・ダ・ヴィンチ》は、十分に長生きしたものだ！

絵を描くというのは、文書を書くこととは違い、座りっぱなしで進めていくだけで正確に理解できるものではない。それには強い筋力は必要ではないが、継続してじっくりとした営みが要求される。手作業の正確さと繊細さが熱意の埋め合わせをするものだ。同じ位置でいつでも身体のバランスをとるためには、全身の神経を研ぎ澄まさせることが綱渡り芸人には要求される。朝の間ずっと絵を描くことに勤しむことは、老アブラハム・タッカー[xv]がバンステッド・ダウンズ[xvi]で馬を乗り回した時と同じくらい、夕食に旺盛な食欲を湧かせるものだ。サー・ジョシュア・レノルズに関して「彼はアトリエで行った運動以外の運動はしなかった」とされている。それはつまり、絵画を見るために前後を行ったり来たりしていたということである。だが絵を描くという行為そのもの、適切な箇所に適切な量の色を塗るというのは、絵の前を行ったり来たりすることよりも遥かに大変な運動であった。前後に歩くのは絵を描くことに比べれば、努力というより休養と気晴らしだったという方がむしろ適切であろう。サー・ジョシュアのような自分の絵画の身体的で実践的な部分にとても悦に入っていた画家が、視力が衰えていくことによって画家という職業水準を満たしていくのに、どれほどの喪失かと痛感したのは驚くことではない。サー・ジョシュアは死ぬ一、二年前そうなったのだが、彼自身の言葉を借用すれば、「三十年間の途切れることのない楽しみと栄えの源が喪失されたのだ。退屈を絶対に覚えないのは、全く考えることのない者か、或いは抽象的な観念について延々と思いを巡らす者だけである」。

もう一例だけを挙げて、この漫然とした話題を終えたい。私が絵を描き始めた時に私の父の姿も描き上げたいという目標を立てていた。当時彼は老齢だったが活発な状態にあり、生気に満ちた顔立ちをしていたが、疱瘡の跡があった。描いた際、父の顔に広範な光が横切るようにし、その顔は眼鏡をかけながら下を見て本を読んでいた。その本はグリベリン[xvii]の挿絵も添えられたシャフツベリ[xviii]の『人々、風習、意見、時勢の特徴』で、古びていたが立派な表紙がついていた。父はその本を他の本と同じような具合に読んでいたことだろう。父にとって読むことは満足することと同義であり、「尽きることのない富」であったのだ。自分の描いた父の下書きはいい感じだった。そして仕上げるために取りかかり、時間も労力も無駄にはしないと決心した。父はモデルとして私が満足するまでずっと座ってくれていた。そうできたのも、人に自分の絵が描かれるために座って待ち、ずっと注意が向けられる対象となり、自分を描いた画を増やしたいという自然な欲望があったからだ。そして絵のモデルになることの満足感の他、芸術家に幾分かの自負心があった。とはいえ私が父をレンブラントやラファエロのように描くよりも説教を書き上げた方が喜んだことだろうが。冬のこうした日々、太陽の仄かな光が教会の窓を通して差し込み、庭で囀っていたセイヨウコマドリの調べに励まされながら、いよいよ自分の作品が終わりにかかる時、そうした時間が私の人生で最も幸福なものであった。色を用意しそれで絵画の箇所に効果を描き出そうとした時はいつも、モデルのザラザラした皮膚を私が運よく筆で描き出せた時、透明で真珠のような色合いの血脈を描き出すことに成功した時、健康的で血色の良い顔色、顔の片側にある広く覆っている影の下で循環している血流を描き出せた時、私の運勢は叶えられたと思ったのである。いや単に叶えられただけではない、いつの日かコレッジョと「俺もまた画家なのだ！」と言える時が来るかもしれなかった。それは戯けた考えで、少年の自惚れではあった。だがそれでも私はやはり幸福であったことに変わりはなかったのだ。私はその作品を長い晩にじっと眺めるために椅子の上によく置いたものだ。そして夜寝るためにそこから離れようとしても、最後にもう一回見ようとして何度戻ったことだろう。心を疼かせながら展覧会へとそれを送付したことを思い出す、そしてそれがスケッフィントン閣下（今ではサー・ジョージと呼ばれている）の画の一つ隣に展示されたのだ。双方の絵画のモデルには共通したものが何もなかったが、それはとても気立てのいい男たちの肖像画であるということでは同じだった。確信はできないが、私はこの肖像画（或いは後になって完成した別のものだったかもしれない）を完成させたのは、アウステルリッツの会戦の報せが届いたのと同じ日だったかもしれない。午後に私は散歩に出かけ戻ってきた時、黄昏時の星が哀れな老人の素朴な家を照らしていたが、その時に私の考えと思いをもう二度と抱くことはないだろう。あの革命的な偉大なプラトンの時代、もう一度その時代が来てくれたら！　もし来てくれたら、それまでの三百六十五日を何回分でも安堵して眠ることができるのに！　あの絵画はまだある。私がリウィウス[xix]を訳すことを学んだあの椅子、机、窓もある。父が説教した礼拝堂も変わらずにある。だが父自身は安息のために去った、誠実さと希望と慈愛をずっとその身に抱くために！

【原　注】

1　原注一：『若きウェルテルの悩み』にはこの教義についてとても好ましい描写がある。それは以下の通りである――「街から一リーグ離れた所にはヴァルハイムと呼ばれている場所があり、それは丘の側面にとても快適に位置づけられている。街から出ていく通りの一つでは、そこから地域全体を見渡すことができる。そして善良なおばさんがワインやコーヒーやティーをそこで売っていたりもする。だがこれらにも増して教会の前にはライムの木が二本あり、それらは納屋や小別荘によって囲まれた小さな緑に小枝を広げている。これよりも平和で隠遁するのに相応しい場所はほとんど見たことがない。私はおばさんからもらった椅子と机をそこに送り、そこでコーヒーを飲みながらホメロスを読む。この場所を私はある晴れた午後に偶然見つけた。全ては完全に静寂であった。皆は平野に出かけていて、ただ四歳の小さな男の子だけが地面に腰を下ろして、生後半年ほどの子供を両の膝の間で抱えていた。彼はその子を小さな両腕で自分の胸もとに押し寄せていて、その腕はその子にとって大きな椅子の役割を果たしていた。そして彼の両眼の素早い煌めきにも拘らず、彼はただただ静かに座っていた。私はこの光景にかなり楽しみを覚え、私は反対側の耕地に座り、この兄弟愛の光景の小さな絵を描くことに大きな喜びを抱いた。私はその絵にさらに垣根や小屋のドアやいくつかの荷馬車の壊れたタイヤも無秩序に付け加えて、あたかもそれがたまたま置かれていたかのような絵になっていた。そして約一時間後、私は何か私個人として付け加えるものもなく、偉大な表現と極めて正確な下絵を描き終わったことに気づいた。これは私が以前定めた決心を確証させた、つまり将来のためだけに自然を模写するということである。自然というのは尽きることのないものであり、そしてそれだけが最も偉大な師匠となるのだ。その原則について言うならば、その真実の特色と自然な表現が変容する」。

2　原注二：それは現在分厚い石油の泥と漆によって覆われていて（イギリス学派の消えていきそうな表現手段）、金箔師の皮膜のようでほとんど目に見えないものである。

3　原注三：実業家は、自分の言う意見がもたらすものについては財産もあり対処しやすく、それ故に何かの出来事に身を寄せる前に、自分たちが行うための根拠についてかなり厳密に確信しているのが通例であり、かなり迅速で健全な判断を行うことに長けている。同様の点において芸術家であったならば、彼らは自分が取りかかることに対して、鑑賞者の目の試練をくぐり自分たちの洞察の成果を出すよりも早く、相応に理解しておく必要がある。

4　原注四：有名なシラーは、人生の大きな幸福というのは結局、いくつかの機械的な責務から免れるという点から成ることがわかった、とよく言っていたものだ。

5　原注五：ティツィアーノやジョルジョーネの豊かな色塗りは双方の様式の何らかの長所を組み合わせるものである。その長所は、一つは豊かさ、もう一つは注意深さであり、どちらかを好みで特に描く。

【訳者注】

i　spolia opima：原文ではSpolia Opima表記。「貴重な戦利品」もしくは「武勲による戦利品」という意味であり、古代ローマの軍人が受ける最高の勲章。

ii 原文ではWilson表記。同姓の画家は複数人存在するが、イギリスの風景画家であるジョン・ウィルソン（John Wilson, 1774-1855）、リチャード・ウィルソン（Richard Wilson, 1714-1782）もしくはアンドリュー・ウィルソン（Andrew Wilson, 1780-1848）のことと思われる。

iii Claude Lorrain（1600年代-1682）：十七世紀フランスの古典主義絵画の画家。生涯のほとんどをローマで過ごし、数々の風景画で知られている。

iv Tevere：原文ではTiber表記。イタリア中部、ローマ市内を流れる川で、イタリア全土で三番目に長い川でもある。古代ローマのティベリウスはこの川の名前が由来である。

v Sir Joshua Reynolds（1723-1792）：十八世紀ロココ期のイギリスの画家。サミュエル・ジョンソンなどと親交があり、歴史画や肖像画を得意としていた。

vi Chiaroscuro：原文ではchiaroscuro表記。イタリア語で「明・暗」を意味しており、美術用語では明暗のコントラストを指している。これを用いた技法は明暗法、或いは陰影法と呼ばれる。

vii Jan Steen（1626-1679）：十七世紀オランダの画家。バロック期に活躍し、庶民の生活を描いた作品で知られている。

viii Gerard Dou（1613-1675）：十七世紀オランダの画家。レンブラントの門弟であり、人物画を多く描いていた。

ix　John Opie RA（1761-1807）：十八世紀イギリスの画家。前述のジョシュア・レノルズに見込まれ、王族にも描いた肖像画が気に入られ、王立美術院でも教授を務めた。

x　Johann Heinrich Füssli（1741-1825）：十八世紀イギリスで活躍した画家。ドイツ系スイス人で、原文では英語風の Fuseli 表記。父親も画家であり、スイスから国外追放処分を受けたのち、イギリスに移った。彼も前述のレノルズに見込まれ、アカデミーの教授にまでなった。

xi　James Northcote（1746-1831）：十八世紀イギリスの画家。前述のレノルズの美術スタジオに通っており、前述のオーピーやフュースリーと覇を競っていた。王立アカデミーの会員に選ばれ、かつての師であるレノルズについての著作もあった。

xii　Julius II（1443-1513）：十六世紀初めのローマ教皇。ラファエロやミケランジェロなどの芸術家を支援し、ローマにルネサンスをもたらした。

xiii　Antonio Allegri da Correggio（1489-1534）：十六世紀イタリアの画家。ルネサンス期を代表する画家で、パルマ大聖堂の天井画を手がけるなど、当地の芸術振興に大きな役目を果たした。

xiv　Andrea del Sarto（1486-1531）：十六世紀イタリアの画家。ルネサンス期の画家であり、当時のフランス国王フランソワ一世に招かれ、フォンテーヌブローに赴いた。

xv　Abraham Tucker（1705-1774）：十八世紀イギリスの哲学者。ジョン・ロックの弟子として彼の理論を発展させ、『自然の光明』（The Light of Nature Pursued）にその真髄を詰め込んだ。

xvi Banstead Downs：ロンドン近郊のサリー州バンステッドにある自然保護協会特別指定地区。広大な野原と樹木が生い茂った場所で、古代ローマの鉄器なども発見される旧跡地区でもある。

xvii Simon Gribelin（1661-1773）：十七世紀から十八世紀フランスの彫刻家。パリで彫刻技術を学んだ後、イギリスに来た。翻訳などの挿絵やラファエロやウィリアム三世の肖像画の彫刻で有名。

xviii Anthony Ashley Cooper, 3rd Earl of Shaftesbury（1671-1713）：十七世紀イギリスの哲学者、政治家。幼い頃にジョン・ロックから教育を受け、庶民院議員時代にオランダの人文主義者と交流した。アン女王即位後に政界を退き、文筆業に専念した。代表作に文中にも記載の『人々、風習、意見、時勢の特徴』（*Characteristicks of Men, Manners, Opinions, Times*, 原文では Characteristics 表記）がある。

xix Titus Livius（前 59-17）：共和制末期から帝政初期の古代ローマの歴史家。原文では Livy 表記。アウグストゥスの時代に著した『ローマ建国史』で著名である。

■エッセー二　前章の続き

画家というのは単に自然に喜びを抱くだけでなく、芸術作品を研究し省察する喜びという極上で斬新な源が彼に開かれているのである——

　ロランの明るく柔和な色合いが触れたもの、峻酷なローザが塗りたくったもの、学識あるプッサン[xx]が描いたもの、何であれ。

　熱心な眼差しで地方の紳士の席を見るために振り向く。そしてそれが芸術の豊かな生産物を何かしら含んでいるものと考える。ラドナー伯爵の園[xxi]にはクロード《・ロラン》の絵画が二つ、『ローマ帝国の朝』と『ローマ帝国の晩』が掛けられている。ウィルトン・ハウス[xxii]にはファン・ダイクのペンブローク一家の絵画が掛けられている。ブレニム[xxiii]には彼の『バッキンガムの公爵の子供たち』の絵画とルーベンスの世界で最も素晴らしい収集物がある。ノーズリー[xxiv]にはレンブラントの『壁に書かれた文字』がある。そしてバーレーにはグイド《・レーニ》[xxv]の『天使の頭』がある。若い画家はこれら各々の場所を巡礼し、距離を挟んでもの悲しそうに「房のついた樹木に高く萌している」[xxvi]。それらの作品に目を向けて、絵画の所有者がほとんど抱かないような興味を向けるのである。しっかり掃除された歩道とこだまするアーチ道へと入っていき、玄関を通り、幅木のある部屋の中を案内されていき、家具や豊かな壁掛けや綴織や多数の食器を見せられる。そしてついに彼が求めていた宝、己が誓願の偶像のある部屋に案内される。顔が口を開いて喋っていたり明るげな風景等のそれらに！　それらの絵画は自然の記録、芸術の指標として彼の脳裏に刻まれそこに生き生きと在り続ける。精神という部屋から時間の浪費を追い払い、その部屋の最上の居場所、つまり心の最も近い場所にあるものとして相応しい絵画を選び、取り上げる。そこに入ってきた時よりも豊かになって退去する。絵画の所有者よりも豊かに。いつの日か見た絵画と同じようなものを描き上げられたならまたそこに行きたいと考え、たとえそれが叶わぬことだとしても、それでも彼は真実と才能をより称えたことを学んだことだろう。

絵画の神秘に対して私が最初に触れたのはオルレアン・ギャラリーにおいてであった。そこで私の嗜好がそのまま形成されたのであり、私はもはや取り返しがつかぬほどの絵画の古典主義者となった。私はそこで収集され展示されていた作品群を見た時思わず息を呑んでしまった。そして驚嘆しつつ思い焦がれるような眼差しでそれを眺めるのであった。

私の視界から霧が霧散し、目から鱗が落ちた。新たな感覚が私に閃き、新たな天と新たな地が私の前に佇立していた。顔に向かって魂が語りかけるのを見た――「大いなる過去の時代において、帝国の錫杖が振り翳した手[xxvii]」――「分岐する山或いは青き岬[xxviii]」――

――その上に聳える樹々と共に世界に対して頷き、気どりつつ我らの両目を嘲る[xxix]

古き時がその財宝の鍵を開け、名声が番人として戸口に立っていた。我々は皆、ティツィアーノ[xxx]、ラファエロ、グイド、ドメニキーノ[xxxi]、カラッチ家[xxxii]の名前を聞いたことはある。だが彼らと差し向かいで相対すること、彼らの不滅の作品と同じ部屋にいること、そういうことは何か魔法が解かれるような気がしたのである、もはや降霊術と言ってもいいくらいだった！　その時から、私は絵画の世界で生きるようになったのだ。戦闘行為や包囲、議会での演説など私にとっては単なる怠惰な騒音と怒りに過ぎないように思えなくなり、精神の永劫の沈黙において私に語りかけてきたあれらの偉大な作品と恐るべき名前に比べれば、それらは「何も表さない[xxxiii]」ものとなった。この出来事のより注目すべき点は、これの少し前までは私は絵画の美について全く無知であっただけでなく、全く理解もできなかったということである。ある時、私は午後にこの上なく面白げに『憤慨した旦那[xxxiv]』を読んでいて、その時私のすぐ目の前にラウスダール[xxxv]やホッベマ[xxxvi]の緑に生い茂った風景画があったのだが、本から目を離してそれらに時折目を向けていると、このような絵画作品に精神を満足させたり喜ばせたりすることがあるものだろうかと、あれこれ思い巡らせたのである。そして同時に、自身に問うように私が《ジョン・》ヴァンブラ[xxxvii]や《コリー・》シバー[xxxviii]を読むのと同じように、それらに関心を抱くようなことなどあるのだろうかと考えていたのである。

　私はルーヴルに足を運んで勉強した時に絵画に関して幾らかの進歩があったが、それ以来私は勉強めいたことをすることはなかった。私が絵画を描くことを本格的に始める前に、友人が貸してくれたカタログに目を通していた時のことを私は決して忘れない。そこに記載されている絵画、画家の名前を見て私は垂涎の思いになった。ティツィアーノの化粧を纏った『情婦』の絵画が一枚あった。画家が情婦の髪に施した色合いも、絵画を実際に見る前に私の空想を魅了したものに比べれば金色に輝いておらず、見ていて好ましいものではなかった。同じ手に二枚の肖像画があった。『手袋をした男』とそれと一緒にあったもう一枚のものである。心を弾ませながらその解説文を読んでいった。そして私はそれらの作品の大まかな外観を上品さ、威厳、古代への熱意を感じられるものだったらなんでも用いて想像したが、それらは実際の絵画に勝るとも劣らないものだった。さらに『キリストの変容』もあった。私がそれを精神の目でどれほど畏敬の念を注ぎながら見たことだろう。そしてそれによってどれほど芸術家の魂と共に作品に影が覆われ、正しく洞察することの妨げとなったことだろう！　後になってそれらの作品に落胆することがなかったことが、それらの画家たちの優れた才能に対して私なりに払うことができる最大の賛辞であった。同じ巨匠の別の作品群を見ることによって私はそれらの作品の観念も漠然とだが、見下さずに捉えることができたのは無論である。私はルーヴルに初めて来た日、しばしの間フランス絵画の展示室にいるように言われ、古き巨匠たちの作品を見ることができないのではないかと思った。煉獄から天国を垣間見るように、ドアの隙間から（実に忌まわしい障害物だ！）何とか覗き見ることができた。プッサンの高貴で肥沃な光景の風景画から、ルーベンスが派手な旗を吊した所や微かな光を放つ眺望を降り、ティツィアーノやイタリア派の豊穣な宝石が多数ある。そしてようやく私がしつこく頼み込むことによって待望の部屋へと入ることが許され、一瞬たりとも与えられた特権を行使する時間を無駄にしなかった。それは私にとって「素晴らしい一日《un beau jour》」だった。人間精神の最も誇らしい努力の跡、天才の全き創造物、芸術の世界を私は四百メートル愉悦に浸かりながら行進していった。下から上まで、あらゆる学派の激しい洗礼を受けた。そしてそれが終わった後、偉大な作品の何枚かが修繕されていた内部の部屋へと案内された。そこで『キリストの変容』、『殉教者聖ペテロ』、そしてドメニキーノの『聖ヒエロニムス』が床に置いてあった。まるでラクダが身を垂らすように膝を曲げて、己の豊かさを観る者に対して見下ろして提示しているようだった。片側にある画架にはティツィアーノが描いた肖像画の『イッポーリト・デ・メディチ』が置いてあった。肖像画の人物は手に猪用の槍を握っていた。そして鑑賞者がその鋭い眼差しから目を逸らすまで目を向けていたものに対して、じっくりと眺め込んでいたのである。さらに同じ画家による作品が放り投げられているように積み重なっていたが、それらの画は風景を描いたもので田園の緑の丘や谷で、羊飼いたちが咲き乱れた花がつくる影の下を通り、穏和な女主人の方へと笛を吹き鳴らしながら歩いていっている。読者諸君、「ルーヴルを見たことがないというのなら、汝は呪われている！」というのも、まだ残された美術作品のうち、最も優れたコレクションを見たことがないからだ。それらの作品が互いに照らしている栄光と一緒にそれらを全て目にしていないからだ。

　彫像物については何も言うまい。というのも私は彫刻についてはほとんど知らないし、「エルギン・マーブル」[xxxix]を見るまでは全く好きではなかったからだ……。ここルーヴルで私は合計四ヶ月間、徘徊しては勉強した。そして粗野な訛りの強いフランス語で呟くように話す次のアナウンスを毎日耳にするのであった――「四時になりました、当館は閉まります《Quatres heures passees, il faut fermer, Citoyens》」――（どうしてこんなやり方に変えたのだろうか?)、そしてそれを聞くと草稿や未完成な絵を持って、生き血を零していくようにそれらを「硬貨《Hard Money》」のために売り払った。所有者のおらぬ汝、神々しき威風堂々たる邸よ。どれほど、一体どれほど私の心は汝のもとへと巡礼したことだろう!

芸術家か、それとも平常人ながら先天的に感性を持ち芸術を解する人か、一体どちらが芸術作品を静観することにより最も多くの喜びを抱くのかは、しばしば議論されてきたことだろう。更に一種の批判的実験《experimentum crucis》として、「数え切れぬ数《number numberless》」の平凡な紳士やアマチュアの中から誰か一人でも、私が今しがた言及した期間にパリを訪ね、芸術作品の最も驚嘆すべき記念碑の展示に対して取るに足らぬ生徒が覚えただけの関心、誇りや喜びを抱く者はいるのだろうか? ルーヴルへと初めて足を踏み入れた時の経験は、あくまで彼の旅路の出来事のほんの一つに過ぎないのであり、後になって感恩と後悔で思い返すような人生の大きなライフイベントというわけではない。彼は「王権の塔」やチュイルリー庭園にいる時にするように、漫然とした好奇心で適当に歩き回り、だが芸術家のような深い熱狂は抱いていない。どうして抱いていることがあるだろうか? 彼の熱意は「無頓着な遂行であり、喜びもなく、慈しまれぬ[xi]」のである。だが芸術者の画家は芸術に嫁いでいる——彼の魂の愛人、女王、偶像たるその存在に。芸術家は己の全てをそこに載せたのである。名声、時間、富、安らぎ――若かりし時の希望、老いし時の慰め。そしてこの者は関連するものなら何にでも、単なる怠惰な道楽者よりも強烈な関心を抱くのではないだろうか？　対象に全精神を向けることなく、単に先天的な感性だけでは、ティツィアーノやコレッジョの着想にある美と力の度合いに満遍なく共感することはできない。彼らの力と無類の格闘についていく者だけが、彼らの価値を十全に味わうことができるのである。知というものは力であると同様に喜びでもある。自然を研究し芸術の困難と格闘した芸術家だけが、美に気づいたり、絵を描く情熱に己を没頭させたりすることができる。芸術の探究に己の生と魂を捧げた者は皆、最も輝く装飾や偉大な勝利に芸術家が感じるような恍惚を抱くことができる。宝があるところ、そこには心もあるのだ。私がルーヴルで研究を開始した時から今では十七年経ち（そしてそれ以来芸術を職業とすることを完全に諦めた）、ルーヴルに行かなくなって久しいが、今でもなおあそこに行った時の夢を見ることがある。その夢では館員に古典の絵画はどこにあるのか尋ねるのだが、もうなくなっていたり絵が変わってしまったり色褪せたりしているのを見て、私は叫びながら目を覚ましてしまう！　相応に年月が経過した後にこのような心境にアマチュアが陥るのは、つまりそれほど長く印象が脳裏に刻まれるだけの喜びを対象に抱いたり、十分な興味や関心を注いだりしたからだろうか？

だがもし人が芸術家と同じ先天的な嗜好や同じだけの知識を蓄積していて、且つけち臭い損得勘定や技術上の考えがなかったとしたら、その人は優れた肖像画、優れた風景画等々を見ることに芸術家よりももっと純粋な喜びを抱くのだとよく言われている。だがこれは答えをせがむように質問しているというより、あり得ぬことを尋ねていると言った方が正しい。芸術的手法を学ぶことなくして、作品を芸術家と全く同じように省察することは不可能だからだ。或いは芸術家と同じくらいの日常的で排他的なまでの愛着がなければ、その芸術家のように芸術を愛することはできない。芸術家が絵を描くことにおいて有益だと看做すものしか羨望しないのがよくあることなのは疑いない。ウィルソンはオランダ人が描いた戸棚の絵画の質感だけに注目し、それによって絵画そのものには目を向けていなかったとされる。だがこれは職業画家の衒いと倒錯なのであり、真実の本物の画家としての精神とは言えない。だが絵の具の媒体や手触りしかウィルソンが注目していなかったというのなら、彼は自分の作品に己の生の精神と手法を全く注がなかっただろうが、実際は違う。もう一つの反論として、芸術における重要な要素、つまりその手法、基礎、色塗り、油、ブラシといったものは苦痛であり嫌なものだというのがある。そして作品が完璧に出来上がった際に克服された困難や緊張を思い返すことは、己の最良の成果に対する喜びすらも消散させるものだということである。だがこれは、芸術家の己の職業に起因する、更に大きな喜びに対する証左に他ならないのである。というのも、芸術作品の障害になり一般的な関心をそれに抱くことを破壊してしまうと言われているこれらのことは、芸術家には何ら邪魔にはならないものだからだ。彼はこれらのことについて考えたりすることは一度もなく、ただもっと高い段階にあるものの追求に無我夢中なのだ。彼が意図しているのは、その手段ではなく、目的であり終わりなのだ。彼が作品を描き始める時、彼が思い浮かべているのは多数の困難ではなく、むしろそれらへの勝利なのだ。解剖学者だとこの場合、抽象的な真理を熱心に求めて、多数の事物を見逃す。錬金術師なら煤をかき集めてそれを入れるための溶鉱炉を求めている間、彼は黄金の夢を抱き、それよりももっと高い事物については身を砕かない。だが画家は創作過程の不愉快な部分に渋々労力を払っている時は、名声や利益を脳裏に浮かべてそれを求めるためだけに行っているとされている。これはあまりに真実性から離れすぎており、思い切ってこのように言わせてもらおう。ある重要な作品の創作を最近やり遂げた私の友人は、彼がそれによって獲得した名声全て、自分の作品に感嘆する何千人もの観衆から受けとった金全て、新聞における大袈裟な賛辞(『エディンバラ・レビュー』の賛辞ですらも)全て、これら全部ひっくるめても、自分が作品を追求し、心が満足するまで足や手、更には衣装を少しでも描くことに対して注いだ、熱意と幸福感を抱いていた半時間の疑いのない満足に比べれば及ばないとした。芸術家が創作に取りかかっている時の精神状態はどのようなものだろうか？　彼は美や偉大さに対して抱き得る最高水準の観念を思い浮かべようとしている。彼が理解し最も愛しているものを捉え、具現化する。つまり、彼が享受できる最も大きな幸福感と知的興奮の源泉を完全に寸分も損なうことなく所有しているのである。

端的にこの話題についての結論を述べるため、この前私の考えを裏づけることがあったことについて述べていきたい。私が先ほどそれとなく言ったティツィアーノの『情婦』の複製画をある友人が購入した。私の説明に対してそれを見せたくてうずうずしていた。私は彼にそれは活力に溢れた版画ではあるが、原画とは似ていないものだとした。おそらく彼は私のこの意見を難癖めいたものだと思っただろうが、私が所有していたその大まかな草稿を見せることにより彼の思いは変わった。それを彼が見ることにより、私が言おうとしていたことを彼は全くその通りに理解し、その複製画をそれ以後目にすることには我慢がならなかったのだ。彼は個別の絵画においても違いを見出すほどには優れた感性を持っていた。だがティツィアーノの技法と芸術性についてより馴染んでいる人（つまりより洗練され研ぎ澄まされた感性の持ち主）ならば、その複製画が粗野な出来栄えだということを、隣り合わせに原画と比較することなく見抜いたことだろう。それが贋作だということを一目見ただけで、一種の本能的な直感により判断する。その贋作はギラギラしていて、ティツィアーノの最も著名な作品を他と際立たせるのに不可欠な要素、あの淡く広大で、捉えどころのない表現法がないことをすぐに見抜く。絵画の精神性に慣れ親しんでいる者は、原画の複製画にはとても満足できはしない。だがそういったことと無縁な者は、原画も複製画も同じものにしか見えない。俗物の目からすれば、グイドの絵画と下手くそな絵の間には、例えば安物の絵や極めて下品な殴り描きと極めて入念に完成された絵画の間には、何ら違いがないものと映る。言葉を換えれば、これら両極端な二つのものの間にある卓越した要素全て（少なくとも平凡を凌駕するだけの要素全て）、真の美、調和、洗練、偉大さを成すもの全ては卑俗な鑑賞者には感知されないのである。だがこの点からこそ、真実の熟練からくる愉悦や燦然とした歓喜が始まるのである。優れた観察眼を持つ者よりも何も知らない鑑賞者の方が普通の絵を好むかもしれない。だがまさにそれが原因で、絵画芸術の最高峰の作品を前者ほどは気に入ることはできないのだ。単なる技法上の出来栄えだけなくその作品の真実性と自然において洗練されていることは、不慣れな鑑賞眼には映らないものだ。こういった人たちはクロード《・ロラン》の描く空の極上の色彩グラデーションを理解することはできないし、結果そこにある調和も感じとることができない。意識的な理解力がなければ、それには意識的な快も伴わない。初めて絵画作品を見た時に驚いてしまうことは無知と新しさからくるものかもしれない。だが作品に対する心からの感嘆と恒久的な喜びは嗜好と知識が育まれたことの証である。「私は君のような目は欲しくないな」と気立てのいい男が、他は誰も問題ないと思っていた絵画に対してひたすら粗探しをしていた批評家に対して言った。なぜ欲しくないのか？　この劣った作品に感嘆の念を抱かせぬようにした批評家の観念は、彼にかつて現前していた真実と美のより優れた観念なのであり、それは快が伴い高尚な省察の源泉として今も続いているのである。表面的な贅沢品に対する嗜好や単なる感覚の欠如だった場合、話は変わるだろう。だが十全十美という観念、知性の骨折りとして働くその観念は常に新たな付加であり、支えであり、誇り高い慰めである！

リチャードソンは自身の『エッセー』（もっと知られるべき作品である）で、芸術家たちの幸福と不幸の驚嘆すべき実例を書いた。幸福も不幸も、外的な資産と画家たちの絵の営みについて言及されている。「誰かが絵画やデッサンを鑑賞している場合、同時にこの作品は肉体と精神に極めて恵まれたが、同時にとても気まぐれな性格だった彼[6]によって描かれたものと考えるだろう。生と死において栄光に浴し、当時の時代の最も偉大な王侯貴族の一人であり彼を友として愛したフランス国王フランソワ一世[xii]の腕の中で息を引きとった。この別の絵画は長生きし幸せな人生を送り、皇帝カール五世[xiii]とヨーロッパのその他の第一等の王族たちによって寵愛された彼[7]である。また別の絵画が手元にあれば、それは三つの美術分野において他を凌駕し、そのどの分野においても不滅な価値を冠した者[8]によるものと考える。さらにそのミケランジェロは大胆にも君主（かつていなかったほど高慢な教皇）と自分が受けた中傷について争い、名誉を得ながら切り抜けた人物でもある。さらに別の絵画について、これは天才の力ただ一つを除いて何一つ外的な利遇がなかった彼[9]の作品であり、彼は最も荘厳な想像力を持ち合わせていて臨機応変にそれを発揮していったが、それでもあまり人目に知られることもなく人生を全うした人物であった。別の絵画は、絵画芸術がほとんど死滅しかけていた時に復興させた彼[10]の作品だと看做される。絵画芸術によって栄光を得た彼は、同時にある種の皮肉的な態度によって偉大さを無視し軽蔑していて、その卓越した個人の価値にも拘らず自分の振る舞いに応じるように人々から扱われた。そのような扱いに耐えるだけの哲学を持っていなかった彼は心が砕かれたのであった。また別の絵画は、立派な紳士でありとても威風堂々と生活していて、自身と外国の王侯貴族たちに敬われていた人物[11]のものである。彼は延臣であり、政治家であり、画家であった。そしてこれだけの立場があるのに、そのどれかの立場をとれば彼はそれが本業なのであり、残りの二つは気晴らしだと思わせたのである。このように画家について考え込んでみると、作品の美しさや卓越さから生じる喜び、実物について私たちに授与する洗練された観念、それについて考える際にもたらされる高貴な考え方、これらの他にも上のように連想することで更なる喜びがもたらされる。だが、嗚呼！　絵画に精通した鑑賞家や愛好家がこれは彼[12]の手法であり、考え方であると言える絵画が目の前にあったなら。今までいた人間の中でも最も礼儀正しく性格も立派な人の一人であり、当時のローマで最も優れた機知を持ち最も身分の高い人たちに寵愛され支援された人間であり、生前多大な名声や栄光や威容を有し、非常に惜しまれるようにして逝去した人間であり、たった数ヶ月早く死去したことにより枢機卿の帽子を被ることができなかった人間であり、特に当時聖ペトロの席を唯一得ていた使徒が（本当に事実なら）座って以来、最も優れた人たちである二人の教皇により尊敬され寵愛されていた人間ラファエロのものであったなら。端的に言えば、レオナルドでもミケランジェロでもティツィアーノでもコレッジョでもパルミジャニーノ[xiii]でもアンニーバレでもルーベンスでも或いは他の誰でも良かったが、その誰でもラファエロの代わりにはならなかった」

　同じく作家《リチャードソン》が、画家たちの境遇が変化したことにより創作スタイルが変わったことについて感情を込めつつ言及する。そしてこのことについてはあまり知られていないので、画家のうちの二人について言及した箇所をここで引用したい。

「王子の如く（彼の天使のような作品の正当な代償として）境遇に恵まれたグイド・レーニは、雇われの給仕のように金を払ってくれる人間から固定給の形として報酬を受け取る契約を結んだ。そしてギャンブルへの情熱に取り憑かれ、多大な資産を失ってしまったのである。そして日中に雇いの労働をすることで得た金銭は、大抵夜に霧散させてしまうのであった。そしてこういった呪われた狂気から彼は癒されることはなかった。故に彼の人生の不幸な時期において描かれた作品は、それ以前の彼に比べて画風が異なっていることがすぐに見てとれるだろう。彼の描いたいくつかの絵画では、その画で描かれている（優美な類の）顔の雰囲気はグイド・レーニ独特の繊細さが込められており、もはや人間を超えた存在だと看做してしまうくらいである。だが多様な事例や作品の美点の程度（どうでもいいレベルのものから荘厳なものまで）をここで色々と列挙するのはやめようと思う。私はこのことについて画風の変遷を簡単に描写することで明確な証拠を提示することができる。それを知った者は、こう描いた彼が境遇次第でこれこれの画風で描くこともでき、実際に高い確率でそうしたのだということを否定することはできないだろう。それ故ヤコブの梯子を昇り降りする天使の如く[xliv]、足は地についているけれども頭は天へと届くように昇り降りすることもこのようにしてあり得ることを知るだろう。

「そしてこの偉大な男《グイド・レーニ》は不幸な境遇により、そうすることになったのである。賢者の石に夢中になって彼は狂乱してしまい、それ以来絵画等の絵描きについてはほとんど携わらなかった。彼が賢者の石に夢中になったことが何を意味するのか、この悪魔が彼に憑依するより前に彼の画風はどのように変遷したのかを判断してみ給え。債権者たちは彼から悪霊を追い払おうとした。そしてそれもある程度の甲斐があったことで、グイドはまた自分らしいやり方で創作に向かったからである。だが私が持っている彼の『ルクレティア』が彼の描いた作品として最後のものであったなら、そしておそらくそうだと思われるが（ヴァザーリ[xlv]が言うにはそれこそがその絵の題材だった）、それは彼が衰えていったことの明瞭な証である。確かによくできてはいるが、彼の前の作品においてよく見られたあの繊細さが大いに欠けているのである。実際に彼の境遇により才分が衰えたことを知ったり想像したりする前でも、私は『ルクレティア』を見て常々思っていたのである」

英国において、人生の間困難であると同時に奇異な運命を辿った二人の画家がいる。前世紀初頭に肖像画家であったガンディー[xlvi]の描いた人物たちの顔はレンブラントに迫るほどの水準であり、サー・ジョシュア・レノルズの画風の原型であったことは疑いない。だが彼の名前は世間ではほとんど知られていない。そして彼の評価も、作品同様に祖国から出て海外に届くことはなかった。これほどに制限されていた彼自身とその名声について本人はどう思っていただろうか。本当に芸術家と看做されることを願っただろうか？　彼の想いは自分を画家だと称する最も低級な人間の卑俗な思いあがりとは、どう異なっていただろうか？　彼の作品の中で最も知られていたのは、エクセター[xlvii]の町の何かの公共建築物に描かれた、ある市参事会員の肖像画である。

可哀想なダン・ストリンガー《Dan Stringer》！　四十年前彼は同時代のどの画家よりも卓越した技術と明晰な目を持ち、絵画芸術がもっと盛んな時代においても決して恥ずかしくない人物画や絵を描き上げた。だが彼は（バーンズのように）地方の紳士社会に苦しみ、その後も彼を軽んじる人たちの間の社会に入ることとなった。私は彼と何年も前に会ったのだが、その時彼は自分が持っていた見事なスケッチを「自分の才能の私生児であり実際の子供ではない」として、自分の創作について完全に諦めていたようだった。それっきり彼とは会っていないが、彼が亡くなったかは私にはわからない。世間はそもそも彼が生きていたかどうかなぞ知らないのである！

【原　注】

6　原注一：レオナルド・ダ・ヴィンチ。

7　原注二：ティツィアーノ。

8　原注三：ミケランジェロ。

9　原注四：コレッジョ。

10　原注五：アンニーバレ・カラッチ。
11　原注六：ルーベンス。
12　原注七：ラファエロ。

【訳者注】

xx　Nicolas Poussin（1594-1665）：十七世紀フランスの画家。バロック期を代表する画家の一人で、生涯の大半をイタリアで過ごした。文中にある風景画以外にも、宗教画などにも秀作が多くみられる。
xxi　文中などで明記はされていないが、第二代ラドナー伯爵が持っていたイングランド南部ソールズベリーにあるロングフォード城（Longford Castle）のことと推測される。
xxii　Wilton House：右記のロングフォード城のあるソールズベリー近郊に位置する邸宅。ペンブローク伯爵の所有物であった。
xxiii　Blindheim：ドイツ南部バイエルン州の地名。原文では Blenheim 表記。スペイン継承戦争の戦場の一つであり、当地で勝利を収めた初代マールバラ公爵が築いた宮殿の名称の由来である。本文ではこの宮殿を指すものと思われる。
xxiv　Knowsely：イングランド北西部マージーサイド州の地名。リヴァプールの近隣に存在している。
xxv　原文では Guido 表記。多数の宗教画を描いたバロック期イタリアの画家グイド・レーニ（Guido

Reni, 1575-1642）のことか。

xxvi　原文では 'bosomed high in tufted trees,' 表記。ジョン・ミルトンの詩『快活の人』（L'Allegro）からの引用と思われる。

xxvii　原文では 'hands that the rod of empire had swayed' 表記。トマス・グレイの『田舎の墓地で詠んだ挽歌』に「Hands that the rod of empire might have swayed,」という一節があり、ここからの引用だと思われる。

xxviii　原文では 'a forked mountain or blue promontory,' 表記。シェイクスピアの『アントニーとクレオパトラ』の第四幕第十四場に「A forked Mountaine, or blew Promontorie」という箇所があり、ここからの引用であろう。

xxix　原文では with trees upon't That nod unto the world, and mock our eyes with air. 表記。シェイクスピア『アントニーとクレオパトラ』における右記の箇所の続きの部分に「With Trees vpon't, that nodde vnto the world, And mocke our eyes with Ayre.」とあり、ここからの引用であろう。

xxx　Tiziano Vecellio（1490-1576）：十六世紀イタリアの画家。原文では Titian 表記。ルネサンス期の画家であり、『聖母被昇天』などの多くの宗教画や神話をモチーフにした絵を描いた。

xxxi　Domenico Zampieri（1581-1641）：十七世紀イタリアの画家。原文では Domenichino 表記。バロック期の画家であり、礼拝堂などの絵をおもに描いていた。

xxxii　The Caracci：おもに十六世紀に活躍したカラッチ姓のイタリアの画家たちを指す。アゴスティーノ・カラッチ（Agostino Carracci, 1557-1602）とアンニーバレ・カラッチ（Annibale Carracci, 1560-1609）、ルドヴィコ・カラッチ（Ludovico Carracci, 1555-1619）の三名で、アゴスティーノとアンニーバレは兄弟、ルドヴィゴは二人のいとこであった。この三人で芸術学校を設立し、古典主義芸術の発展に大いに貢献した。

xxxiii　原文では 'signifying nothing,' 表記。おそらく多くの作品に同様の表現はあると思われるが、シェイクスピア『マクベス』第五幕第五場に「It is a Tale Told by an Ideot, full of sound and fury Signifying nothing.」という節があり、ここからの引用である可能性が高い。

xxxiv　The Provoked Husband：後述するジョン・ヴァンブラによる未完成の戯曲を同じく後述するコリー・シバーが一七二八年に完成させた喜劇作品。

xxxv　原文では Ruysdael 表記。十七世紀オランダの画家サロモン・ファン・ラウスダール（Salomon van Ruysdael, 1602-1670）のことか。彼の兄弟や甥なども同様に画家である。

xxxvi　原文では Hobbima 表記。つづりは多少異なるが、十七世紀オランダで活躍した画家メインデルト・ホッベマ（Meindert Hobbema, 1638-1709）のことと思われる。

xxxvii　Sir John Vanbrugh（1664-1726）：十七世紀から十八世紀イギリスの建築家、劇作家。建築家としてはブレナム宮殿の設計者として知られ、劇作家としても戯曲をいくつも残している。

xxxviii　**Colley Cibber**（1671-1757）：十七世紀から十八世紀イギリスの役者、劇作家。役者としては悲劇、喜劇などに囚われず様々な作品に出演し、劇作家としても前述した『憤慨した旦那』などの作品を残した。

xxxix　**Elgin Marbles**：古代ギリシアのアテネにおいて、パルテノン神殿の飾りとなっていた彫刻の通称。十九世紀にエルギン伯トマス・ブルースが同神殿から削って持ち去ったことにより、現在は大英博物館に収められている。

xl　原文では **'casual fruition, joyless, unendeared'** 表記。ジョン・ミルトン『失楽園』に同様の表現があり、ここからの引用であろう。

xli　**François Ier**（1494-1547）：十六世紀フランス・ヴァロワ朝の国王。ルネサンス期においてフランス国王として文芸の庇護に努め、「フランス・ルネサンスの父」と呼ばれた。神聖ローマ皇帝の位を後述のカルロス一世（カール五世）と争ったが、敗れた。

xlii　**Karl V.**（1500-1558）：十六世紀神聖ローマ帝国の皇帝。元々は父親がカスティーリャ王位を継承したことから、彼の死後スペインに入り親政を敷いた。また、祖父が神聖ローマ皇帝であったことから、彼の死後に後継者としてフランス王フランソワ一世との争いを制して神聖ローマ皇帝カール五世にもなった。

xliii　**Parmigianino**（1503-1540）：十六世紀イタリアの画家。原文では **Parmegiano** 表記。ルネサンス期の

芸術の影響を受け、教会の内装などを手がけた。

xliv 『旧約聖書』創世記二八章一二節においてヤコブの夢に登場した、天使たちが昇降する梯子のこと。「夢を見た。すると、先端が天にまで達する階段が地に据えられていて、神の使いたちが昇り降りしていた」（聖書協会共同訳、二〇一八年）。

xlv Giorgio Vasari（1511-1574）：十六世紀イタリアの画家。ミケランジェロの弟子で、ラファエロの作品を見て影響を受けた。一五五〇年にはルネサンス期の芸術家の評伝を書いた『画家・彫刻家・建築家列伝』を出版した。

xlvi William Gandy（?-1729）：十八世紀イギリスの肖像画家。前述のジョシュア・レノルズと同時代人で、彼の才能に刺激を受け、創作に邁進した。

xlvii Exeter：イングランド南西部、デヴォン州の都市。紀元前の段階ですでに入植者がいたとされており、その頃から存在する歴史ある都市である。

■エッセー三　過去と未来について

私は生まれつき想像力に乏しく、頭の回転もそれほど素早いわけではない。私は現在の善さを味わいたいとはある程度思っているし、過去にも幾分か愛着がある。だが砂上の楼閣を建てようという気はなく、未来の輝かしい写像に多くの確信や期待を抱いて目を向けるのではない。そういったわけで、このトピックについての一般通念や思いについて真逆な理論を形成するに至り、それをできる限り私はここで説明したいと思う。《ローレンス・》スターンが『センチメンタル・ジャーニー』[xlviii]でフランスの大臣に対して、もしフランス人に欠点というのがあったならば、それは彼らがあまりに真剣に物事を捉えることだと述べた。それを聞いた大臣は、もしそれが彼の意見だと言うのなら、あらゆる力を尽くしてそれを死守せねばならない。さもなくば世界中を敵に回すだろうとした。以上を踏まえ目下の論題について十分に語り通したい。

私は人類が一般的に過去と未来の価値について、大きな違いを設けたことの合理的、或いは論理的な根拠を見出すことができない。あたかも一方が全てであり、もう一方が何もなく、何であれ重要性は皆無であるかのように。他方で、私は過去というものが、未来が可能なのと同じくらいに我々の存在の真実で本質的な要素であり、それは人生を評価するために考慮すべき真正で《bona fide》明白な対象であると思っている。過去はすでに過ぎ去りもはや何物でもない故に重要性は何らなく、一瞬たりとも顧みる価値もないとするのは、何を主張するにしても論拠としては破綻しているものである。というのも過去がもう存在しなくなったものであり、善悪を測るものとしての要因だと看做せないならば、まだ来ていない未来も存在しないものとなるからである。もし現在だけが実在していて即時的な善を我々が摑めるのも現在だけだという理由で、厳密で明白な意味で現在だけが価値を有すると主張する者がいたなら、私はその人の言いたいことが理解できる（尤も、彼自身はわかっていないかもしれないが）[13]。だがはっきりとありのまま感じとれるものと、遠隔的で漠然とした存在感しかないものの差異を持ち出すことによって、どうして過去よりも未来を好む根拠となり得るのか私には理解できない。というのも両方ともこの観点において等しく観念的なものであり、両方とも精神の目によってのみ想像され、それによって思考や感情において顕在化されることを除けば絶対的な無である。いや、それどころか一方はもう一方よりももっと想像的で、脳が生み出したもっと現実離れした被造物であり、それに対して我々が払う関心はもっと朧気で根拠のないものである。我々が相当に心を向ける未来については、実際に思っていた未来が全く生じないこともある。つまり、人生上の出来事として実際の存在として全く具体化しないこともあり得るのであり、他方で過去というのは確かに一度存在したものであり、真実の痕跡として刻印されたのであり、過去そのものの表象を前に残しておいたものである。それ故それが本当に存在したか疑うどころではなく、或いは詩人の言葉を借りれば、

あれらの喜びは運命が届かぬ場所に置かれている。[xlix]

だが未来は現在においては無であり、我々が話したりしている時にも未来には即時的な関心があるわけではないが、未来そのものにおいて最高度の重要性があり、その人にとって最大級の関心があるということは否定できないのである。というのもやがて実存するようになり、来る時になれば存在するという考えが我々にはあるからだ。それで、過去もまた現実的な存在があるわけではない。それがもたらす現実的な感覚やそこに包含されている関心はすでに飛び去っていったものである。だが現実的な存在があったことはやはり事実であり、そういった存在であった時の鮮明な記憶を我々は思い出すことができる。それ故推論と同じように、それ自体においては全く些細なものであるということはないのであり、精神上においてかつてあったかどうかというのも全く無関係だというわけでもないの

である。いや違う！　むしろ逆だ！　過去がその存在と我々を繋げるためのものが他に少ししか残っていないにしても、過去に関心を払わなくてもいいものだと早急に判断するのはやめよう。過去に我々が存在していたり、我々が幸福であったり哀れであったりしたことも無なのであろうか？　或いは私が私であったり他者であったりしたことに考えを巡らすことは寸毫《すんごう》も考える価値すらないということなのだろうか？　かつて私が私という全てであった時のことを懐かしく思い返したり微笑ましく後悔したりしながら思い返す時、あの幾分か輝かしい現実性のある燦然としたイメージ、

心から湧いてくることの決してない考えを私の脳裏に蘇らせる時、私は思い違いをしているのだろうか、影や夢に自分を打ち立てているのだろうか、無為というケバケバしい衣装に身を包んで、世界の事物や真理の記録に応えるものが何もない全くの創作話を作り上げているのだろうか。私がこの地上で歩いてきた道程を照らしたあの純然たる太陽や空を思い返そうとする時、私は無を対象に物思いに耽ったり眼差しを向けたりするのだろうか？　私の身に生じたこと全て、私が関心を払うもの全てについて考えることは、その考えを無に向けたり、無に対して無意味に価

值を向けたりすることとなのだろうか？　或いは力量ある詩人の言葉を借りて（彼自身、私が特に痛ましく頻繁に反芻する対象だが）、
かつてあれほど輝いていた光の放射は
今では永遠に私の視界から消失し
何ものも呼び戻すことはできない
草にある栄光、花にある絢爛たる時間を[i]

それなのに、私がそれに考えを向けようとした時、嘘によって嘲笑されているのだろうか？　それとも、私が崇拝する遠い昔の天上的な真理とその足跡を再度辿る時、それにうっとりし、その天上的な空気を吸い込むのではないだろうか？　先ほどと同じ詩人の次の言葉には私は同意できない。

逆へと遡っていく流れがどれほど暗く、
過去の微笑みがどれほど僅かか見るがよい[ii]

というのも、過去こそが私に最も大きな喜びと現実の確かさを与えてくれるのだから。ルソーの『告白』の多大な魅力を構成するものは、このような思いを相当に描き切っているからだ。ルソーは過去の己の経験から蜂蜜の雫の如く大切なアルコールを蒸留しているかのようである。彼が語る交互の喜びと苦痛は彼にとってのロザリオであり、それを用いて敬虔にルソーは祈るのである。彼は希望の花によってロザリオを紡ぎ、それが彼の若い頃に散りばめられたものと思い描くのである。彼が『孤独な散歩者の夢想』の最後の章を書き始め「今日は枝の日曜日、ヴァラン夫人と初めて会ってから五十年になる」《Il y a aujourd'hui, jour des Paques Fleuris, cinquante ans depuis que j'ai premier vu Madame Warens》と言う時、その短い文章にはどれほどの魂の強い焦がれが込められていることだろう！　その短い時の隔てにおいて、彼の身に起きたこと、彼が考え感じたことは、無と看做されるものなのだろうか？　過ぎ去りし星霜の幸福であったり惨めであったりする、あの長く、薄暗く、色褪せた回顧……。かつて埋めては消え去っていったものを摑みとるために彼の両目を落胆させ、心を萎れさせないためのあの真っ白な思い出、それは未来へと向けられていないからだというのか？　関心を払う対象として次の五十年よりも過去に向けるのは間違いなのだろうか――生きていなかった故に見なかったその五十年に？　それとも生き続けていたならどうなっていただろうか？　自分の若い時、ヴァラン夫人と初めて出会った時、つまりは「私たちの心の食卓を」あれほどの真実と交じり気のない喜びで辿った日々と比べて、それらの現実的な実感は考えるに値するのだろうか？「生という生が全て過ぎ去った」時、ルソーはその過去の最も素晴らしく最上の部分をもう一度生き、かつてのあの時の全き自分にもう一度なるのではないだろうか？――ノーマン・コートの広く澄んだ頂上を冠る林たちよ、何故に我はこんなにもそなたの所に何回も足を運ぶのだろう、何故にそなたが居合わせているような柔和な想いを感じるのだろうか。だがそなたの風にそよいでいる高き頂は既に永劫に過ぎ去りし年月を思い起こさせる。長く愛しんだ希望と苦い落胆の物語が再度終わりなくそなたに囁く。そなたの孤独と縺れる自然の中で我は彷徨しながら己を忘れ、自分の心の孤独に迷う。低地にある荒野にそなたの騒めく数多の木の枝が轟音を轟かせることが……。過去の他の年月に想いを馳せながら、我は自分に喜びなき荒涼感を抱かせるその荒野を執拗な苦悩を伴いつつも見下ろすことができる！ヒヤシンスが添えられたサクラソウの房の如きあの蒼白な顔もなく、ずっと遠ざかっては付き纏う我の覚醒した思いが夢の中にあるかの如く嘲笑うあの顔もない。我の心が決して嘲笑うこと叶わぬ微笑みもない。特有の光沢を有した暗き両目、未だにそれは我に向けられ、まるで愛の海の如き流体の迷路へと魂を引き摺り込むあの両目もない。空想の耳を震わすあの名もない。神話の木立でオレイアス[ii]やドリュアス[iii]の如く私の眼前を滑走するあの姿もない。物憂げで、鈍重な時間はどのように過ぎるか？　なら、揺れよ、揺れ続けるのだ、汝テューダリーの木立よ、そしてその高き頂を空へと上げよ。我々の神秘の声によって発せられたかつての我のため息と誓いが、今ある私に耐えることを教えてくれる！　より良き日々に私たちが知った多数の事物が、私たちの愛情の重さを支える主たる柱であり、未来の定めを待ち受けるための力を与えてくれる。未来というのは私たちの視界からあらゆる事物を遮る死んだ壁或いは厚い霧である。過去は事物と共に生きており鼓動している、輝かしく或いは厳粛で色褪せることなき関心を払う過去。実際、私たちに最も頻繁に繰り返されることは何だろう？　一体私たちが考えたり話したりする題目は何であろうか？　それは知らぬ未来でなく、存分に蓄えられた過去である。ヴェネツィアのムーア人オセロは、ブラバンショーの家で自分と聴衆たちを「自分の人生の早い時期である少年時代から語り通す」[liv]ことによって楽しませた。そして「自分が若い時に苦しんだ恐ろしい発作についていくつか聞かせることにより、聴衆たちを泣かせながらも楽しませた」[lv]ことをよくした。このへつらうような態度をとろうとした彼の計画は、もし過去というものが古い年鑑の中身のように無用で放り投げてそのまま忘れられるものだったら、達成することはできなかっただろう。世界がこれからの六千年どうなるのか、その知識が頭にあったとて、実際に起きた過去の六千年に比べればどれほど重みのないものだろう！　私たちの想像を閃かせたり興味関心を掻き立たせたりする力強い光景は全て、「かつて実際にあったものである」[14]!

＊＊＊

それ自体を顧みる時、或いは一般的に省察する時も、未来が過去を凌駕することはない。だが我々の大雑把な情熱や探究心ならば凌駕することはある。知性や想像力に対して訴えるという点に関しては、未来は過去と同じくらい良きものであり、現実的で、固有で表面上の価値を有するものである。だが人類の精神には別の原理もあるのであり、それは行動または意志の原理である。この点においては過去とは無関係に、未来はそれ自体においてその原理を無我夢中にさせる。この点において我々の感性にとても強い偏見を与えるのは愛情のこの力強い梃子であり、私たちの考えの先天的な編成を暴力的に配置換えしてしまうのである。私たちは喪失した喜びを悔い、今後やってくるはずのそれを熱心に予想する。私たちは逃れてきた多数の悪に対して満足感を抱く《Post haec meminisse iuvabit》。過ぎ去った善は消費された金銭のようであり、それはもう有用ではなく、わずかな関心も払われない。私たちが見込む善はあたかもまだ手をつけていない貯蓄であり、無限の満足感を抱かせることを約束し、それが私たちに楽しみをもたらすのである。私たちにかつて生じたことには何ら重要だと思わないが、私たちに起こることは最も重要だと思う。何故か？それは単純に一方は我々の意志通りにまだなるが、もう一方はそうではないからである……。つまり来たる対象とやっていこうとしたり妨害したりしようと意志を働かせようとすることは、その対象が何であれそれに対して我々の愛着や嫌悪感を強めるのである……。そして対象が何であれ労力や注意を向ける場合それは我々の関心を増大させるのである……。そして何かの目的を成し遂げようと慣習的に熱心に探求することは我々の期待の熱意を倍加させ、推測的で朧気で簡単に移り変わってしまうような満足感を本物の情念に変換してしまうのである。私たちの後悔、不安、そして願望は過去のものへと投げ捨てられる。だが未来の重要性に目を向けることは、我々の決意を確固とさせ努力を刺激する最も大きな要因である。もし未来が過去と同じくらいしか意志の入り込む余地がなかったならば、もし我々の注意深さ、自信たっぷりな計画、我々の希望や恐怖が過去と未来とで同じくらい少ししか有用ではなかったなら、もし喜びに対して自分たちの精神を和らげたり、苦痛に抵抗したりするためにより毅然とした姿勢でいることが予めできたなら、もしあらゆる事物が川に流れる麦わらや木材のように我々の傍を流れていったならば、純然と受動的なその意志は未来を回避することと過去を捉えることのできる程度に少ししかない。そうなったならば過去と未来、我々は両方ともに等しく無関心となるだろう。つまり過去と未来の両方を我々の思考や想像力に対して、賛意や悔やみといった感情を抱かせつつ影響を及ぼすものとして看做すが、面倒にも行動を起こしたり、意志が苛ついたり、情念と偏見の全てを一つの事柄に課しつつ他については何らそれらを向けないということはない。強烈な一撃がやってこようとしている間、我々はそれを待ち構えて回避したり撃破したりしようと考え、他方では避けられないことは耐えるための忍耐心の態勢で予め武装し、五十もの無用なはずの不安要素により恐怖感を抱いてしまうのである。だが一旦その一撃が飛んできてしまいさえすれば、それで不安は終わりである。苦闘することはもう必要なくなったのであり、必要以上に自分を困惑させたり苦しめたりすることをやめてしまうのである。あるものが未来に属しながら、別のものが過去に属しているということではない。だが片方の未来は行動を向け、落ち着かぬ懸念や強い情念を抱き、他方で過去は行為の領域から完全に離れ、

穏やかな黙想に威容ある痛み[15]

の領域へと入っていくのである。一年後に拷問台に置かれることを考えること自体は、

一年後に拷問台に置かれた場合にそれを思い起こすのと同じくらいの思慮を働かせるだけで十分だが、前者の場合それを回避しようと願うが、他方で忍耐心を伴いつつ意識を働かせることとなる。だがこの願いによって運命との無益な苦闘をしながら身を嚢すようになり、一年後実際に拷問台に置かれるまで、彼が抱いた空想上の拷問台の中に毎日のように身を置かなければならない。生じる出来事があまりに遠い未来で意志とは独立していて、即時的な行動を必要としないくらいだったり、その出来事を突破するためのあらゆる意欲が削がれてしまうのならば、実際にそれがすでに生じた時よりも困惑したりかき乱されたりすることとほとんど変わらないし、或いは別の出来事として生じるのではないかと考えたり、自分ではなく関係ない人物に生じるのではないかと捉えてしまうのである。犯罪者たちは法廷に出頭する時が近づくにつれ、次第に不安になっていくことが考察されている。だが一旦判決が下されれば、彼らは諦めの気持ちになりながらも安らかな気持ちにもなり、死刑の前夜も一般的にぐっすりと眠る。

この理論を同程度に確証させるものとして、人は行為や生活の慌ただしさに応じて過去や未来にも比例するように重要性を向ける。財産を築こうとか権力や地位を追い求めている人は、過去については少ししか心を向けない。というのも自分たちが念頭に置いているものに少ししか有用性がないからである。他方で考えることしかすることがない人は、未来だけでなく過去に対しても同じくらいの興味を向けるのである。過去を反芻する時の喜びと現実感は、未来と同程度に及ぶ。希望という季節はやがて終わる。だがその思い出は残る。過去というのはそれをどのように辿ってきたかを振り返るだけの余裕がある人物には思い出としてなお残り、そこから「もっと実りあるものと思わせる仄かな光を捉える」[lvi]のである。行為の活烈さ、欲望からくる不安、それらは未来へと向けられなければならない。羊飼いの平静な無垢さ、牧歌時代の質素さにおいてのみ、次の墓碑が刻まれた墓があるのである。「私もまたアルカディア人だった！」[lvii]

　確かに私は各々の天から与えられた先天的な素質と、その人の人生への習慣上の愛着が絶対に比例するとは思ってはいないが、それでも全く比例しないという気難しい衒学的な輩たちが抱くような考えも有していない。「人生とは何と瑣末なものか《Que peu de chose est la vie humaine》」。というのもモラリストたちや哲学者たちが口を揃えて叫んでいるわけだが、私はこのフレーズには同意できないからだ。死ぬ間際において本来事物の見方をもたらし過ぎ去ったことを無視するのなら、人生はつまらぬものであり、短いものであり、生きる価値のないものとなる。このような計算をする人たちは人生が終われればそれは無価値なものだと主張することが多いようだが、確かに彼らの捉え方では正しいのだろう。古の規則《Respice finem》が絶対的なものとなり、幸福になれるのはその人が死ぬ時まで来ないのだとするならば、存在している人間のうち、羨望される者はごくわずかとなる。だがこの題目においてそれは公平な見方ではない。人生というのはその人の最初から最後までの全てであり、決して消えゆく蠟燭の最後の微かな煌めきだけではないのである。そしてこの点は、我々が人生の喜びや苦しみに眼差しを向ける時に重要な要素であり、決して軽視していいほどの些事ではない、と私は言いたい。気難しい結論や浅薄な無関心を描くのは、ある人が年老いたから当人はかつて若かったことはなく、或いは今では死去したのだから生きていたことがない、と主張するのと同じくらい理のないことである。旅路の長さや愉快さというのはその最後の数歩だけが原因というのではないし、建物の大きさも完成する際に石を積む最後の作業だけで判断されるべきものではない。我々が人生の判断を下す際にその根拠になるのは、我々の存在の最初と最後の時間ではなくこの間に入る部分であり、また人生の舞台に上がる時の出入りではなく上がっている間に自分がどう感じ考え何をしたか、という点にある。人生の正鵠な長さ、そこに無数に包含されている要素、その矛盾も孕み移ろいやすい関心、ある状況から別の状況への変遷、代わる代わる熱心に追求していく時間や月日や年数、つまり一言で言えば、我々共通の旅路の長さとそこに詰め込まれている数々の出来事の量が、我々の実際上知覚したものを把握することを惑わせ、自分たちの記憶の中から滑り落ちていき、ついに知覚したものが存在しないかのように縮まっていくのを示すのは簡単である。人生において知覚したもの全ては我々にとって余りに巨大なものであり、存在しないと言ってしまうのである！　今までの人生は我々の想像上の小さな点に過ぎないが、その胸を打つ集合体や無限に内包している事物を描き切ることができるキャンバスは、一体どれほどの大きさだろうか！　それは虚栄心の如く軽量だが、その中の重々しい場面を全て、頭痛や心痛になるもの全てを一つに凝縮したとしたら、それがもたらす打撃に耐え切るにはどれほど毅然さが必要となることだろう！　それは巨大な堆積、願いや考え、想いや心配事、心宥める希望、愛、楽しみ、友情によって構成される「巨大で、無言の堆積」である！　例えば、どれほど多くの長く深く烈しい考えや連続した感情がたった一日だけでも人の思考や読書において通り過ぎることだろう！　何か興味を惹くようなことになお夢中になり、何か昔の印象をなお思い起こしていて、何か困難な問題と格闘したり、なおそれを解こうとしていたりと、一歩一歩に力の感性が伴っていて、瞬間毎に「高き努力や喜ばしき成功」を念頭に置いているのが、一年のうち何日あるか、長い人生のうち何年あるだろうか。というのも精神はそれを作用させるものに対して捉えるのであり、その性質を必要とするが故に、愉快な興奮や生き生きとした配慮へと調音するからである。人生の地図を各々の構成要素毎に細分することはシェイクスピアによる『ヘンリー六世』によって実に美しく描写されている。

ああ主よ！　私にとって幸福な人生は次のようだっただろうに
ただのどこにでもいる、恋する青年であったなら
今こうしているように丘の上に座っていたなら
一つ一つ、風流に日記を書き連ねていったなら
それによって一分一分がどのように走り去っていくか
一時間を完遂させるには何分あれば足りるのか
一日を新たにもたらすには何時間あれば足りるのか
一年を終わらせるには何日必要か
死すべき人が生きられるのは何年あるのか
これがわかったならば、時間を分割していく
これだけの時間で私は動物たちの世話をしなければならない
これだけの時間で私は休息しなければいけない
これだけの時間で私は黙想しなければならない
これだけの時間で私は羽目を外さなければならない
これだけの日数で私の羊たちが子供を宿し

これだけの週でその無垢な子供が産み落とされる
これだけの月数で私が羊毛を刈るようになる
これだけの分、時間、週、月、そして年
各々の目的へと向かい流れていく
そして白灰色の髪を静寂なる墓へともたらす

私自身は王でもなければ羊飼いでもない。本が私にとっての羊毛を刈るような仕事であり、考えることが私にとってのテーマであった。だがこれらは当時やるべきこととして十分なものだと思っており、当分の間考えることも十二分にあった。

多数の情念が人生の自然な進捗を収縮させ捻れさせる。己の専制や気まぐれに貢献しないものは麻痺させる。幼年期の無邪気な笑い、青年期の心地よさ、そして年を重ねた時の気難しさという違いを各々もたらす。たくさんの心配事が罪の意識の重さのように精神にのしかかる。それ故仕事に齷齪《あくせく》している人は、犯罪人が抱くような不安や落ち着かなさや慌ただしさといった様子をよく呈しているものである。世界に関する知識を得ることは、その実例がもたらす悪影響と同様に思考の柔軟さや単純明快さを喪失するものである。我々が幼い頃の自然で素直な姿勢はどの印象にもほぼ等しく向けられているが、それは他の対象が精神に詰められたり囚われたりしていないからである。その頃の我々の快や苦は単独でもたらされるものであり、そのため互いに精神に入り込むだけの余裕もあり、さらに精神の源泉は瑞々しく涸れることがなく、澄んでいて汚れがないのである。かくて「涙は注がれれば即座に忘却され、胸中には太陽が輝く」[lviii]。だが我々の年齢が進んでいくにつれ、意志はより大きな頭を持つようになる。暴力的な敵意を抱き排他的な好みに浸かるようになる。何か一つのことに決心し、それが叶わないならば何も得られない。特定の意見、空想、偏見に固執するようになる。それらは我々の判断の健全さを破壊し、我々が抱く感情の平穏さや柔軟さを喪失させる。習慣の鎖がそれ自体心に蛇のように巻きつき、心に噛みつき窒息させる。どんどん強張っていき冷淡になってくる。そして子供時代の弾力性に富み融通無碍なものは、プライドいっぱいの肉となり頑固な喧騒となる。我々の情念の暴力性や倒錯がどんどん己に入り込んできて、生まれつきの自然な感性や確固としていた愛情がそれによって覆われていく。そしてそういった望ましくもなく実践的でもないものだけを目指して己を混乱させるのである。かくして人生は追求していくことによって生じる熱病めいた苛立ち、とそこから来る失望や落胆を確信することによって過ぎ去っていくものである。次第に、このような感情の病的と思える状態だけが我々を満足させる。そしてあらゆる通俗的な快や安っぽい娯楽は野心、貪欲、或いは放蕩という悪魔に捧げられる。

機械は過労状態にある。血管の干上がっていた熱が乾き、愛と希望と喜びの花を枯らす。そして我々が身を伸ばして味わっている恍惚が少しでも止まったり少しでも身を離したりすることは、そこに留まっている際に味わい耐えている不安よりもずっと耐え難いものと感じてしまう。苛む欲望と退屈の恐怖に挟まった状態に我々はいる。意志の衝動は、丘を下っていく乗り物の車輪の如く、理性という運転手には制御しきれないくらいに強くなり過ぎ、停車したり適度な速度に落としたりすることができない。何かの観念、何かの空想が脳に取り憑く。そしてそれがどれほど滑稽で、どれほど悲惨で、どれほど破滅的なものであろうと、人生の間一種の魅力的なものとして我々に取り憑くのである。

この過剰な苛立ちの原理は我々が最も心乱して抱くような情念や追求において作用するだけでなく、芸術や学問を平常に学ぶ時にすらも同様のことが見受けられ、それが人生の安息や幸福を損なうのである。探求においての熱心さが達成したことによる満足感よりも、それによってもたらされるものに向けられる。精神はその目的を達成するために過度な緊張状態になる。そして実際に達成しても、それを楽しむために必要な安息の心持ちや刹那性はもう持っていないのである。行動の苛立ちは実際に行動していても収まったり、和らいだりするわけではない。だが自分の仕事を終わらせるためにまず落ち着かない状態になり、それが終わったかと思うと今度は手持ち無沙汰故に落ち着かなくなる。脳の興奮はそれ自身が快や柔和な安息へと落ち着いていくことはない。多大な知性を有した人間が過剰な興奮を和らげたり実行したりすることに強い動機を持ちやすいのはこのためである。即興詩人たちは（スペンスの『ポープの逸話』において記載されている）、彼らの詩作のその数奇で困難な営みを晩の間やり続けた故に、その夜眠ることができない。詩の韻律が彼らの意識に反して頭の中で流れ続けてしまい、休息することを妨げるのである。技術職人や肉体労働者たちは日曜日をどう過ごせばいいのか彼ら自身わからないときている、仕事に戻る時日曜の安堵を多大に求め、働いている日中ずっと日曜日を楽しみにしているのに拘らず、である。サー・ジョシュア・レノルズは自分のアトリエの外にいるといつも気分が落ち着かず、死の間際で絵を描くことができなかった故に悲痛と後悔の念を抱きながら死んでいった。彼はある絵画が自分の画架に置かれている限りは、いつまでも加筆修正して過ごしていけるとよく口にしていた。だがその絵画が一旦完全に家から持ち出されたら、もう一度それを見たいとは決して思わなかった。我々の時代の才分ある画家が、もし悪魔が自分自身を強く握り捕らえることがあったなら、自分は彼を絵画のモデルとするために側に留めておくと公言していたと言われている。それ故、間違いのない過去の行いを自己満足で回顧することは無であると言え、他方これからやってくることに対して不安で落ち着かずに目を向けていくことは全てであると言える。未来の進捗を遅らせることがない限りは、我々は過去に留まることを恐れる。安息に浸かることは卓越した存在になることの決定的な妨げとなる。そして人生において成功しようとすると、存在の最終地点を見失うのだ！

【原　注】

13　原注一：もし過ぎ去っていった瞬間とすぐにくる次の瞬間を今しがた取り払ったなら、この明白で実践的な理論に対してどれほど残っているものだろうか？　感覚と現実性の確固たる根拠は針先や髪の毛一本ほどしかなくなってしまい、道徳的均衡をとる名手たちはどちら側にも崩れることなく己の足を留めておくことにかなり苦労するだろう。

14　原注二：年鑑に関して述べられていることを読むのは退屈である。だが黄金時代の話を読んでうんざりしていた人はいるだろうか？　この点について私はかつてクロードでありたいと思った。ある人が「それは駄目だ。というのもその頃には全てはもう終わってしまっているのだから」と言ったが、あたかもそれがいつの時点に我々は生きているか（現在という短い時は除外する）を示し、或いは人生の価値が世紀を経る毎に増えたり減ったりするものと言わんばかりである。この場合、我々の人生にはまだ一定の未来が待ち受けているとした方がよく、それによって我々の存在を次の世紀から次の世紀へ、そして無限へ《ad infinitum》。

15　原注三：これに類似して、ある出来事が一定の距離をおいて生じたことは知っているが、実際にどのような結果になったかについてまだ知らない状態にある限り、その出来事について心が乱され、まるでまだ結果が生じてないかのように待ち受ける際のあらゆる苦悩を味わうこととなる。だが結果がはっきりしてしまえば、落ち着かぬ動揺は収まり、運命に自分を任せ、実際に生じたことに対して自分ができることをするために決断を下すのである。

【訳者注】

xlviii　Sentimental Journey：ローレンス・スターン（Laurence Sterne, 1713-1768）によって一七六八年に書かれた作品。作者スターンの旅行の経験から生まれたものである。詳細は『センチメンタル・ジャーニー』（拙訳、京緑社、二〇二二）を参照されたい。

xlix　原文では Those joys are lodg'd beyond the reach of fate. 表記。劇作家ニコラス・ロウ（Nicholas Rowe, 1674-1718）による悲劇作品『公正な悔悟者』（The Fair Penitent）からの引用であると思われる。

l　原文では What though the radiance which was once so bright Be now for ever vanish'd from my sight, Though nothing can bring back the hour Of glory in the grass, of splendour in the flow'r ― 表記。イギリスの詩人ウィリアム・ワーズワース（William Wordsworth, 1770-1850）による詩『頌歌』（Ode）に以下の類似箇所があり、ここからの引用と思われる。

What though the radiance which was once so bright

Be now for ever taken from my sight,

Though nothing can bring back the hour

Of splendour in the grass, of glory in the flower;

li　原文ではAnd see how dark the backward stream, A little moment past so smiling. 表記。ワーズワースによる詩『晩にボートを漕いでいる間に書き留めた詩行』（Lines Written While Sailing in a Boat at Evening）に同様の表現があり、ここからの引用であろう。

lii　Ὀρειάς：ギリシア神話に登場する山と岩屋のニンフ。原文ではOread表記。狩猟の女神アルテミスに従い山野を駆け巡っていたとされる。

liii　Δρυάς：ギリシア神話に登場する木の精霊であるニンフ。原文ではDryad表記。

liv　原文では'running through the story of his life even from his boyish days'表記。細部は異なるが、『オセロ』第一幕第三場に以下のような類似箇所があり、ここからの引用であろう。「I ran it through, euen from my boyish daies,」

lv　原文では'beguiled them of their tears, when he did speak of some disastrous stroke which hisyouth suffered'. 表記。細部は異なるが、『オセロ』第一幕第三場に以下のような類似箇所があり、ここからの引用であろう。「And often did beguile her of her teares, When I did speake of some distressefull stroke That my youth suffer'd:」

lvi 原文では'catch-glimpses that may make them less forlorn'表記。ワーズワースの詩『世界は我々とともにあまりに多く』（The World Is Too Much With Us）に以下の類似箇所があり、ここからの引用であろう。「Have glimpses that would make me less forlorn;」

lvii 原文では'I ALSO WAS AN ARCADIAN!'表記。おそらくグエルチーノ（Guercino, 1591-1666）やニコラ・プッサンによる芸術作品『我アルカディアにもあり』（Et in Arcadia ego）のもじりであり、特にグエルチーノの同作には絵の中の墓碑に「我アルカディアにもあり」と刻まれている。

lviii 原文では'the tear forgot as soon as shed, the sunshine of the breast.'表記。十八世紀イギリスの詩人トマス・グレイによる詩『イートン学寮遠望のうた』（Ode on a distant prospect of the Eton College）に同様の表現があり、ここからの引用であると思われる。

■エッセー四　天才と良識について

天才と趣向というのは厳密に規則化できるものであり、そしてあらゆることに規則があるのだといった主張を理解力があるというより真面目な人たちから耳にする。空想の最も美しい息吹が定義できる代物であり、最も明白な良識はロック氏曰く「混合された様式《mixed mode》」に過ぎず、後天的で定義できない機転の類に従うものだという主張は実に真実から離れたものである。「あることが遂行された際の規則がわからないというのなら、一体どうやってそれをもう一度遂行することに確信できるのか?」と聞かれたら、「歩く際の支えとなる筋肉について自分が知らないのに、どうして一歩一歩歩いていくのに転倒しないいんだい?」と答えるだろう。芸術、趣向、人生、演説、これらにおいて人は感情から決定するものであり、決して理論に基づきはしない。つまり精神上にある多数の、真実で強固に建てられた印象から決定するのではあるが、それらを具体的に分析したり説明したりできるとは必ずしも限らないのである。人が使う身振り手振り、目にしている外見、耳にしている口調、それらを決して理論や規則に基づいて判断するのではなく、表現、妥当性、そしてその意義を今までの習慣から判断する。つまり、今までにあった無数の異なった状況における、多様に変化した無数の身振りや外見や口調から判断するわけなのだが、それら全てをはっきりと思い起こすにはあまりに数が多すぎあまりに性質が多様なのである。だが無数にある今までのそれらの自分に与える作用の強さは、今知覚している印象のものには決して劣らない。これらの印象（自然の即時的な刻印）は分類され規則化されない限り我々には作用しないとしていいものだろうか？

それとも規則そのものが、自分に対する現実的な作用の真実性と確実性に基づいて打ち立てられていると言うべきだろうか？　そうであるならば理解と自分に作用をもたらす実際の態度を区別することが、精神上に画一的な影響を相応に与える点において必要なのだろうか？　物理的な面だけでなく精神上においても特定の効果が特定の原因から一貫して同じように生じないというのなら、それらを規則化できることはない。自然というのは規則に従うのではなく、逆に自然が規則を暗示するのである。理性は自然と天才の解釈者であり批評家であるが、それらの法則を打ちたてたり正否を判断したりするものではない。もしその人の実践上の決断が己の慎重に働かせる分別を凌駕することがほとんどなく、自分の抱く感情や取得する知が理論からもたらされる以上のものでない場合、その人は貧しい人間である。雄弁さと叡智の違い、また才能と分別の違いはこの点にある。人は自分の意見の根拠について説明できるほどには器用であったり可能であったりするが、それでもその人は単なるソフィストに過ぎないこともある。なぜなら対象の片面しか見ていないのだから。別の人がある問題点について頭がいっぱいでそれ以外のことには全く頭が回らない状態にありながら、当人がその問題点が自分に与えている影響について説明できなかったり、その無言の潜伏場所で理論を打ち立てることができなかったりする。後者の人は賢い人ではあるが、論理家や雄弁家ではない。ゴールドスミス[lix]はジョンソン博士[lx]との討論において愚かな振る舞いをした。つまり、ゴールドスミスは自分の意見について具体的な根拠を立てることに劣っていたのである。他方でジョンソン博士はゴールドスミスに対し上等な機知において愚かだった。つまり物事の表層をざっと捉え己の意見を無意識的に形作っていく、あの軽やかで直感的な能力において劣っていたのである。分別や良識というのは日常生活において、このように形成されていく無意識的な印象のまさにその総和の結果であると言える。今までの蓄積は記憶として保管されていき、時が来たら取り出される。天才性と趣向は同様の原理に基づくものであるが、もっと高遠なものを根拠として、より変則的な組み合わせに依るものである。

　これはよく議論されている稚拙にしか理解されないテーマだが、以下のサー・ジョシュア・レノルズの『論考《Discourses》』の文から引用することにより、私自身が気どったり奇抜なことを言ったりしなくてすむので安堵している。この引用文を挙げれば私の意図していることを全て満たしてくれ、おそらく結論もつけられるだろう。彼はこう言う。「この論考において関連したあらゆる芸術の根底的な部分においては精神の二つの能力のみが問題となる。つまりその想像力と感性である。

芸術を導いたり操ったりすることを試みるあらゆる理論、合理的と誤って呼ばれる原則、これら芸術の手段や目的においては理論こそが最重要であり、想像における対象物から生み出される効果とは無縁なものだと想定するような言明は、誤りであり錯誤も甚だしい。こう言うと大胆不敵かと思うかもしれないが、空想力こそが真実の住処である。想像力が作用されているなら、結論部分は言ったも同然である。作用されてないなら目的が達成されていないので理論は誤りである。感受する作用そのものがその手段の真実性と効果の判断基準であるといえば、唯一の基準なのである。

芸術同様に人生の商業面においても、正論からできる限り逸脱しようとしない聡明さがあり、その聡明さは局時的にのみ発揮される分別よりも優れているものなのだが、それにも拘らずその聡明さがゆっくりと進む推論など待つことなく、一種の直感的なものと言えるそれが一気に結論部分へとひとっ飛びするのである。この類の聡明さを有している人は真理を感じ認めるのだが、それについて常に理論立てて説明できるほど己の支配下にあるわけではないだろう。というのも、自分の意見を形作った素材を全て思い浮かべることはできないからである。その最も小さく細かな部分においてすらも非常に巧妙に何回も何回も思慮することにより、多数の事柄に関したり依拠したりする原理を打ち立てていることもあり得るのである。だがこれらは時間の経過とともに忘れられていき、ただ出来上がった適切な印象だけが精神において刻まれ残ったままなのである。

この印象というのは我々の人生全体で蓄積してきた経験の結果なのであり、いつどうやって集められたかはわからない。だがどのように獲得されたにせよ、この多数の考察の収集物はあの理性、それが各々の場合において強力に打ち立てられたとしても、それを凌駕するはずである。理性は対象の事柄の部分的な側面しか理解をもたらさないであろう。そして芸術同様に人生上の営みにおいても、この習慣的無意識的な推論によって普通は決定され、或いは決定されるべきである。もし我々が行動を起こす前に毎回毎回理論的に思慮しないといけない羽目にあったら、人生は静止してしまい芸術は非現実的なものとなる。

それ故私からしてみると（とサー・ジョシュアは続ける）、我々の最初の考え、つまりは最初知覚した時に精神上にもたらされる効果はそれが何であれ忘れることは決してない。そして芸術はこの点においてこそ重要なのであり、何よりそういったことを入念に記憶に留めておく必要があるものなのである。もしこれがなかったなら、芸術家は不完全な理論立てをせざるを得なくなることもある。本来なら気まぐれや性急さではなく精神の横溢、自分が今まで見てきたり自分が閃いた多様な創意の豊穣な蓄積によって（後になって彼はそう自惚れるのが常だが）活発な精神を冷淡に働かせたりすることで芸術家は作品を創造していく。これらのアイデアが彼の作品形成に挿入されていくのだが、それは無意識的な営みである。だが理論を重視する場合、また再考して作った作品を修正し、ついには作品全体が単なる陳腐なものに仕上がってしまうのである。

この効果について時折君に対して警告の意味で伝えている。つまり、想像力と感情に対する無根拠な不信を抱き、偏狭で不公平、且つ限定的な議論のための理論並びに描こうとしている内容についての原理を好むのだが、そうでありながら健全な理性からくる真の原理が関わってくる空想がもたらす一般的な印象は、どこか卑俗的ですらある感性の下に隠されているものである。疑いもなく理性は究極的に全てを決定するものである。今ここで重要なのはまさにこの理性が感情に従属するのはいつかを知ることにある」[16]

上述した考えが向けられた人物であろうバーク氏[lxi]は同じことを主張していて、彼の『フランス革命の省察』のいくつかの箇所においてこの考えた方をどこか歪《いびつ》に適用した。そしてウィンダム[lxii]は彼の演説のうちの一つの箴言として仕立てた。曰く「習慣ほど真実なものはない」。もう一度言うが、分別は暗黙の理性である。良心は正しさと誤りと同じ暗黙的な感性であり、或いは精神上における我々の道徳的経験や道徳的懸念の印象であり、その作用は目に見えないものであるがそれでもなお我々は精神において埋め込まれている本能であると確実に看做すのである。我々の情念による原因も道理もわからぬような暴力的な振る舞いについて、我々は時々悪魔にけしかけられたものと看做すことがある！

　ここでこの主題についてもっと普遍的に論じ、私自身に生じた実例や説明も述べていきたい。政府に対して有害行為を行い一七九四年に国王反逆罪が下された人の一人は、その後すぐに身をウェールズに引き、叙事詩を書いたり田園地方の贅沢さを味わったりした。その美しい光景へと長期に亘って旅している途中、彼はランゴレン[lxiii]の美しい谷間にある宿に、ある晴れた朝に到着した。彼はそこで朝食を注文し食べ物を楽しみに漫然としながら窓の方に座っていたのだが、その時にある顔が前を通り過ぎ、すぐにはそのことに気づかなかった。だがやがて朝食が運ばれてきたら彼は食欲がなくなっていることに気づいた。その日の瑞々しさは彼にはもう映らなくなった。気分も落ち着かず意気消沈としてしまった。そして彼自身はその原因がわからないのに、自分の感情が全く変わってしまったのである。この奇妙な状況についてなんとか解明しようとしている間、またもや同じ顔が彼の前を通り過ぎた。その顔はスパイのテイラーの顔であった。この困った状況について説明するのにさらに彼は茫然自失としてしまったのである。さっきは過ぎていく顔の横面だけを微かに見ただけであった。確かにこれは彼の記憶をはっきりと思い起こさせるには十分ではなかったが、彼の感情がより迅速に確実に警告を肌に感じさせたのである。全身を不快にさせる琴線に触れたのであり、それが彼を落ち着かせなかったわけだが、他方で一体全体何が自分に起きているのかも説明できなかったのである。さっと彼の座っていた窓を通り過ぎていった朧気で曖昧なあの横顔が無意識的に神秘的にだが不可分的に、その人物が彼にかつて植えつけていた一連の印象とリンクしていたのである。このわずかな時間において、精神上のこの薄く解読できぬ即興的作用において、彼は「弁護士と法務長官」の演説から再度逃れたのである。自分が睨みつけていたピット氏の痩せた姿や自分を囲んでいた牢獄の壁からも逃れたのであり、死刑執行人の手も近くにあるのを感じていたのだが、自分の神経の慄きと錯乱が理性の力にこれらは全て現在にはないものと伝達するまで続いていたのである。つまり、当時経験してきたこと全てから心に植えられていた一連の記憶の、その中のある一つの出来事が今の彼の精神において思い起こされたのだが、この一連の過程作用についてはすぐには認識できなかったのだ。言い方を換えれば、快楽や苦痛、善や悪の感情が生き返り、それが即座に精神に働くのだが、それがもたらした過去の出来事をはっきりと思い返すよりも早いのである。[17] ここで述べた出来事については、学ある者が観念の関係性において理解することの一つのケースに過ぎない。だが感情や良識の意味するところのものは観念の繋がりが何らかの形でもたらすものに過ぎないのであり、理性がそれらの経験や出来事のより正式的な発展から働き始めたり、観念の繋がりから異なったケースについて探っていったりしようとするので、大なり小なり元々経験した境遇からくる印象に基づくものである。だが前者の、口がきけない者や口数少ない弁論者よりペチャクチャ喋る解説者の方が真実性を有していたり（時々、いや頻繁に勘違いされる）、或いはその主張内容に関して、理性という権威と照らし合わせずに信頼してはならないという論へと繋がれたりするわけではない。両方とも不完全であり、両方とも各々の態様において有用なのである。従って、両方を組み合わせ、互いを修正したり正しいことを確証させたりすることが最善なのである。前述した奇妙な例において、脳裏に突如浮かんだ印象は迷信や空想上のものというわけではないように思われるが、実際にあった物理上、道徳上の原因を有する出来事が証拠としてなければそう思ってしまってもおかしくはない。同じ顔を再度知覚しなければ、疑念が払拭されることはなく、ずっと当惑させたままか、やがて忘れ去っていたかもしれない。生理学者によって規定された連想の法則によれば、一連のことについて抱くどの印象もその一連の中の別の印象を思い起こさせることができる。その一連について順序だてて反芻していくことなく、である。各々の印象を繋げる中間の印象に精神は注意を向けることなく、素早くそしてひっそりと、必然最も強力に捉えていた快や苦痛のより重い部分の方へと飛んでいくのである。我々の経験によって馴染んできた多様な印象や状況に関して習慣的に巧みにこれを行うことにより、あたかも実人生上に速やかに適用できるが如く、偶発的な一連の結論を経験したことのほぼ全ての対象について形成するのである。そして良識というのはこの地味ながら実践的な叡智を具体化したものの名称である。しかし良識というのは、自然と真理の中立的で本能的な結果なのであり、それによって水準を満たし最も厳格で根気を要する推論が必要とする緻密さも有するであろう。良識が感情なくして完全ではあり得ないのは無論である。理性を感情に植え込むことによって、我々は「念には念を入れる」のである。

これがアーチを完成させるための最後の要石……
これを置けば勝利の印が出来上がる！
そして人はこれの強さ、高さ、そしていつどうして建てられたのかを見てとる
その下を未だに歩きながら、目を上げて彷徨うためにいくつかの新たな事物と出逢う

だが自然を読み取ったり良識や経験を向上させたり完全にさせたりするために行使されていない理性はといえば、ほとんどの場合において礎なき建物である。理性によって行われる良識への批判は愉快であると同時に厳格なものであるかもしれないが、厳格であると

同時に根気も必要不可欠なのである。性急で独断的で自己満足で終わる理性の働かせ方は、怠惰な空想や頑迷な偏見よりもたちが悪い。それは体系的に誇示するように誤謬を犯すものであり、「知識への展望を閉ざし、人類の叡智への門を閉鎖させる」のである。理が見出せないと人が思う事物に対して単にそれに理がないことを示すだけでは十分ではない。その事物に対して、もし通俗的な感情や無意識的な偏見によって強い愛着を向けるのならば、或いはもし最初に知覚した印象において潜んでいて懸命に努力しても払拭できないような疑念があるならば、真理は自分よりも強力なものと看做しもう一度それに対して理を働かせる必要がある。そのため、何らかの事物について整然と述べていく場合、或いは何かしらの事情があるはずなのにはっきりとした名前が思い出せないように、それが漠然としか感じとれないような疑念を感じている場合、もっと時間をかけて省察していく必要があり、議論に勝とうとするような傲岸な仮定を立てて事柄を性急に結論づけるようなことをしてはならない。このようにして、良識は詭弁に対して点検をする役割を果たし、我々が性急で表面的な判断を下すことを堰き止める。他方で、ある事物に対して自分の捉え方が正当であると看做すことができず、他方で自分が間違っていることがあらゆる点で明らかで、無知、権威、利害、異なった原因によって自分が誤った意見を持っていたり感じていたことの説明がつくのなら、普遍的な考察から必然的にくる公平な観点で導かれる推論によって、本能的に誤った先入観を打ち立ててしまったり、誤った偏見的な印象を織り交ぜてしまったと結論するべきである。バーク氏は全ての先入観を排除するべきではないが、その殻とそこに内包されている真理とを分け、それによってその核を得るように努めるべきだとした。この点に関してまでは彼は正しかった。だが我々の先入観を「先入観であるが故に」抱き続けるべきだと主張したのは間違っていた。全てにれっきとした根拠があるのなら、その土台となった先入観やその有用性について探求する必要はないからである。そしてそれについて哲学的に考察しようとしたり、バーク氏が述べたように殻と核を分離したりという最初のやり方は、蛆や腐った癌を真理の大事な核だと看做してしまう。無論、政治的ソフィストがまさにこの実例であった。

良識と通俗的意見ほど違いが明らかなものはない。良識というのは通俗的な洞察に従属する事物の判断に過ぎないのであり、結局は人の営みや胸中に即座に帰していくものなのである。これこそがまさにその原理の真髄であり、その主張内容の土台である。それは感情の単純な流れを拠り所とする。経験にがっちりと付着するのである。それは抽象的で憶測の意見を基準にするものではない。だが人類の抱く意見や偏見の半分は、無条件にこの上ない賛意が寄せられ、最も強力に是認されて人々の間に植えつけられているのだが、これは後者に分類されるのである。つまり人々がある事柄についてかつて考えたり知ったり感じたりしたことのない意見、他人に寄せる信頼から取り入れたり詐欺や強制力によって己が理性に組み込まれた意見、そして人生や肉体や財産や性格が危機に瀕している時でも保持し続けるその意見は、後者のように理に適わないのと同じくらい、前者の良識が存在していることは少ししか保証されていないのである。最終手段《ultima ration regum》としての抗弁は大きく異なった内容となる。良識というのは修道士の才覚でもなければ国家政策でもないが、「とても長い人生の不合理さを築く摩擦があり」[lxiv]、同時に懐疑的な哲学者たちが我々よりも有利になる意見もある。自然が公正にもたらし、政治的論争的なイカサマによって毀損されていない場合なら（実際よくあったことだ）、単なる理性の誤謬や消耗に対する防衛手段として訴えることは不可能としている。我々が良識について語る場合、通俗的な先入観について馬鹿にしつつ、互いをどのように区分するのかについて考える。だが通俗的で無批判に受け取った意見というのは雑な観念の「積み重なった堆肥」であるには違いなく、各々のプライドや情念がそれに織り交ざっていき、理性そのものは同じ君主的で熱ののぼった主の隷属的な奴隷であり、隷属状態から解放されたにせよそれは奴隷的な鎖を引きずり歩き、たちまちあらゆる類の農神祭の許可状を発行したりするようになる。もし一千万のイギリス人が三千万のフランス人に対して戦争を仕掛けることが正しいと信じて疑わなかったなら、そして同時にフランス人の方は皆イギリス人が常に間違っていると信じて疑わなかったなら、それは通俗的に国家的な先入観だが両者とも正しい良識ではあり得ない。だが片方或いは両方の政府としては、互いの主張を不一致なままにさせておくことが政策的に好まれているかもしれない。数世紀前だとヨーロッパ全土で教皇の不可謬性について信じられていたが、これは人々の分別が適切に行使されたり誤った方向に走ったが故にもたらされた意見ではない。分別は全く関係ないものだった。人々は聖職者たちが言ったことを無批判的に全て受け容れていたのである。イギリスは現在ホイッグ党とトーリー党、国教徒と非国教徒に分かれているが、どちらの派閥も相応の数がいる。だが良識と党派性というのは異なったものである。分派と異端が保持されるのは部分的には共感に基づき、部分的には正当な意見に対する反論を好むが故にである。もし異なった考え方をしている者がいなかったら、自分たちがバラバラになって分かれていくことだろう。もし裁判所で皆が同じことを言っていたとしても、実際に各々がそう考えているからそうなるという証拠になるのでもなく、裁判長個人がそう言ったからである。大衆たちが同じ合言葉を叫んでいたら、彼らがコモンセンス《senses communis》に達しているという実例ではなく、他の大衆たちが繰り返していたのを耳にして自分も同じことを口にしているだけである。大多数の人々が食べ物や衣服や住処を必要とするのは無論である。彼らが病に罹ったり、悲惨になり、嘲られたり、抑圧されたりして、そのことを各々骨身に痛感すれば、彼らは心を一つにして一斉に声をあげ、自分の訴えを相手に届けるために皆手を挙げるようになる。これこそが分別であり、自然の叫び声に他ならない。だがこのことについては更に考察を押し進める必要がないから脇に置いておくとして、人類を教示していくための最善の方法は互いの誤謬を指摘することではなく、自分たちが無関心な事柄についても公正に考えていくことを教えることである。彼らが楽しむために辛抱強く耳を傾け、定義づけや演繹法を受容する時もそれを最も大きな害と看做さないようにするという点にある。

観念連想の原理は、感情、そしてあるケースにおいて正しいと看做されたものを他のケースにも（必要な調整を加えつつ）適用していくことにより築かれている。特定の情念や性格の特徴に対してある種の見方が強くあるとされていて、別の見方に対してもその同じ意味合いを付着させたり、本来なら程度は低いはずなのに同じくらいの快や苦痛を別に感じたりしてしまう。その見方そのものを具体的に述べたり変化をはっきりと捉えたりできないにも拘らず、である。ただその一般的な手がかりがわかれば、その厳密な結果は空想力次第により変化し、状況に応じて緩まったり程度が甚だしくなったりする。後年のオリヴァー・クロムウェルの感嘆すべき横顔――凝視し射抜くような眼差しにヴェールを覆わせる垂れ下がった瞼、どこか膨らんだ鼻腔、息が口から漏れないように締めつけられた唇

──それは高遠な信条や深い企図を最も明快な形で描かれている。一体どうしてその顔の表情から我々は読み解くのであろうか？　まず何より、感じることによってである。そしてどのように感じるのだろうか？　すでに確立された規則からではなく、類似したものから本能的に察し、観念連想の原理から気づくのである。そしてそれは微妙で細かく、程度は可変的で不確かなものなのは間違いない。明らかに何の価値もない場合だったなら、その表情や行為に対しての受け取り方を全く変えてしまう。その価値のなさがその絵の最も細かい部分に至るまでの強力な一般原則に影響を及ぼすからである。実際、これは細かさと微細さや精緻さのあらゆる差異を生み出すとも言える。所与の状況において、瑣末な効果は大いなる力の作用を暗示することもあるかもしれないからだ。静止した状態にあるのは、あまりに強烈で抵抗できないような一撃がもたらしたものかもしれない。沈黙しているのは言葉に出せないほどの苦悩を感じているからこそなのかもしれない。瑣末で無味であるのは原因にせよ結果にせよそれ自体小さいものである。微細さや精緻さは最初目にした時は微かであり儚いもののように映るが、最後には巨大なものへと増幅していく。それは重要な事物の全体において必要不可欠なものであり、その事物そのもの以上に大きな結果をもたらし、目や耳で直接近づく以上の意味合いがあるのである。我々はオランダの画家の瑣末さについて不平を言うことが時々ある。各々別個の箇所や対象が絵画の中に多数含まれており、その各々が小さく、それに何らかの意味合いがある訳ではないと言うのである。クロード《・ロラン》の描く空にはこのような非難はあたらない。それは別の箇所でも基準の如くある知覚できぬほどの色彩グラデーションが描かれていて、天に広くかかるアーチが無数の黄金と碧色のグラデーションによって形成されていて、繊細で微かな無限にある各々の部分が全体の調和へと混ざり溶け込みあっている。シェイクスピア作品における微細さ、それは彼の作品で大量にあちこちに散在しているのだが、それは常に情念を表出するための道具であり、登場人物の表現手段である。ある人物が被っている帽子を額の方に引き寄せる描写は、それ自体はどうでもいいとはいえ、一般的には無意味だったりどうとでも読み取れたりする。だが『マクベス』のマクダフが置かれている境遇ならば、それは決して取るに足らないものでも多義的なものでもない。

何！　おい、帽子を額にまで引っ張っては駄目だ、等々

それはただ一つの解釈や推論だけがあり得るのであり、それは以下の通りである。

悲しき言葉を与えよ、悲しみが声を上げず

あまりに怯えた心が囁き、その中断を願う言葉を

同じ作品内のダンカンとその随行者が紹介され、マクベスの城の美しさと情勢について言及されている場面で、その場面自体はよく見られるものだが、その後に続いていく場面との著しい対比によって賞賛されることが度々ある。同じ外観上のものでも、状況が異なれば全く異なった印象を与えることはあり得るのである。相手を見るために目を向けつつも頭自体は動かさない場合は、大抵狡猾さや疑念を抱いていることを示す。だがこれに加えて、ティツィアーノの絵画に見られるように瞼が大きく開いていたり目線が固定されていた場合、静粛で内省的な雰囲気や射抜くような賢さを示すようになり、そこには卑賤さを感じたり観察されることに怯えたりすることはない。別の場合だと、《ピーター・》レリー[lxv]の描く肖像画のように、単に怠惰だったり誘惑したりするような官能的なものしか暗示しないこともある。瞼の物憂げさやか弱さが表情に恋愛的な趣を添える。こういった多様な状況に応じて延々と変化していき、精神上でしかそのもたらす効果の変化を感知できないというのに、受ける印象に関してあらかじめ規則があるなんてあり得るだろうか？規則というのは抽象的なものには適用できるが、表現とは具体的、個別的なものである。ある特定の様子が何を意味するのかは理解でき、それらが互いにどう影響を与えるかも感

じられる。だがそれらの組み合わせの多様な度合いや状況について、全て判断するための別個の規則を打ち立てることはできない。そのためには事前にそのあらゆる組み合わせについて予想しておかなければならないが、それはどだい無理な話である。仮に事前に予想したところで、我々は今の我々に留まるに過ぎない。つまり今我々がその予想なしで判断しているように、空想とその瞬間の感情によってのみ規則を立てることができるに過ぎない。表現を事前に打ち立てた体系へと押し込めていくことの馬鹿馬鹿しさは、N・プッサンという偉大な男によって描かれた『ソロモンの審判』の絵画ほどに明確に示されているものはない。あらゆる女性を描くことに関して、この画家の熟練さと独創さについて賞賛されているのを耳にしたことがあるが、『ソロモンの審判』において女性たちが片側に配置されて判決に対して最大級の恐怖を感じながら、他方で反対側にいる男たちはその内容を見てとろうとしている。

自然はこのようなやり方で作用したり通常の型で形作ったりはしない。かつて私はある人が他人について「あいつは凶暴な馬のような目つきをしている」と言及することがあった。これは大した例えである。多分だが、我々は皆、馬が噛んだり蹴ったりする直前のその目つきを捉えたことがあるのではないだろうか。だがそこから、その目つきが厳密に正確にどのようなものかを私に描写してくれる人はいるだろうか？　同じこの鋭い洞察者が、ある自己中心的な話ばかりしている音楽教師について、「あいつは目にしているものばかり喋る」と述べた。これは音楽教師の楽譜を読むという職業上の技能についても同時に暗示しており、その二重の意味合いは完璧であった。この洞察者は自分が最も無知であった事物ながら自発的に軽々と自信を以て譬えたのだが、彼は音楽家が座ってハープシコードを演奏することを、未だかつて見たことがなかったくらいに音楽には無関心だったのである。この人相学者と言える私の友人は、批評を向ける相手の職業を知らなければこのような発言を思いつくことはなかっただろう。だが音楽家という手がかりを得たら、すぐに「確固とした経路《sure trailing》」が思いついたのである。この友人は上の発言を断定的な口調で述べた。そして音楽教師が演奏するために座るという光景が彼の脳内に浮かび上がってきて、その音楽教師に対する印象の有する強さによってはっきりとしていったのである。彼の感じ方とそれを説明する発想の巧みさがほとんど一緒になっていた。前者の方があまりに興奮して活き活きとしていたため、後者へと移っていくのは至極簡単で必然であったのだ。キーン氏[lxvi]が勝ち誇っていた自分の敵対者との前の奮闘においての、リチャードの行為について大きな賞賛を得た時に、つまり彼の剣がもぎとられ、その場で立ち尽くし両腕を伸ばして「あたかも彼のは宥められず、彼の絶望の正にその幻影が衰えてゆく力を持っているかのように」、彼は画家のオリヴァーとの格闘における最後の力を振り絞るのを目にした光景から借用したとした。確かにこれはその美点を損なうものではなかった。これは真の天才において常に同じである。彼は己が胸中にすでに真実の感情が秘められていて、それでもなお自然がどのように表現していくかを見極めるために目を傾けるのである。対象の事物について徹底的に理解することができれば、ある言語から別の言語へと移し変えていくのは簡単である。魔術師エリマスの包む衣装を描こうとしたラファエロは、どうも盲目という観念をその衣装にも及ばせたようである。これは故意であったか？　恐らく違う。単に今までの似たような経験からきた感情に基づき、大した考えもなくこの描き方を行ったのであり、その経験の際に得た感情とラファエロ自身の感性がピタリと当てはまったり好ましかったりしたが故に、その描き方に固執し絵画の創作として実行されたのだろう。感情の潮流はその流れが強い場合、氾濫し次第に精神上の辺鄙な片隅にあるあらゆる部分にまで入り込んでいく。（最良の類の）着想は、これ故に感情とはそれほど異なったものとは私は思わない。感情もある部分においては空想との関連性があるからである。純然たる感情の湧水は、それを受容するのに適切な空想の型の中を嵩ましていき埋めていく。絵画において巧みな配色について驚くような一致が見られることもある。青色や赤色の縞が塗られた前景部において生い茂っている雑草が、青色や赤色のカーテンや葉肉の色合いや空へと伸びていくことに対応するための配色がその一例である。これは決して規則に従って配色されたわけではない（その場合わざとらしくなり、滑稽な有様になる）。だが特定の色を好む目が、調和に対する先天的なセンスによってそれを反復させたり多様化させたりする。密かに美を熱望し、同じ方法で目の感性を宥め満足させる。だがこれは決してはっきりと理解されて行われるものではない。創作上のコツや繊細さというのは、特定の状況や情念等に属している感情についてははっきりと知覚し、他の動作や示すところの最も微かな部分についてもそれによって感じること以外の何物でもない。この類の能力の最も著しい実例として『人間性格《Characteristics》』の著者の祖父であるシャフツベリ卿によって語られた以下のものがある。彼はクラレンドン婦人と当時ヨークの男爵（後のジェームズ二世）と内密に結婚していた彼女の娘と夕食をとっていたが、彼が随行していた貴族の男と帰宅した時、突然彼はその貴族の方に振り向いてこう言った。「賭けてもいい、男爵がハイドの娘と結婚したんだ」。随伴していた方の貴族は彼が何を言っているのかわからなかった。「彼女の母が娘に対して他には考えられないようなやり方で注意を払ったり配慮したりしたんだ。間違いない」。彼のこの勘はすぐに正しいものと証明されることになった。これが良識の予言的な要素をこれ以上ないくらい最大限に発揮したものなのだ。

【原　注】

16　原注一：『論考《Discourses》』、第十三論考、二、一一三〜一一七頁。

17　原注二：感性はここに指摘されたものと同じ源泉を有する。スイスの小作農の精神にも相応の効果を及ぼす牛追い歌も、馴染んできた音を耳にした時に単に祖国の観念が思い起こされるだけではなく、千の無名の観念、各々の祖国への恋慕に伴う無数の想い、子供の時の希望やロマン溢れる冒険や愛国心も連想されるのであり、それらが一斉に（縺れ合った迸流として）流れ込んでいって、懐かしい想い出の潮を氾濫させ、故郷を切望したり命を捨ててもいいという気にさせたりするのである。人間の心は何て素晴らしい器具だろう！　一体誰がそれに触れるのだ？　測定するのだ？　一番下の音から一番上の音までの響きは誰が鳴らすのだ？　誰がその琴線に手を触れさせて、気まぐれに鳴る調べを説明することができるのだ？　共感がふれたなら、心のみがその隠された意味合いに震え応えるのだ！

【訳者注】

lix　原文ではGoldsmith表記。後述の「ジョンソン博士」との交流を持つ人物であることを考えると、十八世紀イギリスの詩人、小説家のオリヴァー・ゴールドスミス（Oliver Goldsmith, 1730?-1774）であると推測される。後述のサミュエル・ジョンソンや前述のジョシュア・レノルズの設立した「文学クラブ」（The Literary Club）の会員であり、彼らと議論を交わしていた。

lx　原文では Dr. Johnson 表記。前述したゴールドスミスという人物との交流を持ち、原文の記載が「ジョンソン博士」であることを鑑みると、十八世紀イギリスの詩人、批評家であるサミュエル・ジョンソン（Samuel Johnson, 1709-1784）のことと推測される。前述したゴールドスミスを含む多くの文学者と交流した。サミュエル・ジョンソンの詳細は『王子ラセラス、幸福への彷徨』（拙訳、京緑社、二〇二一年）の「編集部より」を参照されたい。

lxi　Edmund Burke（1729-1797）：アイルランド生まれの十八世紀イギリスの政治思想家。「保守思想の父」の異名を持つが、国会議員としては自由主義的なホイッグ党の幹部を務めた。フランス革命に反対し、勃発翌年の一七九〇年には代表作である『フランス革命の省察』を著した。

lxii　William Windham（1750-1810）：十八世紀イギリスの政治家。友人で同じホイッグ党議員のバークの『フランス革命の省察』を激賞しており、のちに彼とともに保守的な立場を強めることになった。

lxiii　Llangollen：ウェールズ北東部デンビーシャーに位置する町。街中を川が流れ、大きな橋もかかっている自然豊かな町である。

lxiv　原文では 'there's the rub that makes absurdity of so long life' 表記。そのままではないが、シェイクスピアの『ハムレット』第三幕第一場に次のような類似表現があり、そのもじりであると思われる。

To sleepe, perchance to Dreame; I, there's the rub,

For in that sleepe of death, what dreames may come,

When we haue shuffel'd off this mortall coile,

Must giue vs pawse. There's the respect

That makes Calamity of so long life:

lxv Sir Peter Lely（1618-1680）：十七世紀イギリスの画家。両親はオランダ人で、オランダ人画家に絵を学んだが、若くしてイギリスに渡り、肖像画家として評価を得た。チャールズ一世の肖像画家になるなど、多くの人物を描き、ナイトの爵位も得た。

lxvi ハズリットと同時代に生きたイギリスの俳優エドマンド・キーン（Edmund Kean, 1787-1833）のことか。キーンは若くして俳優として舞台に立っていたが、シェイクスピア作品における演技が特に評価されており、シェイクスピアの『リチャード三世』でもリチャード三世役を演じていた。

■エッセー五　前章の続き

天才や独創性の大部分は精神の相当に強靱な質であり、自然の驚愕すべき新たな性質に応えそれを表出していくことである。

空想はもっと的確に言えば、感受した感情を異なった状況へと適用させることであり、その感情そのものが精神にもたらし保持した作用に応じることによって、その適用が最良の効果をもたらすものでなければならない。[18] 今までに出合ったことのない新たな組み合わせならば、印象は規則ではなく共感によって作用されなければならないのだが、情念や新奇な関心がないところに共感は存在し得ない。個人としての関心はルソーの場合の如く、空想的な能力を抑圧したり制限したりする場合もある。だが一般的には、空想力と一貫性は感情の強さと深さに比例するものである。そして最も高遠な天才ですら、自分が抱き得る感情や性格、或いは圧倒的で強靱な情念以上のもので、空想的で非凡な状況を滅多に作りだすことはできない。ジョン・ミルトンの著書『失楽園』での主要人物と出来事における描写は、彼の政治的、私的な今までの経験を具体化したものだと仄めかしている。疑いもなくミルトンは驚嘆すべき腕前でそれらの経験を物語上に適用し昇華したのだが、根本的な要素自体は変わっていない。詩の創造において、天才の意味するところを超えて彼の関心や意見を辿っていく。「全人類の世界的な相続者として生まれた」。彼は「苦しむことがなかった者としてあらゆることに苦しんだ」[lxvii]。あらゆることに純然たる共感を抱き、それでなお同じように全てに無関心であった。自然を改竄したり、自分の目的のために歪曲したりすることはなかった。「学識ある精神であらゆる性質を熟知していた」[lxviii]者であり、己の好みに基づいてそれらを判断することはなかった。そしてどちらかというと「パイプオルガンのストップをミューズが指に好むように演奏するための道管であった」のであり、己の好む性格や主張を打ち立てることに熱心ではなかった。彼の天才性は己が選択したものに何であれ己自身を転化させることにあった。彼の独創性は他者が見るあらゆることに対して正鵠極まりない目で見てとることにあった。彼は人間知性のプロテウス[lxix]であった。天才というのは本来もっと頑固で融通の利かないものである。それは十分すぎるくらいに排他的で独断的であり、風変わりで奇抜である。何か一つのことにその力が発揮されるが、他の点では何もなされない。何か一つのことを追求する際に他を凌駕するが、それはそれ自身を除いた他の全ての卓越したものに対して盲目であることによって行われる。それは他から借用するのでなく、自分の色を周り全てに適合させていくカメレオンとは真逆である。或いは闇に覆われた知性が辺りを取り囲む中、薄暗い黄昏時における小さいが旺盛な光を醸し出す蛍の幼虫に譬えることができる。レンブラントもまたこれと同様である。もし適切な定義において天才というのがかつていたのだったら、彼はその一人である。彼は己固有の世界の中に生きてそれを他者へと暴露したのであり、自然や世界への新たな視野を展開したと言ってもいいのかもしれない。彼はフィクションや妖精の世界におけるような自然から新たなことを発見したわけではなく、「その斑な球体にある新たな大地や川や山脈を描写するために」[lxx]月へと旅行したわけでもない。だが彼以前に生きていた人たちが自然や世界において見逃していたものをレンブラントは見ていたのであり、他の人たちにもそれを見せるための目を与えたのである。かつてなかったり夢にも思わなかったことを人々に提示したりすることではなく、眼前や足元にありその存在は疑ってはいなかったけれども、直観力や強固な精神の理解力が不足していることにより、はっきりと捉え精神上に留めておくことができなかったことを指摘することこそが独創性の試金石であり、その勝利であるとも言える。レンブラントが獲得したのは理念上のものではなく、現実上のものであった。彼は新たな物語や人物像を打ち出したわけではないが、芸術や自然における際立った力であり要素である、キアロスクーロ《明暗法》という芸術の二割くらいを成す技術知識については彼に負っている。彼は精神や目が安定した確固な状態に常にあり、光と影における「強烈な極度《fierce extremes》」の衝撃に最初に耐えたり、程度の最も強い曖昧模糊とした薄暗さや判然とした輝きを完璧な調和へと昇華させたりすることができた。それ故彼こそがこの外観をキャンバスに描き出すという冒険を試みた最初の人物なのであり、自分が見て喜びを覚えた事物に対して最大限の効果を絵画上にもたらしたのである。彼はこの広大で著しいコントラストをそれに同調していた己の感情から採り入れるに至ったのである。その精神は自身の最も秀でた能力を最大限に行使できるものに取り組んだのである。彼は行為において大胆であった。なぜなら強烈な本能的な衝動によって駆り立てられていたからである。それ故独創性というのは精神上において作用している性質であり感情なのである。人は独創的であると気どったりすることによってそうなるわけではない。彼は元から独創的なのであり、それは自分でもどうにもならぬことであり、しばしばそれに気づくことすらない。この非凡な芸術家は色彩について独特な感性器官を有していたとしても決して間違いではない。目で見た色彩は感情的なものとして捉え、視覚的な対象物として省察するというより、実態として看做していた。彼の描く風景の質感は「大地の大地的」[lxxi]なものであり、彼の描く雲は湿っぽく重たくゆっくりとしている。彼の描く影は「肌で感じられるかもしれぬ闇」[lxxii]であり「明瞭な薄暗さである」[lxxiii]。彼の描く光は絢爛な液体の塊である！　この表現技術は単に彼の手法に依った偶然的なものである、という説明だけでは足りない。レンブラントは天才性を獲得するのに二、三の規則や指示に従うことが必要な人物ではなかった。

ここで《ウィリアム・》ワーズワース氏の人物特性について記述することにするが、レンブラント同様に自分の視覚しているものを捉え、その対象が如何に無味乾燥なものだろうと豊穣に包んで表出することができるという、無から何かを産出する、つまり自分自身から産出することのできたこの人物について満足のいく文を書ける自信がない。ワーズワース氏は「普遍性について広々と見る」ことはとてもできない人物であった、それが天才性を成す唯一の条件だったならばだが。彼は自分自身を覗き込むことに精通しており、その「限界なき豊かさに満足している」[lxxiv]。だがそれ以外の場合に彼が信頼を寄せられるのが人間の通俗的な能力しかなかったなら、「冬の如き貧しい」[lxxv]状態になる。彼は現在の最も偉大、換言すれば最も独創的な詩人なのだが、それは最も自己中心的なエゴイストだからに過ぎない。彼は「目を閉ざさずに自己に没頭している」。彼は自分自身の中心点に座り込み、そこで「晴朗な日を楽しむ」。他に対して思考を消耗したりはしない。自分自身のみが関わり対象とならないものは、彼にとって未知なるものとして映る。自分自身の全き全体像について省察し、自己のアイデンティティーという途切れぬ輪郭に沿って目を向けていく。他の対象物、他の関心は嘲笑と苛立ちと共に横に取り除け、それによって己自身に憩い、そこに内包されている思考の宝を掘り出し、延々とそれに思い悩むことにより精神の貴重な蓄えを広げていくのだろう。彼は自分が遭遇するもの全てに、そのような性質、そのように深く個人として興味と関わったものを刻印していく。対象は内省的な瞑想や今までの考えに対して供給する糧以外の何物でもない。たとえ世界には他に何もなかったとしても、ワーズワース氏の詩は今現在ある形のものと全く変わらないことだろう。この世界にたとえ愛や友情、野心や喜びや商売がなかったとしても、『抒情詩選』の創作にあたってその作者は今の実際の彼と大きく変わる必要はないだろう。自分の心の聖域へと引っ込み「向かう先の無音な雰囲気のまま」[lxxvi] 自分の思考のサバスを神聖なものと看做していたことだろう。他人の情念や追究や空想について彼は共感することはせず、「木々を舌と、流れる小川を本と、石を説教と、全てを善と見出す」[lxxvii] のである。外界の対象物には関心を払わずひたすらに自分の作品に没頭している彼の精神は、自分の過去の経験と関係のあるどんな瑣末な出来事にも思考的にも感情的にも重きを置く。郭公の調べは彼の耳には過去の年月の響きのように聞こえてくる。葉を広げる雛菊は彼の思惟的な両目からは少年らしい喜びとしての光を放つ。その誇り高いアーチを天に広げる虹は、自分の幼年期から大人への成長を刻むためでしかない。自分の傷つきを表す古き棘は大量の思い出に屈する。そして彼は、彼自身が素晴らしく述べているように、

開花する花の中で最も低級な花であり
涙を流すにはあまりに深く横たわる思考

なのである。このような習慣的な感性の力、或いは己が存在を意識しそれが関心を柔和に引くものに対して注意を向けること、情念を掻き立てたり誇りを傷つけたりすることなく思い出同士を繋いでいくこと、これこそがワーズワース氏の精神と詩作の最も著しい特徴なのである。ウィザー[lxxviii]やバーンズ[lxxix]のようにこの能力を生前の作品に示した者もいるが、ワーズワース氏ほどそれを著しく絶対的に感じて、インスピレーションとして声にして詩の新たなスタイルや流派にした者はいなかった。非常な頻度で見られることだが、彼の強さは彼の過剰なまでの弱さから生まれる。だが人間の心において新たな道を拓いたのであり、自然の秘匿する新たな箇所や隅を探求し、「詩行を祀り、不滅の名声は朽ちることがない」。彼の詩に比べれば、バイロン卿の連句は当たり前のことを誇張して述べているだけであり、ウォルター・スコットの詩（散文ではない）は老いた妻たちが語る御伽話に過ぎない[19]。ここで述べた作家以上に私が失望を覚えた人物はなく、さらに特定の観点において不服を述べたい人物もいない。だが真理と正義への愛によってこのように私が義務として駆り立てるにしても、彼の作品における優れた点を否定するには至らない。彼の表現し得ることは、望むと望まざるとに関わらず常に独創的な精神に基づいて発揮されている。彼の作品は別の人物のそれに迎合したものではない。郭公が春に戻ってきて、雛菊が太陽の下で照らされ、虹がその上端を嵐の上へと昇らせていく時、

私は汝を覚えていよう、グレンケアン
そして汝が私にしたこと全ても！[lxxx]

自分の作品を通して芸術精神が発揮される独創性は真の意味ではないことを示そうとしたサー・ジョシュア・レノルズは、ラファエロの作品がマサッチオ[lxxxi]や他の画家から多数の表現物を借用したことを追究した。だがこれは粗悪な推量である。もしラファエロがただ他者から表現物を借りただけだというのなら、彼はサー・ジョシュアの意味合いにおいてすら独創的として賞賛されることはあっただろうか？　剽窃は、剽窃である限り、決して独創性ではないのだ。サルヴァトール《・ローザ》[lxxxii]は多数の人々から偉大な天才と看做されている。彼らが言うには、彼はイレギュラーな天才とのことだ。だが私の考える天才は彼らと全く同じという訳ではない。

次のような疑問を私は思い抱く。レンブラントの『三本の木』はクロード・ロランの風

景画全てよりも天才性が発揮されているのではないだろうかと。だがどうしてそう思うに至るのか自分でもわからない、だがクロードが完璧な風景画家と看做しても何ら差し支えない。能力と天才性は同じ物ではない。能力はむしろその取得方法は何であれ、知識の量として捉えてもいいかもしれない。他方で天才性は、その質でありその取得の仕方にある。能力はすでにある所与の観念を組み合わせる力にある。天才性は所与ではない観念についての力であり、それには厳密で明瞭な規則を設定することができないものである。或いは能力は何らかの力と言える。他方で天才性は今までに発揮されていた力とは別の類のものである。持続する記憶力、明晰な理解力は能力ではあるが天才性ではない。感嘆すべきクライトン[lxxxiii]は驚異的な能力を持った人物であった。だが（私の知る範囲で）彼が天才的な分子を有していたことを示すものはない。彼の詩を読んで心に残るものは生気に乏しく退屈である。彼はあらゆる対象について知られていることを隅々まで学び尽くすことができる。他者が示してくれれば彼自身も行うことができる。これはとても素晴らしいことではある、だがそれ以上のものはない。チェスでうまくプレイするには相応の能力が要求される。だが結局のところ、それはゲームでのスキルなのであり、天才性ではない。チェスの対局でどう立ち回るか自分らしく考え出したとしても、そのプレイヤーの理解力はすでに他者が辿った何らかの道を、より遅くにしろ、速くにしろ、より多く或いは少なく理解力と冷静さを有しながら再度辿っていくのである。最も偉大な技術といえどもそれ自身が、それ固有を源として何かを打ち出すわけではない。ゲームというものの性質はすでに決められ固定されたものである。対局相手に王手をかけるための高貴な或いは詩的な経路というものはない。天才性が発揮されるのは不確定で未知なる分野においてのみである。二項定理の理論の発見は天才の努力に依るものである。だがジェデダイア・バックストン[lxxxiv]が九桁の掛け算を脳内でできることは天才的な努力とは看做され得ない。たとえ彼が九桁の代わりに九十桁の掛け算ができたとしても、全く変わらず無益な骨折りと面倒だっただろう。[20]彼は相応に知性の富んだ能力を持っていた。彼は新たな原石の鉱脈を発見する類の天才であった。独創性というのは他者とは違った見方で自然や世界を見てとることであり、そしてそれに何かを加えないあるがままの見方である。独創性は決して変わっているとか気どりとかではなく、新たな価値ある真実の発見である。世界中の人々はそれを見ていながら気がつかない。日常の習慣によってある程度盲目になり、短絡的な視野によって盲目になる場合もある。あらゆる精神が真理を測る尺度というわけではない。自然や世界にはそれ特有の表面があり、そして闇に覆われた奥底もあるのである。それは深く、暗く、果てしない。その神殿に足を踏み入れたり至聖所のヴェールを剝ぐことができたりするのは、自然の放つ強い印象を全て受け止められる精神のみである。自然の精神を取り込んだ者だけが、その神秘性を他人に暴いて示すだけの大胆さや力を持つ。だが自然というのは千の側面を持つものであり、一人の人間はそのうちの一つしか描き出すことができない。だがそれでもそれができる者は天才なのだ。ある者はその力を提示するし、ある者はその気品を提示する。またある者はその調和の力を、ある者は急な対照性を。ある者はその形状の美を、ある者はその色彩の絢爛さを。各々は各々の有する天才性に即したやり方、つまり対象となる自然の性質に最も深く入っていくことができるように適した精神性により、それを暴いていく。その精神は対象となる自然の側面について最も温かい歓迎を受けると感じ、その極限までを捉え、その探究者の精神をいっぱいに満たした横溢性から再度出ていくのである。想像力は最初気質の親和性から取り入れたものを差し出し、天然磁石が鉄を引き寄せ取り込むように各々が好むものを引き寄せ、己が型に適してそれを形作っていく。少しばかりの独創性は獲得された最も偉大な技術よりも尊敬され渇望される。なぜなら事物に対して新たな光を投げかけるからであり、個人にとって独特なものに見られるからである。その他は平常的なものであり、程度の差こそあれすでに存在していたのだ。

どの作品の価値も、そこに含まれている独創性の量において判断されるべきである。これがほんの少しでも含まれているだけでも、多大な価値があることとなる。もしオリヴァー・ゴールドスミスが『ウェイクフィールドの牧師』の最初の二、三の章或いは『村の学校教師』の人物像以外の文を書かなかったなら、人々は彼を天才と称したことだろう。『百科全書』の編集者たちはその時代の第一級の文人たちとは看做されないのが通例である。彼らが携わっている辞書の項目は金庫や倉庫にあるが如く膨大な量の知識を含んでいるが、その中身は彼ら自身のものに帰するわけではない。我々は図書館にある本棚を見てすぐに感嘆を覚えるべきではないが、それでも図書館の本棚は有益であり尊敬に値するものである。

私はかつて細心の注意を要する緊急事態に取り組んだことがあった。それは『百科全書』における難しい題目についての文を書くことだったが、その際にその内容文に体系的で科学的な形式を備え、該当題目において必要なあらゆる知識を駆使しなければならず、その具体的内容を明晰で適切な方法で書いていくことが要求された。私はそのようなことを今までにしたことがない初めてのものだとし、とりあえずはやろうとは言った。というのも私は人生の二十年間、違う題目について絶えず考えを巡らせていたからだ。[21] 当該題目について具体的知識を私は何ら有しておらず、それを適切に書いていくための能力もなかった。そんな事態において私ができる最大限のことといえば、体系的で科学的な記事が用意されているなら、それについて余白的な注釈を書くことであり、私自身による（以前の『百科全書』になかった）コメントや説明を挿入したり、記事の文章において提示されているものよりももっと優れた記述を添えたりすることにある。文には二種類ある。一つは編集である。それはどんな題目においても、それについて知らない読者のためにすでに知られていること全てを収集し最良のやり方でコメントしていくものである。こちらに分類される作家は非常な学識を有し、他の人たちの考え方を筆記していく存在である。第二の種類はそれとは全く異なった原理で進んでいく。既知のものとなった知識についての説明を書き下ろしていく代わりに、その書き手が個人として思惟したものに基づいて書いていくのである。この類の作家は自分の文の読み手がすでに知っている知識を想定しながら、不足しているものを提供し、空欄のあるところを埋めていき、すでに開拓された道から離れ新たに洞察したり異なった感情の源泉に続く道を探し求めたりする。後者の方を支離滅裂で均整に欠け不規則だと非難してもそれは甲斐なきものである。それは単に他の人たちが既に書いたものや人類の知識として当然に知られていたことに、さらに追加したり修正を施したりしたものなのであり、別々にそれが出版されているのである。同様にして、作者が記述した考えが継続して繋がっていく鎖として形成されていく本と看做してもいいだろう。それは取り上げられている題目について些細で、中間的な当たり前のことは飛ばしていくのであり、人間精神の理解の難しい部分においてのみ止まったり、或いは以前の版では見逃されていた衝撃的な点について触れたりする。あるテーマについて、それが理路整然と述べられていく際は全てが斬新ということはない。作者は文において矛盾があるか平凡であるか、或いは退屈か気どっているかの非難は免れ得ないものである。だがその人自身が関心あると主張しているものとは別のものを要求する権利はない。無論、あらゆることには媒介となるものがあるのであるが、卓越した正反対のものを結合するのは人類にとってあまりに困難なのが通例である。自分自身が目的としているものを成就し、卓越したものへと続く道を辿ったり、方法をどんなことでも一つ行ったりする者は自分が恵まれていると看做すのだ。多彩な味つけの塩がないからといって、『百科全書』の様式は退屈だと文句を言うのは公正ではない。エッセーの様式も軽々しく眩いと文句をいうのも公正ではない、それは無価値なものではないのだから。一部始終が「眩い文章」として構成されている作品はむしろ奇妙な代物なのであり、そういう作品が少しばかりあるがそれは少なくとも欠点なのであり、ただその希少性故に大目に見られるものだろう。そういったどのような異議を与えても、その人の人気を落とし滑稽なものとするのに十分な作者に対して、こういった非難を伝えない場合、その非難はむしろ巧みなへつらいのように思えてしまう。堅実性は外観と、一般的な情報知識は特有な創意と結びつくべきと私は思っている。これは文章スタイルとして完璧なものである。だが私自身は完璧な文章家だと主張するつもりはない。ワインを飲む際も、アルコール分の少ないフランスのワインを食卓から取り除いたり、それがオールド・ポートから採れたものでないからといってシャンパンを味わうことを拒否したりすることはない。それにそれが人目を引くからといって単調で力強いものとしてもいいのか、それとも洞察が軽いとしていいものか私にはわからない。平凡さ、味気なさ、特性が不足していることは大きな欠点である。

詩人の凡庸さは《*Mediocribus esse poetis*》
神々や人間たち、さらに本屋にまで非難される《*Non Dii, non homines, non concessere columnae.*》[lxxxv]

このような権利はかつての詩人たちと同様に現代の散文家たちにも許されないものである。稀有な天才性や芸術作品の最上級な型を成すのは感覚器官の鋭さや能力の程度ではなく、自然や世界の何か一つの美や際立った特性について強烈な共感を抱くという点にある。過敏だったり特定の事物に関心を払うことのみは、弱々しかったり平凡な精神に天才性を幾分かもたらすかもしれない。ある種の労働を行うのに適した道具があるように、文芸や芸術においてある種の「傑作」を生み出すために適した型になっている精神もある。無論それがその精神を働かせる最良の方法である。自分の仕事場に一つを除いてありとあらゆる道具が並んでいてその残りの一つを必要とする場合、他の道具全てをさらにもう一個並べるよりも置かれていないその一つをむしろ欲することだろう。仮に残りの道具全てにもう一式加わったとて新たなことをやれるわけでもなく、今従事しているどの仕事も仕上げることも恐らくできないだろう。それ故もし他の誰よりも優れてこなすことができることが一つあった場合、その人の価値はその一つのことの価値に全てかかっているということになり、たとえその人が他の百のことを他人と同じ程度にこなせたところでこの事実は変わらず、周囲から払われる尊敬も増えるわけでもない。いやむしろ、他の多数のことがこなせることは、唯一無二な存在としてこなせるその一つのことを成し遂げることを妨げる障害となり、むしろ多数をこなせることは不利な欠点とすらなるだろう。実際、多数の人々は純粋に才気が不足しているからというより、複数の才力や権利を持っていることにより上手くいかないのである。この実例は別の箇所でも述べている。恐らくだが、シェイクスピアは喜劇を全く書かなかったら、幾分かの点でもっと優れた悲劇を書き上げることができたかもしれない。そういう場合、我々としては残念に思うところもあるだろうが彼の喜劇は世に出すべきではなかったかもしれない。ラシーヌは喜劇の分野においてモリエールと比肩することがあり得たと言われている。だが彼は己の喜劇の才能を諦め、悲劇のムーサに己を全て捧げた。仮にフランス人が言うようにこれが原因で彼が悲劇の完璧な創作能力を身につけることができたのなら、ラシーヌがモリエールと並ぶ喜劇を書きクレビヨン[lxxxvi]と並ぶ悲劇を書いたことよりも好ましいことだ。だが《ウィリアム・》ホガース[lxxxvii]が真剣なテーマで更なる成功を収めなかったことを残念がる人たちを私は滑稽に思う。このような分業は機械工と同様に、趣味趣向においても立派な原理である。これがなければピンを完璧な度合いにおいて完成させることができなかっただろうと、アダム・スミスの作品を読んで思う。合理的な批評を行う場合、それがいかなる批評であれ、その人の卓越した点の多様性や彼の作品の数や創作能力について追求することはない。『救われたヴェネツィア』の作品はそれだけで作者《トーマス・》オトウェイ[lxxxviii]の名声を博するのに十分である。ロペ・デ・ベガ[lxxxix]や彼が朝食の前に劇の創作をしていたというナンセンスな身の上話は嫌いである。ベガは朝食後にも創作する時間はたっぷりあった。もし人が生前に後世から何かしら模範と看做される作品を残したのなら、その人が他に何ができたか、どのようにして創作したか、どのくらいの期間取りかかっていたかについて追究していく権利はない。世界に既に存在している卓越性の量にまで達しない才能は全て無意味であり、才能の無駄遣いであり、その才能を発揮するための才能も無駄である。ある道理のわかる男が、自分は世界の誰よりも何か一つのことを優れて行い、それ以外のことは他の人たちと同程度にこなしたいと口にしたのを聞いたことがある。一体どうして自分の役割を超えることをやらないといけないのだろうか? 他のことをやるのは虚栄であり精神を磨耗させる。必要不可欠でもないような適正技能を我々は全て妬み恨むような目で見る。なぜならそれらは過剰だからというのが第一であり、第二にそれは害をもたらすのではないかと危惧するからである。どうしてキーン氏は作中で歌ったり踊ったりフェンシング等をハーレキン《道化師》にやらせるのだろうか? 人々曰く「それがキーン氏のためになるから」。決して彼が名声を意識したからではない。デイヴィッド・ギャリック[xc]は確かに喜劇と悲劇双方において優れた素質を発揮した。だが双方ともにおいて彼は第一級の腕前だったのであり、決して二流ではなかった。人に従事している職業以外のことで賢明かどうかを尋ねることほど無礼なものはないだろう。人々がシドンズ夫人[xci]を厳しく尋問しようとしたのを耳にしたことがある。私がその場にいたなら、罠に嵌める形でエルギン・マーブルを議論に差し込んだことだろう。良き性分と分別は全ての人々から要求されている。だが誇らしく際立った存在になるには、それを可能にするたった一つのことを摑みとったり切望したりするだけで十分である。

【原　注】

18　原注一:ここで私が述べているのは、他のことを描写するための際立った対象やイメージを見つけ出すような、象徴的で架空の空想力についてではない。

19 原注二：ワーズワース氏自身は私がこうして述べていることを言うべきではないと思っているが、氏が実際に言わないでいるかは確信できない。

20 原注三：この人物のこの奇抜な能力からもたらされた唯一の良きことは次のことだと聞いている。ギャリックの劇を見るために、この人物が自分の住んでいるところからロンドンに赴いたという話を聞かせている紳士がいた。そしてこの人物が劇を見終えて地方に戻り、その劇と出演している俳優についてどう思ったかを聞かれたというのだが、紳士は彼の答えをこう説明した。「ああ！　彼にはわからなかったんだ。彼はただ小さな男がステージの上を気どって歩き、額に片手をあてながら七九五六の単語を繰り返し述べて満足気に振る舞っている様子を見ただけさ」。そしてこう声を上げた。「そうさ！　それで彼の数えた数は正しかったのか？」。これは文字通り実務的な好奇心を満たすために過大な努力が要される。ジェデダイア・バックストンが劇での言葉の数を数え上げた行為は十分に不毛な努力だった。だがここにいる紳士は彼が正しく数えたのか誰かに再度数えてほしいと願っているのである！　愚鈍な力はこれ以上先には行けない！《The force of dulness could no farther go!》

21 原注四：サー・ジョシュア・レノルズは、ある絵画についてどのくらいの期間取りかかったかと聞かれて、「人生の間ずっとだ！」と答えた。

【訳者注】

lxvii　原文では 'as one, in suffering all who suffered nothing' 表記。シェイクスピアの『ハムレット』第三幕第二場に次のような箇所があり、ここからの引用と見られる。「As one in suffering all, that suffers nothing.」

lxviii　原文では 'knew all qualities with a learned spirit' 表記。そのままではないが、類似箇所としてシェイクスピアの『オセロ』第三幕第三場に次のようなものがある。「And knowes all Quantities with a learn'd Spirit Of humane dealings.」

lxix　Πρωτεύς：原文では Proteus 表記。現在ではプロテイスと発音される。パロス島でアザラシの世話をしているギリシア神話の海神であり、海王星の衛星であるプロテウスの由来にもなっている。

lxx　原文では 'to descry new lands, rivers or mountains in her spotty globe' 表記。ジョン・ミルトンによる『失楽園』第一巻に同じ記載が存在する。

lxxi　原文では 'of the earth, earthy' 表記。『新約聖書』コリントの信徒への手紙一第一五章四七節からの引用と考えられる。

lxxii　原文では 'darkness that may be felt' 表記。『旧約聖書』出エジプト記一〇章二一節に類似箇所があり、ここからの引用であると思われる。

lxxiii　原文では 'palpable obscure' 表記。ミルトンの『失楽園』第二巻に見られる表現であるが、ここからの引用であるかは不明。

lxxiv　原文では 'content with riches fineless' 表記。シェイクスピアの『オセロ』第三幕第三場に以下のような類似表現がある。

Poore, and Content, is rich, and rich enough,
But Riches finelesse, is as poore as winter,

lxxv　原文では 'poor as winter' 表記。前述の箇所にこの表現があり、同様に引いてきたものと考えられる。

lxxvi　原文では 'kept the noiseless tenour of his way' 表記。十八世紀イギリスの詩人トマス・グレイの『田舎の墓地で詠んだ挽歌』（Elegy Written in a Country Churchyard）に「They kept the noiseless tenor of their way.」という節があり、ここからの引用であろう。

lxxvii　原文では 'finds tongues in the trees, books in the running brooks, sermons in stones, and good in everything' 表記。シェイクスピアの『お気に召すまま』（As You Like It）の第二幕第一場に次のような箇所があり、ここからの引用であろう。

Findes tongues in trees, bookes in the running brooks,
Sermons in stones, and good in euery thing.

lxxviii　George Wither（1588-1667）：十七世紀イギリスの詩人。おもに風刺的な作品や田園詩にあたる作品を残している。

lxxix　原文ではBurns表記。同姓の人物は数多く存在するが、おそらくは十八世紀スコットランドの詩人ロバート・バーンズ（Robert Burns, 1759-1796）のことと推測される。

lxxx　ロバート・バーンズが彼の友人である第十四代グレンケアン伯ジェームズ・カニンガム（James Cunningham, 14th Earl of Glencairn, 1749-1791）に宛てて書いた詩『グレンケアン伯、ジェームズのための哀歌』（Lament for James, Earl of Glencairn）の最後の二行からの引用と思われる。

lxxxi　Masaccio（1401-1428）：十五世紀イタリアの画家。ルネサンス初期の画家で、遠近法やキアロスクーロなどを用いることで人物表現などにおいて革新的な画風を見出した。

lxxxii　Salvator Rosa（1615-1673）：十七世紀イタリアの画家、詩人。ナポリの生まれであるが、ローマやフィレンツェに長く滞在し、おもに風景画を描いた。

lxxxiii　James Crichton（1560-1582）：十六世紀スコットランドの博学者。言語や芸術、科学において並外れた能力を持っていたと伝えられる。文中に記載のあるように感嘆すべきクライトン（the Admirable Crichton）の異名も持っていた。

lxxxiv　Jedediah Buxton（1707-1772）：十八世紀イギリスの暗算の名人。記憶力に優れ、王立協会が彼を招いた際に能力を試したほどの実力を有していた。

lxxxv　古代ローマの作家ホラティウス『詩論』からの引用である。

lxxxvi　Prosper Jolyot de Crébillon（1674-1762）：十八世紀フランスの詩人、悲劇作家。原文では Crebillon 表記。いくつもの悲劇作品を成功させ、ヴォルテールより優れた悲劇詩人として当時は評価されていた。

lxxxvii　William Hogarth（1697-1764）：十八世紀ロココ美術時代のイギリスを代表する画家。版画家として活躍し、当時の世相を風刺した連作版画が有名である。

lxxxviii　Thomas Otway（1652-1685）：十七世紀イギリスの劇作家。宣教師の息子であり、一時志したこともあるが、演劇の道へと進んだ。『救われたヴェネツィア』が代表作である。

lxxxix　Lope de Vega（1562-1635）：十六世紀から十七世紀にかけてのスペインの劇作家。若い時から多作であったことから数多くの戯曲を残し、当代きっての劇作家となった。

xc　David Garrick（1717-1779）：十八世紀イギリスの俳優、劇作家。サミュエル・ジョンソンが設立した学校に学び、のちに彼とともにロンドンに移り住んだ。そこで俳優として活動を始め、トップ俳優になった。シェイクスピアの悲劇を演じさせると当代一と言われていた。

xci　Sarah Siddons（1755-1831）：十七世紀から十八世紀イギリスの俳優。原文では Mrs. Siddons 表記。十八世紀を代表する悲劇俳優で、前述のオトウェイの演劇で見出され、前述のギャリックの劇場においてトップに君臨していた。『マクベス』や『オセロ』などのシェイクスピア悲劇においても重要な役を演じていた。

■エッセー六　コベットの人物像

人々が《ウィリアム・》コベット[xcii]に対して抱いている印象は《トム・》クリブ[xciii]のものと類似している。彼の打撃はクリブと同じくらい強烈であり、難攻不落なのである。彼を高級なペンを駆使する者ではなく、強力な羊の拳を駆使する者として捉える者もいる。彼の文体は読み手を唖然とさせ、「公衆の耳を特大のハンマーで叩く」[xciv]。いかなる新聞紙上の論客も一人では彼にほとんど太刀打ちできない。街の演説者や国会議員を「破壊し」、政府自体にもその辛辣な矛先を向ける。彼は国家政策における第四の身分のようである。彼は現代において最も力のある政治作家であるのは疑いないが、それだけでなく、英語を最も優れて駆使する作家でもあるのだ。彼は明瞭に、広大に、はっきりした英語で語り考える。彼は《ジョナサン・》スウィフトの明晰さ、《ダニエル・》デフォーの気どりのなさ、《バーナード・デ・》マンデヴィル[xcv]の描写する美しい風刺能力を持っていたとも言われている（この比較が無礼な態度から出たものではない限り、だが）。真に優れて独創的な文章能力として評価する場合、《ローレンス・》スターンは機知に富んでいたとは言えず、シェイクスピアも詩人と看做すことはできない。二流の才能について述べていくことは簡単である。なぜならそういった才能は何種類かに分けることができ、標準化できるものだからである。だが一流の才能というのは計算や比較を拒絶するものであり、その才能自体によってのみ述べていくことができる。それは独特なもの《sui generics》であり、属する類をそれ自体が作り上げる。私は《エドマンド・》バークの文体について説明することを何回か試みたのであるが、成功には至らなかった。厳格なほどに大袈裟なその文体、散文的な大胆さ、他所他所しい誇張、あるテーマについて早合点し、かと思うとそのテーマをも否定し始める書き方。だがそれと同類のものが模範として他にどこにもないのだから、うまく説明することができないのである。参照すべき共通の尺度がないのである。そして彼のこれらの特徴ですらも互いに矛盾することがあるのだ。

　コベットの場合、そこまで難しくはない。彼は《トマス・》ペイン[xcvi]と比べられてきた。そして取り扱うテーマの性質、その論じ方、各々が書いた文章の世間にもたらす影響とその全ての読者の能力への適応性（この単語をここで使うのは適切でないが）が、これほど一致する者同士はいないと言われているのは真実である。だがペインの作品（『コモン・センス』や『人間の権利』）に目を向けてみれば、その違いに心打たれる（というよりどこか元気にもなる）。ペインはコベットよりも遥かに説くように文章を書いていく。彼のもっと若い頃で最良の作品のページを開いてみれば、何かしらの格言や正反対に心に残るような発言に出合わないことはない。これらは初めに論を展開していき最終的にはそこへと戻ることを目標とするものだ。コベットの書いた文の中で、機知に富んだ言葉や再度引用されたことのある文章はない。仮に彼の文章が引用されることがあったら、罵詈雑言だったり自分がつくった誰かへのあだ名だったりする。この点においてコベットは類稀なる発想力を発揮する手腕を持っていて、彼は「忌々しく繰り返す」[xcvii]ことができた。彼の『クラックマナンの男爵』の副題で来る年も来る年もアースキンを困らせるよりましなことはあっただろうか？　彼はどうもあまりに『堕落の息子と娘たち』に入り込みすぎている。

　ペインは事柄を第一の原理に収め、自明の真理を伝えることを好んだ。コベットは詳細で局所的な状況を伝える点以外で、心労を払うことは少ない。前者は特定の意見に対して予め言うべきことを決めていて、それを簡潔で端的な表現を最大限用いようと努めた。その後継者は逆に何ら糸口も、何ら決定した主要な原理も持っているようには見えず、それどころかテーマについて腰を下ろして実際に書き始めるまでは、それについて考えたことすらないようである。だがそのテーマについての事実や生の素材については無限にあるようにも思え、理論として適用するためにそれらに手を加えたり調節したりすることもなく、その強さや辛辣さを全て引き出すようにして文に吐き出されていく。彼は描写や説明がいつまでも終わらないが如く続けていく。それは新鮮さを存分に感じさせるが、同時に古くから馴染みも感じさせるものだ。彼の知識はそのテーマから発展していき、その文体は自分が語っていることについての絶対的な直感力を有し、他のことは全く考えていないことを感じさせる。彼は仮説を取り扱い、証拠を訴える。結論に達したり要約したりすること（ペインの強みであった）はもっと狭い範囲にあるものである。一方は一般的な読者の手本となるために政治についての初歩的な論考を書き上げることはできず、もう一方は同じ精神性や興味そして倦むことのない忍耐心を以て、同じだけの年数で週刊雑誌に連載することは絶対にできない。ペインの文章は新たな計画に対する政治的な計算への導入部の類である。コベットは日記をつけていて、年中起きる出来事や面倒な問題についてびっしりとそこに書き込んでいる。多大な努力や広範な情報、そして知性的に自分の言いたいことを述べる最高峰の能力を有するコベットは、あらゆる問題について着手したり終わりに達することが絶対にないように思える。他方でペインは二、三の短い文においてその断固たるやり方で「過去、現在、そして来たる未来におけるあらゆる論争から手を引く」ようにけりをつける。ペインは物事に対し俯瞰的に観る。コベットの方はもっと近くでくっついてみて、その構成要素を観察し、自分にとって有益となる最も瑣末な要素も捉えて離さないのである。或いは、田園的な引喩をしてみるとするなら、ペインは自分の考え方を安全と憩いのために檻として囲い込む。コベットの方はといえば、食料を与え繁殖させるために羊の群れを連れ出していくかのように、平野に自分の考え方を注いでいくのである。コベットの書く文章は、彼に賛成しない人が読めばより愉快なものとして映る。というのも彼の文は教義的なものがペインよりも薄く、読者全員に訴えるような共通の事実と論争へとより取り上げていき、もっと散漫で多様であり、目下の結論へと向かうよりも、当時抱いている信念の力によって駆り立てられているように見受けられるからである。それ故彼は全ての党派から大目に見られているが、交代交代に不快な存在として映りもする。宗教改革指導者たちは彼がトーリー党員だった時に彼の文を読み、今は改革指導者である彼の文をトーリー党員たちが読んでいる。だが彼の文章はどうやらホイッグ党にとっては高尚すぎたようだ[22]。

著名な先駆者よりも形而上学的、詩的な要素が少ないにしても、彼の方がより生き生きとしてドラマティックである。彼が書く多数のエピソードは要を得ていて、読む者の胸を打ち、生命力が充満していてかつ天真爛漫であり、細かい隅まで伝え、二重の尺度があちこちに用いられているが退屈することは決してない――決して後れをとることはない《nunquam sufflaminandus erat》。彼は決して読み手をうんざりさせることのない書き手の一人であり、自分自身すらうんざりしない。というのも彼は常に「事柄でいっぱい」だからである。彼は決して平穏に書くことはなく、彼自身に退屈を覚えさせることもなく、「疲れて、陳腐になり、無益になる」[xcviii]ことは絶対にない。常に新鮮な気持ちで旅路に出ているのであり、古い障害物は取り除けて、新たな型を形成していくのである。彼の利己的な態度は愉快でもある。というのもそれには気どりが全然ないからである。彼が自分自身について語る時も書くことが思いつかなくなったからではなく、自分自身に生じた事情がそのテーマについて書いていくのに最も適切なものだからであり、細々とした配慮によって、そのテーマについて最も適切に述べていくことに物怖じする人物ではないのである。彼は自分自身並びに当テーマについて同じくらい熱を上げているのである。そのテーマよりも己の身を先に置いて「俺をまず敬え」とは言わない。そうではなく自分自身と同じ境遇に我々を置き、彼が行うこと全てを我々に見せつけるのである。そこには目隠し遊びや明示的な手がかり、ぎこちない腹話術、賞賛の供述、抽象的で無意味な自己満足、誰かに自分の代わりに密かに賞賛させることもない。全てが公明正大である。彼はウィリアム・コベットという人物そのものを書き出していく。皆が望むように自分自身を曝け出す。一言で言えば、彼のエゴイズムは個性に溢れていて、そこに虚栄心が入る余地はほとんどない。こういった文章と出合った時我々は愉快になり、手を擦って火の方へと椅子を寄せる。その文が何か斬新で優れたものであり、雄々しく単純であり、また自分について同じく繰り返して退屈を覚えさせることはないことを読み手はわかっている。我々は著者と一緒に机に向かって腰を下ろして、もたらされるのは平凡な楽しみではなく豊かな食材を用いた、肉や魚や猟鳥のコース料理であり、それは『千夜一夜物語』の大金持ちのバルマキーのように、多数の極上な物を取り寄せて訪問客を待たせつつ敬意を抱かせるようである。コベット氏は見せかけのことを書くような類の文人ではない。彼の最も辛辣な敵ですらそう思わない。ましてや通俗的ではない。仮にそう思う人がいたら、そいつは取るに足らない平凡な批評家に違いあるまい。彼がアメリカから送ってきたグラフを用いた描写はどれほど素晴らしいものだっただろうか。大西洋横断の風味が添えられ、土地の熱意が込められ、軽蔑のピリッとした上出来なソースによって味つけされていたその出来栄えといったら！もし彼が楽園にいるアダムのように周囲を見渡すのではなく、腰を下ろして眼鏡で自分自身を覗き込んでいただけだったなら、これほど素晴らしい様式でそれらの記事を書き上げることはできなかっただろう。彼がアメリカに到着して最初に取った朝食の記述はどれほど高遠なものだっただろう！　それは一ヶ月ももつかもしれない。舞台の上での光景でこれほど読み手を楽しませるものはない。アメリカの鳥の黄金色や真紅色の羽毛を何と彼は素晴らしく描写することだろう、自分の祖国の森の野生の調べを耳にできない嘆きにもっと哀れみを催させるためだけに！　斧の一撃によりたった今倒されたオハイオの木立は

「彼の描写の中で生きている」。そしてボットリーから移植したカブは散文の中で「緑に見える」のである！　別の時には、彼が可哀想な羊のためにカバーを用意して死の苦悩において横たわらせて包んだ時の描写も、またどれほど素晴らしいものだろう！　それはビウィック様式[xcix]による肖像画とも言え、偉大な動物学者が持つような力と素朴さと感情が込められているのだ。彼がパー博士[c]の鬘《wig》の巻毛とコールリッジ氏のホイッグ党員としてのしつこさを褒めあげた時、どれほどの混乱をもたらすことだろう！　彼の『文法』という書物も童話の本のように楽しいものである。彼は他者の書き方には厳しいが、自分の文体には（時々）十分には厳しくない。

政治的な党派心に関して言えば、彼に匹敵する人物は誰もいない。彼の振り下ろす拳は、『天路歴程』における巨体の絶望の如く相手の脳みそを打ち砕くのである。そしてその強靭で反復される打撃には個人はもちろんのこと、腐敗したいかなる体系も耐え切ることができない。それに対抗するには彼が空棹のように振り回す武器と同じものを用いなければならない。つまり彼は敵対者を打ちのめすだけでなく、味方をも打ち倒し自分の陣営の人たちも戦闘不能にさせるのである。これは戦い方として好ましくない癖である。そして政治的な戦術として採り入れるのはさらに好ましくない原理である（一般的ではあるが）。彼の一撃が真っ直ぐに確実に同じ対象に向けられたら、人気のない大臣は彼の前で生き長らえることはできない。彼が右や左に、公平に容赦なく攻撃を加える代わりに、立ち位置をはっきりさせ、自分の周りに味方を結集させ、足を踏ん張らせないといけないまさにその時、味方がいなくなってしまうのである。彼は敵の腹に頭突きを喰らわせ、相手の戦意を挫く。当たるにしろ外すにしろ、彼は全てに打撃を喰らわせようとし、彼を助けたり彼の有利な情勢を利用するために彼の側に立つと、彼はその人の踵を躓かせたり大の字に横たわらせたりする。ヤンゲシアン人の運送人が棒でロシナンテを強く叩いたように、心ゆくまで何度も打撃を浴びせる。古き友人にしろ、新たな敵にしろ、ペンから放たれた一斉攻撃を一回喰らわせたり、「矢の如き霰」を一度発射したりすれば一息で同じように打ち倒してしまうのである。彼の評判がどうなろうと、或いはこのような攻撃の結果己の身に何がもたらされようと寸毫も彼は気に留めないのであり、それ故に彼の敵対者並びに助けようと主張する者も彼の前では無力になってしまうのである。実際、彼はいかなる種類の成功も、それこそ自分の観点によるものや属している陣営のものでも、耐えられないのである。そしてある原理原則に人気が出そうになったら、それに背中を向け別の陣営に立ってそれを押しのける自分の力を示そうとする。端的に言えば、力のあるところ、彼はその敵なのである。彼は本能的に立ち塞がる物全てに頭突きを喰らわせる、あたかも一角獣（ユニコーン）がオークの木に引き寄せられるが如く。そして自分以外の世界全ての意見や願望に抵抗することによってのみ、自分の力を感じることができるのだ。流れに乗って航行すること、同行者に賛同すること、それは彼の気質とは相容れないものだ。もし彼が議会において革命をもたらす見込みがあるとすれば、完成物をすぐに自分の手でゴタゴタさせ損なおうとする時である。そして彼は自分の創造物がちょっとでも流行してしまえば、或いは投獄されれば、すぐさまそれと論争するようになる。私はこれを虚栄心だったり、むらっ気があったりというより喧嘩っ早い気質だと考えている。それには争うべき敵対者の力が不可欠であり、体系的に反対された時のみに安息を覚えるのだ。そうでないならば、彼の頑固無情な論によって振り回される粉砕棒の前に、世界の高い塔や不快な場所は全部崩壊していくだろう。だが対象がよろめき始めたら、今度はそれを安定させるため支えようとし、彼についていく味方たちの期待を挫いてしまうのである。確立されたものが何であれ彼は我慢がならず、それの代わりに何か別のものを確立させようとすることも我慢がならない。それが確立されている間は、彼はそれに対して強い攻撃で押し除けようとする。というのもその対象が彼を押し除けようと、少なくとも想像においてしているからである。彼の手中に収まり粉砕されれば、抵抗するための動機もなくなる。すると今度は直面すべき別の不快を探し出すのである。彼の原則は反発にあり、彼は生まれつき否定する。味方なきイシュマエルの民[2]のように、彼は単なる敵意によってできている。そしていつも政策に対してスリッパ探しをしている。自分の隣にいる者が誰であれ顔を向ける。何らかの意見から彼が同調しないように遠ざけて、それに耐え難いくらいの憎しみを抱かせるには、彼の耳元で絶えずそれを騒音のように聴かせる人物を配置することである。彼がイギリスにいる時、彼のやることといえば、議席売買人に対して嫌がらせをし、制度全体を嘲笑することだった。アメリカにいる時だと、自由と共和国に我慢がならなくなる。アメリカにもう少し長く滞在していたならば、ジョージ四世閣下に寵愛される忠実な従僕となったであろう。自由の黎明として無数の人々によってフランス革命が迎え入れられていた時、彼はその革命を風刺した。その革命が何らかの方法（部分的にはコベット氏自身がそれを負っているのは間違いあるまい）によって普遍的に臭気を放つようになり始めたら、他の一、二、三人と一緒に生粋のボナパルト主義者となった。己の威厳を勇ましく発揮できる限りは、彼はいつも好戦的な陣営に属していて、勝鬨を上げている陣営には身を置かない。だがその勇敢さというのが適切な形式であることはそうそうない。それには原理が欠けているのだ。確かに彼は奴隷だったり金銭目当ての傭兵のように振る舞ったりすることはないが、自分のエゴイズムの犠牲になっている。取り壊してバラバラに粉砕しなければ気が済まない性分なのであり、他のやり方が入る余地はない。これは遺憾なことである。彼の偉大な才能を駆使して、何らかの有益な対象に真っ直ぐに向かったり、何らかの問題点をうまく取りまとめたり、何らかの原理に手と心を結べば偉業も成就できるのかもしれないからだ。彼は自分の友人を変えるのと同じような理由で自分の意見も変えてしまう。彼は原理を固定して抱くことに快を全く感じない。何らかのことが精神上にうまくまとまったなら、今度はそれと論争し始める。彼は真理を追跡し問題点を明らかにし、悩んだ末にそれを殺し、そうしたらそれが害虫であるかのように己を引き離す。そしてまた新たな活動を行い躍動し始め、沼や藪の空気から瑞々しい息を吸い、彼の踵には大衆たちが叫んでいてリーダーたちはいつも咎められている。コベット氏はこれ以外のやり方で満足を覚えることはなく、これを「王族の楽しみ《sport-royal》」と彼は呼んでいる。棒術試合やシングルスティック、或いは活気があるもの全てと同じようなものと彼は看做している。彼は論争における斬撃や突き、打ち倒し、打撲、慈悲なき一撃を好む。それを友好的に締めくくるような優れた有益な結果をもたらすものなら何であれ、彼はそれを歓迎する。事の次第が正当に収まったならその楽しみはもうそれで終わりである。

　このことに関してまた別の観点を述べておく。私はコベット氏が信念を全く欠いていないがらもとても誠実な男だと思っているのだが、この矛盾めいた考えを次のように説明したい。つまり、彼は自分が述べる時や負っている役目を果たす時には真剣な熱意を抱いている。だがその際には強情さ甚だしい頑固さ、気まぐれ、新たな怒り、何かしらの類の個人的な動機によって導かれていくのであり、真理への堅固な眼差しや思い浮かべている最も重要な事柄に対する平常的な熱意によってではない。彼は金銭のために主張したり、日和見主義者だったり誤魔化したりはしない（自分自身を誠実だと思わない者で彼のように書けた者はいない）。だが彼の理解力はその不安定で暴力的で癇癪気味な性分の言いなりの奴隷である。確かに彼は意見を「故意的に或いは金銭のために」採り入れたりはしないが、彼の良心は最初に感じる怒りや最初に思い浮かべる気まぐれに翻弄されるがままとなる。彼は物事を普遍的な原則に応じてではなく、情熱と熱情を媒介にして見るのであり、思考体系全体は一旦彼の空想を捉えたり、育成されたはずの性分をかき乱す事物があったりしたら錯乱してしまう。彼は独学の人物であり、そういった人たちが有する欠点と美点を最も著しく明快な形で過剰に持っている。『政治録』（「二ペニーのゴミ」と呼ばれていたが、後に議会で法案が通り六ペンスの価格となった）の編集者は「紳士であり学者である」ではないことを認めなければならないが、それがもう少しうまく管理されれば（世間にとって）両方の名称を受けるに相応しいだけの力を持っている。自分より以前に発見されたことを知るにあたって、参照すべき一般的な目印となるものを知らず、個別のケースに適用できる一般的な思考基準も持っていない。彼は自分の鋭敏さや目前にある証拠のみを頼りにし、意見のその構造を他と比較したり哲学的に分析したりしていく手法に馴染もうとはしない。大きな尺度で見たり、地平線の彼方（薄暗く十分に広々としているだろう、多分）にまで視野を伸ばしたりすることはない――ただ間近にあり、明白で感知できる範囲で見てとる。発見したものは全て彼に属し、発見したものしか知らない。いつも急いでいて何かを計画することに熱を上げている。脳内は何か新たな事業のことでいつもいっぱいである。新たな光はいずれも新たな体系の誕生であり、彼自身を凌駕し超えていく新世界の夜明けである。最後に抱いた意見のみが彼にとって真実である。昨日の彼よりも今日の彼の方が賢い。それならば一体どうして今日の彼より明日の彼の方が賢くないなんてあるだろうか？――学識或いは教育を受けて育った人よりも、賢いがそれなしで育った人の方が鋭い機知に富んでいる。だが前者の方がより人間知性のバランス感覚に精通している。彼らがより馬鹿であったとするのならよりしっかりとした態度をとるようになり、自分の賢さや苦労したり早い段階で取得した叡智によって、苛立ったり不機嫌になったりして迷走することは少なくなる。この古き世界のやり方にとって斬新なものに映るからといって、上辺だけの豪華さを一目見ただけで恋焦がれるようになることはなく、昔から反駁され尽くしていたような仮説を無垢な乙女のように崇めることはない。それらを賞であるかのように捉えようとすることはなく、賢明でありながら先人たちよりは賢さに劣ることによって粗野なペテンに引っかかる心配はない。ペインはある時こう言った。「私が書いたことは、私が書いたことだ」。彼の行動原理についてより詳述していくことは必要ないだろう。だがコベット氏の場合は違う。彼が書くことにおいて原理などはなく、せいぜい友人や敵に対して述べた最後の六日間程度しか有効ではない。この途方もないくらいの一貫性のなさ、強情な移ろいやすさ、あらゆる規則や手法を欠いた理解、これらがあるからといって、彼の行為における精神や熱意や多様性を発揮し続けることを妨げるとは私には思えない。彼は己自身を反復するとは約束しない。新たな『政治録』は新たな展望《Prospectus》の一種である。彼は己の理解力に枷がつけられ、束縛されないような加護を与えられている。彼の脳内に借りというものはない。抱く観念は解放されており、妨げられることはない。もし彼が束縛されるようなことがあったら、他の多くの人間のように粗悪な三流文士となるかもしれない。だが自分自身に「広々とした活動範囲とその境界を十分に」与えるのだ。彼は問題点の両面を視野に入れて、双方とも確固として目を向け続ける。もし誰も彼と論争することができないのなら、自分自身といい具合に争うことができる。彼は改革について他の誰よりもうまく支持するように書く。彼がいる所どこでも、戦争の競り合いがあり、論争の重圧があり、罵詈雑言の力が発揮される。自分の能力の行使の結果、寝たきりになってしまう恐れのある男ではない。その大きすぎて扱いにくい巨塊をパッと行動に移し動きまわらせ、そして片側を陣取るのに飽き飽きしたら、もう片側へと向かうことにより再度活発になる。時の経過によって観点を変えていく彼のやり方は、単に自身の扱うテーマを多様にして範囲をさらに広げるだけでなく（その結果『政治録』は政治闘争におけるあらゆる素材や武器の貯蔵庫であり弾薬庫となっている）、その扱いにおける彼の振る舞い方においてより大きな熱意や活発さが伴うようになる。コベット氏は自分がかつて証明したものを当然のものとして受け取らない。彼は参考文献のようなものを書かない。彼の考え方は生き生きとした概念において沸騰しつつ調合され、発酵され、横溢していくのが見てとれる。その実際の形成過程について、コベット氏の多血的で解決することない結論の形成のために、それらの根拠と素材を即座に自分のものとしていく具合を人々は目にする。彼が人々に提供するのは理論を立てるためのサンプルではなく、ゴミやその他のものを含む一体の大きな塊である。

彼はまさに率直に注ぎ出す
素直なシッペンや古きモンテーニュそのものを[cii]

これが彼の書く文の明断さと力強さの原因の一つである。論拠が停滞してしまい停止して彼の脳内に燻ってしまうようなことはなく、すぐさまに紙に書き留められていく。彼のアイデアはパンケーキのように出来立てほやほやに調理される。瑞々しい理論が瑞々しい勇気を彼に与える。若くて元気旺盛な花婿のように毎朝好みの思案と離婚し、新たなものと毎夜結婚する。彼は彼の観念に嫁ぐことはない、そんなことはあり得ない。彼のあらゆる意見においてコベット夫人は存在しない。彼が直面した一番新しい思考を最大限に活用し、しっかりとそれを握りしめて、荒々しく堅固な両手で四方八方に轟かせ、それに敵意を向けて過剰なくらいに味わい尽くして、最後は投げ捨ててしまう。普通作家が自分の意見を新たなことのために変更することはあまりよくない。彼の能力においてさらに注目に値することは、彼の以前抱いていた考え方を忘れてしまうことである。彼は一貫性を持つふりをすることはない（コールリッジ氏のように）。率直な態度で自分と縁あるものを否認する。この点において彼は何ら個人的な責任感を感じることはなく、エフェソスのアンティフォラスが確固たる冷淡さによって、シラクサのイージオンの処刑を止めなくなってしまうように、[ciii] 友人や己の原理原則を切り捨てるのである。これは不誠実なことである。彼がロマンに駆られたことがあったのは、トマス・ペイン氏と一緒にアメリカから遺品を持ち帰ってきて、政府に不満を抱いている人が多い地域の中を通っていこうとした時である。リヴァプールに到着するや否や、偉大な男から離れて自分たちでやっていこうとした。そしてロンドンに到着したら、崇めていた自分の最新の意見における政治的、神学的感性へのあらゆる関与を放棄する旨の演説を行い、感嘆や熱狂を全てペイン氏の財政上の投機と紙幣が今後辿る運命についての彼の予言に向けると発表した。もしペイン氏の小さいが黄金色の像をコベット氏が建立したなら、彼の発表の誠実性の証となったことだろう。だが他人の殉教者となり聖なるパトロンとなり「彼の列聖された遺骨《his canonized bones》」を掘り出し、大衆たちに見せさせるために晒し出したという業績を成し遂げたと看做し得るには、ポンドやシリングやペンスの計算以上の、もっと生命力と精神性が、もっと精神と活き活きとした魂が込められている何かが必要となる。結局コベット氏が自分の企図したものを裏切ったのが事実である。思っていたよりも旨味がなかったのである。心は落胆し、熱狂は和らぎ、身を引いたというわけである。抱いていた感嘆は短命だったのだ。軽蔑心だけが心に根付いていて、長く続いていくのは彼の怒りだけである。今述べた実例は、彼が現実的なデータを大いに頼りにして行動した唯一のものである。彼は予測してしまうという悪癖があり、勘違いしたままでそのまま行動し続けてしまう。予測するというやり方はコベット氏のスタイルとは噛み合わない。彼には名前や時間や場所を指定してしまう癖がある。彼によれば改革された議会は一八一八年三月に開かれるとのことだった。だが実際はこの予測は当たらず、それ以来この件について耳にする者は誰もいなかった。そして彼の予言が外れれば、もはやそれを気に留めることもなく新たな予言をするのに夢中になる。それは地方の人々が来週どのような天気になるのかを歳時暦を頼りにするのだが、それに記載されている先週分は毎日その記載が誤りであったのに参照しようとするのと似ている。

コベット氏は防御ではなく攻撃においてとても強力である。手こずるような戦いをすることはできない。ほんのわずかでも攻撃されることに耐えることはできない。彼に立ち向かおうとする人がいれば（そんな人はごく少数だが）、彼はすぐに尻尾を巻いてしまう。育ちすぎた男子生徒のように、自分のやり方で押し通していくことにあまりに慣れてしまって、支配者となるためにやり合ったり奮闘したりするやり方には服せない。自分の打撃は全て喰らわせつつ、自分は一撃も喰らわないようにしなければならない。彼はいじめっ子でありかつ臆病者である。政治において他者を重みで押しつぶし粉砕するビッグベンだが、抵抗された場合の構えはしていない。少しばかり効果的な打撃を被ればすぐさまよろめいてしまう。攻撃されればいつでも、論争からコソコソと歩き去っていく。『エディンバラ・レビュー』は猛攻撃（と言われている）を彼に数年前加えたが、イングランドの家庭庭園がスコットランドのそれに比べてとても整然としていることに、賛辞を呈したような言い返しをコベット氏はしただけであった。そのレビューを探しにフリート通りにある本屋をある日訪ねた記憶があるが、その際にカウンターの後ろに立っていた若いスコットランド人にコベット氏がその答えで結構なダメージを与えたかもしれないと私が主張したら、北ブリテン人は幾分か警戒しつつ「でもコベット氏がスコットランド国に損害を与えられるとは思っていませんよね？」と述べた。それに対して私はそこまではわからないが、彼自身は申し分なく自己防衛したと思っている旨を伝えた。だが実際はそうではなく、コベット氏はそれ以来『エディンバラ・レビュー』に恨みを抱くようになり、『季報』よりも嫌悪した。私もそうだ、とは言えない。[23]

【原　注】

22　原注一：故サーロー卿《The late Lord Thurlow》は、コベット氏が政治的論者としての名前を受けるに唯一値する文人であるとよく述べていた。

23　原注二：コベット氏は書くのと同じくらい上手く喋る。私がかつて一度だけ彼を目にしたことがあった時、とても愉快な男だという印象を受けた。気軽に接することができ、愛想良く、頭脳明晰で、振る舞いはわかりやすく温和であり、慎重で落ち着いたやり方で演説していたが、表現のいくつかは上手く修飾されていなかった。体格は背が高く恰幅が良い。善人のようで分別のありそうな顔をしていた。どちらかというとふくよかで小さな灰色の両目をしていて、厳つく広々とした額をしていて、肌色は赤く、髪は灰色だったり粉をかけたりしていた。垂れたポケットのふたのついた真紅のブロードのベストを身につけていて、それは前世紀における大地主の習慣であったり、或いはジョージ一世が統治していた頃の国会議員の画において見られたりするものである。彼を目にしたことによって彼のことを嫌いになることは無論なかった。

【訳者注】

xcii William Cobbett（1763-1835）：十八世紀から十九世紀イギリスのジャーナリスト。政府批判のパンフレットを書いたことによってフランス、次いでアメリカに亡命した。その後イギリスに戻り週刊新聞を立ち上げ、世論の支持を得た。

xciii Tom Cribb（1781-1848）：十九世紀イギリスのベアナックル・ボクサー。現在のボクシングの源流となったベアナックル・ボクシング（素手で一対一で殴り合い、勝敗を決める競技）において世界チャンピオンに輝き、引退するまでほとんど敗れることはなかった。

xciv 原文では'fillips the ear of the public with a three-man beetle' 表記。シェイクスピア『ヘンリー四世 第二部』第一幕第三場に「If I do, fillop me with a three-man-Beetle.」という表現があり、ここからの引用であろう。

xcv Bernard de Mandeville（1670-1733）：十七世紀から十八世紀イギリスの精神科医、風刺作家。オランダ生まれで、同地で医師として生計を立て始めるが、のちにロンドンに移住し、死ぬまで滞在していた。哲学にも明るく、風刺詩を著し、経済に関する著作もある。

xcvi　Thomas Paine（1737-1809）：十八世紀アメリカの哲学者、政治活動家。イギリス出身であったが、ベンジャミン・フランクリンの紹介のもとアメリカに移住した。主著『コモン・センス』を通してアメリカ独立を訴えた。理神論を主張したことで没後教会にて埋葬されることを許可されず共同墓地に葬られたが、前述のコベットが遺骨をイギリスに持ち帰り、葬ろうとしたという。しかしイギリスでも埋葬を許可されず、コベットの死後行方知らずとなった。

xcvii　原文では 'damnable iteration' 表記。シェイクスピアの『ヘンリー四世第一部』第一幕第二場に O, thou hast damnable iteration, とあり、ここからの引用と思われる。

xcviii　原文では 'weary, stale, and unprofitable' 表記。シェイクスピアの『ハムレット』第一幕第二場に How weary, stale, flat, and vnprofitable といった類似表現があり、ここからの引用であると思われる。

xcix　Thomas Bewick（1753-1828）：十八世紀から十九世紀イギリスの版画家。版画技術に革新をもたらし、鳥類の作家としても有名である。

c　Samuel Parr（1747-1825）：十八世紀イギリスの作家、牧師。原文では Dr. Parr 表記。法学博士でもあることから、このように呼ばれていたと考えられる。牧師としては活躍し、サミュエル・ジョンソンなどの碑文を書いた。

ci　יִשְׁמָעֵאל：イシュマエルの子孫たちの総称。ユダヤやイスラムの伝統においては、彼をアラブ人の祖に位置づけている。

cii 原文ではHe pours out all as plain As downright Shippen or as old Montaigne. 表記。十八世紀イギリスの詩人アレキサンダー・ポープ（Alexander Pope, 1688-1744）の『ホラティウスの二冊目の本についての風刺一』（The First Satire of the Second Book of Horace）に同様の表現があり、ここからの引用であろう。

ciii この箇所ではシェイクスピアの『間違いの喜劇』（The Comedy of Errors）を例に出している。

■エッセー七　観念が一つしかない人々について

観念が一つしかない人々がいる。少なくとも二つ以上あったとしても内密にしておく。なぜなら一つのテーマについてしか語らないからである。

カートライト少佐[civ]という人物がいる。彼は会話において観念やテーマが一つしかない、つまり議会改革についてである。議会改革は（私が知っている限りでは）確かに話し合うテーマとしてとてもいいテーマではあるだろう。だがそれだけである理由はあるだろうか？　立派で慇懃な少佐が自分の好きなトピックについて何回も話すのを聞くのは、法的ビジネスのようであり、或いは大法官庁において行われている訴訟に関わっている人の話を聞くようである。それに付随することはなく、話すことはそれ以外にない。いつもの弁論が始まったと思ったら、またいつものように静かになる。ある時裁判長が特定の日に判決を下すことを約束したが、別の時にそれを延期しもっと書類を用意するように命じた。両方とも訴えるのに等しい理由があった。法廷弁護士が手に握る一筋のからげ糸のように、あらゆるやり方でそれを回したり捻ったりして、それなしに一歩進めていくことはできないのである。幾人かの学生たちは自分の本以外で読書することはできない。観念が一つしかない男はそのテーマから外れたものについて会話することができないのである。そんなものは会話とは呼べまい。そうではなく法案の前文を独唱したり、自身とその意見を渾然一体にしたりといった重々しい主張の収集物のようなものである。それらに何か特徴的なもの、独創的なものがあればましになるものだ。だが実際はそうではない。それは政治的な説教を具現化したものであり、人が遭遇して耳を傾けねばならない歩く退屈というものである。それはあたかも毎回毎回出会うたびに士師記の第五章[CV]や『ウェイクフィールドの牧師』の宇宙生成論のように、最後まで聞いてくれるようにせがんでくるようなものであったりする。それはバレル・オルガンで演奏される楽曲である。彼らが好きな時に腰を下ろして話し始める、自分たちに痛みや患いがないようなありふれた会話手段である。職業的なひけらかしやペテン行為でもない。どう贔屓目に見ても会話というものではない。そのようなテーマについて述べていることも、聞き手たちにとって関係ないのと同じくらいにその人間にとっても関係ないのである。この事実がこのことにより絶望を覚えさせるのだ。もし農民が自分の豚や家禽について話して聞かせたり、或いは内科医が患者について、弁護士が訴訟事件について、商品が在庫について、作家が自分自身について話し聞かせたりしたならば、これをどう捉えればいいかはわかるだろう。よくある弱さであり、相手の暴露について笑ってそれ以上何かあるというのでもない。だが先ほどの場合、相手は単に不合理になるだけでなく、空想に耽ったような寛大さを働かせて傍迷惑な存在となる。こういった人間に対して「君が述べることは全部君にとっては興味あることかもしれないけどさ、俺には関係ないんだよ」などと言うわけにはいかない。このようにして相手の邪魔をするわけにはいかない。その場合相手はラテン語の格言を返してくるだろう——人に関することで自分にとって無縁なものは何もない《Nihil humani a me alienum puto》[cvi]。相手は普遍的で最高位の興味（「何か一つの胸中に由来する、やりとり上の悲しみ」ではない）[cvii]であるテーマについて夢中になっているので、それを口実にして君の服のボタンの話をいつまでも相手に聞かせ続けることになる。自分自身とは少しも関係のないことについて延々と口舌を振るうのがその人の喜びなのだ。だとしたら自分にとって少ししか面白味がないからといって、その話を拒むことはどうしてできるだろうか？　時と好機は人に合わせるように待ったりはしない。国家の営みは遅延を全く許さない。参政権や通常国会は指定された日にすぐに決行される。各々の権利や他の問題点等は顧みず優先されるのである。他のテーマについては、それが陽気なものでも陰気なものでも、煩わしいものと看做され仲間はずれにされるのである。重要案件が生じてもそれは妨げなのであり、愉快なものでも逸脱なのである。少佐がいるところでは他の同席者よりも優先されるテーマなのであり、彼が居合わせることによりそのテーマについての委員会が全体として形成され、それまで会話されていたことの事実上の永久休会によってその委員会が活動し、それについて終了するまで他のことについては関与されることはないと看做される。そして少佐が死去する日になってようやく他のことについて詳しく話すことができる見込みがあると、その半永久的な支持者は決意するに至るのである。学問についてキケロが言うように、それは彼が地方へと赴く時は随行していくのであり、彼が在宅の時はそれもまた在宅なのである。それは朝食でも彼と一緒に席につき、夕食の時も彼と一緒に出かけるのである。それは彼の衣装の一部のようなものであり、その人の礼服の一部のようであり、それがなければ彼は途方に暮れてしまうのである。もし彼と通りで出会ったら、あいさつの一種としてそのテーマについて言及しつつ君に近づいてくる。彼の家で彼と出会ったなら、当のテーマのためにやってきたと看做される。もし「今日はいい天気ですね」とか「今は人がたくさんいますね」とか口にするようなことがあれば、当のテーマに対する一時的な譲歩だと看做される。当テーマの本質の全体にまで及ぶつもりはないという疑いが容れられる。サンチョ[cviii]が男爵の厨房で自分の素朴なお気に入りについて言及したことを叱責された時、「あの時に自分はダブル[cix]について考えていたのであり、彼について話していたのだ」と言って自身を弁護した。

　このようにして改革について口うるさい少佐は自分がどこにいようとも、そのことについて言及しようと努めるのである。老練な擁護者の彼を凍てつく北極に連れていってみるといい、そこでも可愛らしく微笑んで改革について賞賛することだろう。アフリカの真昼の太陽の下に連れていくといい、彼は改革以外何も口にしない、この四十年の間とても可愛らしく微笑み、とても微笑ましい期待を寄せさせる改革について。

私は甘く微笑むララゲーを愛するだろう（*Dulce ridentem Lalagen,*）
甘く話しかけるララゲーを（*Dulce loquentem!*）[cx]

この類のトピックはそれについて話をする当の本人がほぼ唯一の所有者であり、特許専有者と看做され、その当該トピックは人生上の財産であり、機知、思考、学問等によるあらゆる妨げを被らないものであり、固定年収を受けているが如き生活である。そして他の人たちは良識や論争が渦巻く広い世界へと駆り立ててやろうとするが如く、純財産であるその自由保有宅や地所から追い出そうとする。少佐が他人の家に赴くと、その家は少佐が城主の城となる。そして皆が話題にするありふれたことも彼の拠点となるのであり、そこから彼は取るに足らぬが苛立ちを覚えさせるような議論、「世界を無益にも揺り動かして響き渡らせる！[cxi]」議論の騒ぎや熱を微笑みながら見て、この議論やその他の害悪を癒すことが議会改革であると考えるのである。そして我々が始めた当初へと終わらぬ循環を経て戻ってくるというわけである。これは実際の狂気よりもさらに人を怒りに駆り立てるような分別ある狂気の類ではないだろうか？　この理論的熱狂者は世に認められた狂人と同じように、その精神が一つだけの観念によって捩れてそれの隷属になってしまっているのであり、ただ前者の場合は狂気が治っている間が明確にわからないというだけではないだろうか？　この類の空想家が通りを歩いているのを見ると、その人が何を考えているのかを当てることができ、そしてその人物は自分をティーポットだとかモスクワのツァーリだと思い込んでいる人物だと言うだろう。どちらも同じくらい理性とは程遠いものだ。一方が褒めそやすというのなら、もう一方は溺愛するのである！

　穀物法案[cxii]があらゆる悪の根源であると空想する人が幾人かおり、人生のあらゆる惨めさを子供たちが寝たり旅行する時にパジャマに着替えたりさせることに重ねる人もいる。最初は皆一斉に熱を込めて同じことを主張するが、最後には互いに面と向かって暴力的に論争するようになる。仮にあなたがその議論を取りやめたところで無駄である。彼らは議論をすることに執着し、また再開するのである。「だがこうなんじゃないか？」。このような不公平めいた傾向は、こっちの方が楽しく新鮮であるが故に、その本質上散発的である。つまり、人を一時にしか捉えないのである。年に一度のペース、或いは二年に一度のペースで新たなものに変更されるのである。そして彼らが新たなテーマを発見するのに熱を上げている間は、他のことについて相手に聞かせることなく、まるで別人のようになり天真爛漫に楽しみを覚えるのである。彼は深夜に鳴る鐘のような存在ではない。

ここで述べたような人たち、つまり一つの観念だけしか持たず、それで死ぬほど相手をうんざりさせるような人たちは、他の人たちとの好みの観念が一般的に異なるものである。そしてこの奇抜さの根底にあるのはほとんどの場合、自分という存在が際立ちたい欲求にあるのは言うまでもない。実際、ある人物は野菜しか摂らないが故に注目を浴び、彼は夕食の間ずっと動物性食品に対して罵詈雑言を必ず並べて同席者を楽しませるのである。この自己否認的な類のうち、こういった食事の原始的な素朴さだけでなく、さらにそれを生の状態で食すことを推したり、自分の菜食主義の流儀を良きこととして課した患者の死を嘆いたり、その嘆きを「でも彼女はこっそりと肉を食べたんだ、間違いないね」と囁きながら弁解するのである。ワインを飲む習慣を断ったかどうか会う度に毎回毎回聞かれ、肯定にせよ否定にせよその答えに応じて、自分の外見について賛辞やお悔やみを呈されたりするのは愉快なことではないが、相手次第では自分から相手のそのやり方に応じてしまうことがある。

アバネシー[cxiii]は自分の薬があらゆる疾患に対して必ず効くものと思い込んでいた。一度内科医の彼に対して彼のとった処置は効果がなかったと不平を言った時、彼は自分の処置が世界で最も優れたものだと自信を持って伝え、「そしてその証拠として」と彼は言い、「私はかつて君が患っているような病を持った一人の紳士を、ここ十六年間ずっと同じ処置をしつつ抱えていた！」。他にも奴隷貿易の廃止やユダヤ人の王政復古やキリスト教のユニテリアン主義[cxiv]に関する進捗について、いつどんな時でも頭がそれでいっぱいな人たちを知っている。私自身も一時の間、神権説の教義に対してかなり強烈に罵倒した時があり、このことに関してまだ完全に私の偏見が直ってはいない。どれほどの主張者が一つのことについて、善意ながら絶えずくどくど同じことを繰り返すことによって狂ってしまったことだろう。賢者の石の発見や緯度の発見、国債の返済について等々！　このような錯乱は最終的には致命的な危険性をもたらす。だがこうなる遥か前の段階では、当人がいつものように普通に歩いたり話したりしている間は、空想からくる錯乱や自分に取り憑いている単一のテーマから、己の抱く観念を制御したり遠ざけたりするようなあらゆる自発的な力の喪失が次第に進捗していたのであり、片側一面から理解力の枠組みをもぎとってそれを転覆させてしまうのである。

　私の考えではアルダーマン・ウッドはここ半年、あらゆる会話の席で女王に関する話題以外を口にしたことはなかった。幸運なアルダーマン・ウッド！　他の人でも動詞の定義だったり、速記術の体系であったり、チフス熱への治療だったりして、他には紙幣の偽造を阻止する手段を話題として専有的に振るのだが、それこそが話題を振る最も適切で唯一のものだと考えているわけである。同様にそのように専有的に話題を振ってくる人もいる。ドイツに住んでいたことのある人は、時々ドイツとは何かについてのみ話し続ける。スコットランド人は会話を母国のものへと繋げていく。何人かはカント哲学について延々と述べる。都会に住みいつでもどこでもカントについて話す思い上がった輩がいる。彼は自分の首周りに真珠のネックレスが如くカテゴリー論をつけている。第一性質と超越的性質の名前をまるで指輪を指につけるように周囲に示す。彼は踊っている間カント哲学の体系について語る。夕食を取っている間もそれについて話す。自分の子供たちや弟子たちや客たちにも話す。カント哲学が正しいことを確信せよと私に訴えたことがあり、その際、私は一つか二つの偏見のみによってカントへと完全に改宗することができなかったと伝えた。本当は、彼は槍の柄程度にしかカントをわかっていないのだが、ならどうしてここまで滑稽なくらいそれについて大騒ぎをするのだろうか？　それは彼がカントについてのみ頭がいっぱいだからというわけではなく、他には頭に何もないからである。出来の悪い学生ならカント哲学について出鱈目を言っても罰せられることはほとんどないだろう。そんな生徒も、他のことについて口にすれば大目玉を喰らうことはあり得る。フランス人の婦人が寡黙なイギリス人と結婚したのだが、彼の寡黙な性格について「あの人はいつもロックやニュートンのことばかり考えているのよ」という口実で弁護した。これは偉人たちの名前を用いることによって切り抜けられた一つのやり方なのだ！　この前通りで遭遇した私の友人がいつもよりも活発な様子で私に身を寄せてきて、「おい、ついに売ることになったぞ、売ることになったんだ！」と言ってきた。てっきり売るのは家のことかと思っていたが「違うよ、新聞の広告を見ていないのかい？　『エッセー』が二十五部売れたって意味さ」。その不必要なくらい難解な形而上学に取り組んだ魅力的で大きな型の四折り判のエッセーが、彼の脳内をここ数年専有していて、彼が今やどういう存在になったかを私が考えているに違いないと締めくくった。だが実際にその作品を読んだのはほぼ唯一私だけだと思っているし、理解しようとするふりをしたのも私だけなのは間違いない。それは独創的で最も才分が発揮されている作品だが、独創的であるのと同じくらい理解不能な代物で、才分が発揮されているのと同じくらい風変わりである。もしその著者がそれだけに頭が取り憑かれていたのなら、彼は正しい。というのも彼の有している観念は他のどこにも見つけられないものであり、それは「存在することは知覚することである」とするバークリーを辱めることはあまりないからだ。器用な剽窃家ならそれを大衆に受けるような衣装で包めば多大な名声を博することだろう。ああ！　独創的な観念を芽生えさせ、思考や自然の隠れた奥底から掘り出し、半ば恥ずかしながら苦闘しつつ形も歪めつつ公に晒し、未だかつて想像されることも表現されることもなかった言葉と理解可能な音節を与えるには、どれほどの苦痛や労力や切望や疑念を経なければならないかを、ひたすら同じことを繰り返すだけの人たちはほんの少ししかわかっていないだろう！　それは言葉を喋れない者が初めて言葉を話すようなものであり、あたかも不完全で単なる感覚器官を通してその本来の意味が口ごもって発せられていくが如くである。誰か雄弁で賞賛されていて、観念の不足を語彙力で埋め合わせることができる熱弁者が、その技術をこのエッセーの作者に貸すことができたらと望む。この技術において「哀れで未熟で巣が視界に入らぬまで飛翔することがほとんどできない」。彼が自分の書く内容についての言葉を見出すことができたなら、自然や世界の神秘のいくつかを描くための言葉を真理がもたらしてくれるだろう。ファーン氏はインドの森に埋葬された。仕事の余暇で虎の狩猟をするためにそこにやってきた彼は、己の頭にその銃の弾をある時撃ち込んでその内部を見ようとした。映像が眼前に現れるかのように一つか二つの気まぐれや奇妙な空想が、時々脳裏に浮かんだのだ。何か好奇なこととして彼の心を打ったのだが、最初はその印象はグラスに吹いた息の如くすぐに消えていった。そしてそれについて考えなくなったのだが、それでもまだ同じ好奇心を心に抱くようになり、最初は偶然だったり本能的なものだったりしたのが慣習的なものとなった。今まで会話で彼が仄めかしたこともないような精神面での進行過程に関したいくつかの観念が彼の脳内を捉えたのだが、そのようなことについて言葉にして話す能力には長けていない彼は、こういったことは学ある著者たちが言及しているかどうかわからなかったのだ。彼は意図的に半島の首都へと旅をして、ロックや《トマス・》リード[cxv]、スチュワート[cxvi]やバークリーの本を購入して自宅に帰ると、熱心な好奇心で自分の関心事についてそれらで調べたのだが、欲しかった答えを結局それらに見出すことができなかった。それ故自分で探求することにし、数週間で自分の思考と省察に関する大まかな下書きを竹製の用紙に書き出した。彼のこの新たな探求に対する熱意にその土地の気候に由来する熱病が加わり、かなり体を酷使し困憊させることになり、故郷へと戻ることを余儀なくされた。帰る際のボートに自分の形而上学的論考とそれを記した竹製の原稿を載せた。ボートがガンジス川を下って行く時、彼はこう独り言を言った。「もし私が生きるのなら、この用紙もまた生きる。もし私が死ねばここに記載されていることを人々は目にすることはない」と。彼のこの想いに名声をもたらすものは何か？　間抜けの戯言だ！　その用紙を家へと持ち帰り、その偏見を書き直した。最初に仕上げた手稿は不鮮明だったが、書き直したものは注目を浴びないはずがないと考えた。だが、見込みは的中しなかった。ゴールドスミスが自分自身について述べたように、世間は全くそれを顧みなかった。それ以来彼は落胆と苛立ちしか感じることはなかった。他の何にも増して打ちひしがれること、それは自分自身を他に理解させることができなかったことである。ファーン氏は『マンスリー・レビュー』に自分の考えを正しい側面から見ることができる分別ある書き手がいると教えてくれ、その人は実際その通りに言っている。だがそれと同じ例を他には聞いたことがない。だがそれでも、無視され軽んじられてきたその考え方についての作品において、ここ六十年において取り上げられるようになった人間精神の哲学（関係性、抽象性等々）の、最も議論され難解な疑問点のいくつかに含まれるような興味深く繊細な推論へと繋がるものも内包されている。六十年とはヒューム以来のことだが、我が国において形而上学者の名前に値する人物は一人もいないのである。だが彼の『人間性質論』は「雑誌から死産された」作品だと彼は言っている。それ故に学問はこのように世に働きかけるものであり、それに付随する名声はその遥か後ろでぐずぐずしているものである。だが真理は意見よりも優れているのであり、私はそれを強く主張しておきたい。そして「意識についてのエッセー」のステロ版に二度出版され売れないままとなったものについては「思い邪なる者に災いあれ！《Honi soit qui mal y pense!》[24]」と言っておこう。私の叔父トビーはローン＝ボウリング用芝生と未亡人のワトマンについて各々観念を一つずつ持っていた。ああ、両方とも心の中に留めておいたらいいのに！　この一つの観念に取り憑かれた精神を描いた小話についてもう一つだけ付け加えておきたい。それは人間において最も見られるものである。ある著名な叙情的な書き手が『ウェイブリー』の作者ウォルター・スコットの書いた『ロブ・ロイ』をちょうど手に入れたばかりの小さな集団に加わることになった時のことである。表題紙に書かれた言葉はこの人物の詩から引用したものである。引用された言葉のヒントは十分であり、賢い者にとってははっきりとした言葉であった。彼は隣の部屋にあった本棚へと歩いていって、自分の詩が書かれた本をそこから引っ張り出して、部分的にスコットが引用していた詩を全て声を出して自己満足を満身で表しながら読み上げて、読み終えるとそれを本棚に戻し元いた場所へと戻った。彼はもはや『ロブ・ロイ』について、まるでそんな人物は存在しないか、著名な作者によって書かれた小説は存在しないかのように気にしなくなった。彼のこの振る舞いに対して応じる人物は一同の中にいなかった。だがこの書き手は功績を自分以外のものに由来するとは認めなかった。[25]

オウエン氏[cxvii]は観念を一つしか持っていない人物として注目に値する。つまり彼自身と紡績工場である。彼はグラスゴーとロンドンの間を往復している間もずっと頭にそのことについて思い浮かべ、他の考えが入る余地はなく、一方の場所からもう一方へと移動した際も全き純粋さと完全性を変わらず保ったままでいることを望んでいる。この妨げられぬ移動において彼は賞賛に値する迅速さと不撓不屈さを発揮する。彼を妨害するために抵抗しようとしても無駄であり、その間も郵便馬車が車輪を鳴らしながら走行していく姿は彼の頭の中にあり続ける。

アルプス山脈やアペニン山脈も彼を妨げること適わず
強固な要塞もまた同様

彼は突然出発することになり、『タイムズ』紙をいわば蒸気機関として手に入れて、『区画町村』の木版一万部を発行し、オウエン氏の計画全体の実行可能性について考えていた者に対して、目に見える形でそれが実証されたこととなった。これらの書類を手に握ったまま教師と藪《やぶ》医者が混ざったような様子で彼は部屋の中に入っていき、調子はどうですかととても親切に尋ね、消化器官の働きが悪いとしてまだ健康状態にないと聞かされる。そしてすぐに彼は振り向いて次のように言った。「そういったことは全て計画の成就によって回復することとなる。精神に対してあまりに注意を向けられ、他方で肉体には不十分に向けられていたことはもちろんだ。今や完璧なものとなり、まもなく普遍的に採用される彼の体系において、両方とも効果的に準備した。彼は意見を切望していて、精神は全体として肉体的組織に依存し、後者が無視されたり前者に悪影響を与えたりするものは取り除きそれに応じた活力をもたらすことが重要だ。そういったわけでその運動は自分の体内器官の一部であり、精神と肉体のあらゆる能力を発展させるあらゆる自由があるのだ。自分の『社会についての新たな観点』に対して二つの異議が挟まれた。つまり、労働からの休息部分の欠如と、その多様性の欠如という反対意見である。だが前者の方はあまりに制約として強すぎるし、精神と肉体の力が自由に行使され発揮されるところだと、自由はもっと高い度合いにおいて存在するのは間違いないから、もう答えたものと看做した。そして後者の方、つまり共同作業における規則的で一般的な計画からもたらされる単一性については『上流階級への新たな観点並びに呼びかけ』においてすでに証明として論じてある、つまり自分が推した共同作業は観念や能力を最も多大に向上させるために必要なものであり、この場合なら多様性が欠けているどころか潜在的に最も広範な多様性があるに違いない」。そしてこう言うと、この達人級ながら大雑把でもある熱弁家は帽子をとって、芝居の広告ビラや薬局の広告のような自明の説教を読んで階段を下りていった。そして彼をドアの前で止めて、ありふれた言い方で、サウジー[cxviii]氏がウィリアム・スミス[cxix]氏にこの前宛てた手紙によれば彼はあなたの計画を好ましく思っていると伝えると、彼はその人の方を振り向いて、あらゆる反対の無益さとあらゆる激励の無為について憐れみを込めた微笑みを浮かべながら振り向くのだ。このように自分の計画を何処か蒸気的に膨張させて分を超えた重要性にまで膨らませるのは、私からして見れば頭の中に水を入れたまま骨を折ること、つまり巨大な水頭症を他人に展示するようなものだ！　それに非常に値する人々もいるだろうが、一緒にいるのは非常によろしくないし、理性とは極めて無縁な存在である。

トム・ムーアはどこかで誰かについて「その人はワニのように尻のポケットに自分の手を突っ込んでいる」と述べているが、これは理解し難い文章である。だがオウエン氏とその仲間たちは同じくらい理解し難いやり方で、自分たちの足を社会の発展と改革問題に対して突っ込んだと言ってもいいかもしれない。

私は何であれ、それがどれほど甘美なものだろうと、飽きるまで味わい尽くすことは好まない。まるで世界には他にないようにいつも同じ事柄にかかずらっているのは嫌である。もっと広範な精神を好む。

私は水夫と話すことを好む
遠い国からやってきた彼らと[CXX]

私は観念の「結合」のためにいるのではなく「交換」のためにいる。他の人々が多数のテーマについて何と言うか耳を傾けるのは愉快なことだ。いつも限定された同じ雰囲気を呼吸することは望まない。いる光景を変えて、外の新鮮な空気を吸って少しばかり開放感を味わいたい。そういったマンネリ感をできる限り振り払うべきだ。ひけらかし、エゴイズム、自己満足はいつでも背後に十分すぎるほど潜んでいるものだ。自分自身の素晴らしい発見以外のことは何も考えず、自分自身の声色しか聞かないようなそれらの大事な性質に対しては、隠遁者の如く自分自身を閉じ込める必要はない。学者は王子様のように、匿名であることによって何か大きなものを学ぶかもしれない。だがそれでも自分が誰であるかを知らせずに本屋に行くことができない輩を知っており、駅馬車に五分といられない人もいる。彼らはカタツムリが自分の殻を運ぶが如くいつも自分の評判を持ち運んでいるのであり、ロブスターの中の婦人のように庇の下に座るのである。どうしてこうなるのか私としては全く理解できない。自分の狭いサークルをいつもぐるぐる回っていて何になるというのだ？　彼は他の人々をうんざりさせるように、自分自身もうんざりさせると考えるのが妥当であろう。有名な作家は内容と書き方両方で大胆不敵にも、「君主はその称号という牢獄に投獄されているのであり、自分自身を人として発展させていくことができないのだ」と述べた。

そして天才もまた同じ苦境に自ら陥っている例をいくつも知っている。一体どうして、人は自分の詩の作品をもミルトンと一字一句比較するように喋り、自分がもうすでに持っているはずの後世の名声と均衡させるように、毎行強調することを延々とやらなければならないのか？　良識が欠けているだけでなく想像力も欠けていると言わなければなるまい。自分が詩として書いたもの以外何も頭にはないのか、それとも聞き手たちとそれ以外のことでの共通の話題がないのか？　どうして彼は学者的なことだけが、「美徳的な現存物」だけが、自分の書いたものの真価を見せることができ、「人はそれなしでは野蛮だ」と考えるのか？　どうして彼は自分の脳から生じないあらゆる芸術、あらゆる美、あらゆる叡智に対して恨みを抱くのか？　それともどうして彼は世界では立派なものが一つだけあり、それが詩であり、自分こそが唯一の詩人であると好んで想像するのだろうか？　そうしたところで台無しにするだけである。詩は大変素晴らしいものだ。だが、世の中にはそれ以外のことも存在するのだ。ずっと詩だけに注目するわけにはいかないのだ。賢い人間は自分自身にだけ目を向けることによって自分の理解力を増加させるだろうか？　或いは他人たちが喜びを見出すことを探し回り、それを禁じ嫌悪することにより他者の尊敬を得ることができるだろうか？　もし本気でそう思っているのなら、自分自身をよほど過大に見積もっているか、世界に対してあまりに無知すぎるかのどちらかである。人のタイプが一つでもあれば、それだけで世界はそのタイプのためにできていると思い込むのは十分なのだ！　また、人は自分の本当に主張していることに安堵や自信や固い信念が不足していると、それらを引きずっては世間に持ち出しもする。格言もこう言っている「去る者は日々に疎し」と。例えば、自分の作品を何度も自分で吟誦しなければ、自分の詩について誰も見向きもしなくなると彼は考えているのだろうか？　あらゆる競合相手、他の作者の美点が受け容れられることは彼にとって致命的なものだろうか？　『田舎娘の憂鬱』のように、絵画や音楽や骨董といった他の優れたこと全てに無知であるが故に、自分の感嘆者の能力も封じ込めるべきなのだろうか、彼らの注意を自分だけに向けさせるためだけに？　こんなことをすれば、彼の才能や作品の味わいに対して良い意見をもたらさないと思えてならない。それは威厳や上品さに欠ける。もし自分の名声が確たるものとして確信しているのなら、ずっと皆がそれを口にしてくれないからといって耐えられないなんてことはない。どんな点でも、自分がそれに対して疑いの余地のない卓越性を有しているのなら、出会う人全てが競争相手の卓越性を知ったからといってそれを内密にはせず、驚愕したりはしないので不安を覚えることはない。現代における第一の数学者や古典文学学者たちのうちの一人は、従姉妹の女子学生が「マニングは若くてとても良い感じの男性だけれど、非凡な所のないとても平凡な人よね」と言ってきたとして、それを自分へのお世辞と捉えた。リー・ハント[cxxi]は一度私に「君がこのテーマについて一度も話してくれないことを不思議に思うね、君はそれの学習を相当やったはずなのに」と言ってきた。それに対して私は「それについて話さないといけない状況なんてなかったじゃないか、私の知る限りはね！」。

　このような悪徳の非難を被りはしないが、それでも「大きな罪を犯そうとしないわけではない」[cxxii]人々もいる。単調ではないが、会話では活発に振る舞い、過剰なまでに利己的である。彼らが千のテーマについて陽気な心だけで語っていくのだが、彼らの喜びはそれでも一つの観念から、つまり彼ら自身から生じているものである。本の好きなページを開いてみるといい、彼ら自身の口絵が顔をじっと見つめてくる。それは民俗慣習のジャック・イン・ザ・グリーンのようなものであり、それに月桂樹の小枝や金銀糸やすすが添えられているのだが、それでも滑稽な有様で絶えず同じ振る舞いをしながら注意を惹きつけ、わずかな賞賛を掠めとろうとするのである。彼らが街や地方、詩や政治について語っていようと、結局行き着く先は同じである。もし彼らが街のことについて語れば、そこの娯楽や「そこの宮殿や婦人たちや通り」が、そこの喜びであり優美であり装飾であるのだ。もし彼らが地方の魅力について説明しているのなら、彼らは個別的な場所や対象物や喜びの源泉となるものについて語るのではなく、話している本人がそこにいた時のことを語るのである。「彼らと会話していると、あらゆる場所や季節や変化について忘れる」[cxxiii]。彼らは、もしかすると葉や花を毟りそれを大事にして、他人にも慈しんでもらおうと渡すかもしれない。だが個人として完全なヤシの木について話し合うために、美や壮麗さといった特徴あるものを選ぶことはない。彼らが地方を描写しつつ説明するのはあくまで背景の風景としてであり、前面に出てくるのは愛嬌ある姿を持った己の姿である。彼らはその光景を観察したり楽しんだりしているのではなく、自然への儀式の主人役や全人類へ優雅さを伝えるための仲介役としての役目を果たすためにやっているのである。恋したお姫さまの恋愛物語について話しているのなら、自分をその物語の主人公と看做しつつ語っているのは明らかである。彼らが詩について語れば、彼らの呈する賛辞はどこか愛想良さげで未熟な箇所へと、つまり自分が作る詩の様式を意味するものへと向けられる。彼らが政治について語り始めれば、そのほんの僅かな仄めかしから自分たちがヨーロッパの権勢家だと思っていることがすぐにわかる。端的に言えば、恋する者が（話しているものが何であれ）自分の情婦を毎回話に持ち出すように、この人々もまた自分のお気に入りの対象へと人々の注意を向けさせるような策を持ち出すのである。そして実際、彼らは自分自身に恋に落ちており、恋する者のように二人っきりにさせておくのが筋というものである。

【原　注】

24　原注一：四つ折判の詩作は四つ折判の形而上学論同様、いつも売れるわけではない。パターノスター・ロウにある店に入って、散文も混ざったワーズワース氏の『旅立ち』の行をいくつか読んでみようとして、店の責任者と思わしき人に『旅立ち』の本を見てもいいか尋ねた。その答えは「一体どこの国への旅立ちでございますか？」であった。

25　原注二：これらの現実離れした詩人たちはプリマスやノースコートの愚かな鐘鳴らし人の話と通ずる。この人たちは鐘を鳴らすことに誇りを持っていた。彼の変わった癖を馬鹿にしていた少年たちは彼が鐘楼にいるところを捉えてこう尋ねた。「それでジョン、プリマスには優れた鐘鳴らし人は何人いる？」それに「二人」と彼は即座に答えた。「ああなるほど！　彼らは誰？」「まず一人は俺自身。そして、そして」「それで、もう一人は誰？」「ほら、あの、あの……、ああ、俺以外誰も思いつかない」。これはランスロットの話をしているわけではない。鐘鳴らし人についての話である。この話は虚しく浅薄で自己満足したエゴイストたち全てに該当し得るものである。

【訳者注】

civ　John Cartwright（1740-1824）：十八世紀から十九世紀イギリスの海軍将校。少佐であったため、原文では Major Cartwright 表記。将校として活躍する一方で議会における改革を推し進める本を書いたことでも知られる。弟は力織機を開発したエドモンド・カートライト。

cv　士師記五章三節に「聞け、王たちよ。耳を傾けよ、君主たちよ。私は主に向かって歌う。私はイスラエルの神、主を誉め歌う」（聖書協会共同訳）という箇所があり、ここを指しているものと考えられる。

cvi　共和制ローマの劇作家であるプブリウス・テレンティウス・アフェル（Publius Terentius Afer, 前195/前185- 前159）による『自虐者』（Heauton Timorumenos）からの引用である。実際は Humani nihil a me alienum puto と少し順序に違いがある。

cvii　原文では 'not'a fee-grief, due to some single breast' 表記。シェイクスピアの『マクベス』第四幕第三場に以下のような類似箇所があり、ここからの引用であろう。

The generall cause, or is it a Fee-griefe
Due to some single breast?

cviii　Sancho Panza：スペインの作家セルバンテスによる小説『ドン・キホーテ』の主人公ドン・キホーテの従者。

cix　Dapple：前述のサンチョ・パンサが連れているロバの名前。

cx　ホラティウスによる抒情詩集『カルミナ』（Carmina）第一巻に記載の dulce ridentem Lalagen amabo dulce loquentem から引用されている。

cxi　原文では 'Rings the world with the vain stir!' 表記。十八世紀イギリスの詩人ウィリアム・クーパー（William Cowper, 1731-1800）の『タスクからの抜粋：自伝的なもの』（Extracts from the Task: Autobiographical）に以下のような記載がある。

And still are disappointed. Rings the world
With the vain stir.

cxii　The Corn Bill：国内の穀物の価格が一定の値になるまで海外からの穀物の輸入を禁止する法案。一八一五年に施行され穀物法（Corn Laws）となり、一八四六年に廃止になるまで続いた。

cxiii　William Abernethy Drummond（1719?-1809）：十八世紀スコットランドの医師。のちにエディンバラの教会の監督となるなど、牧師を長年務めてもいた。

cxiv　Unitarianisim：キリスト教において三位一体を否定し、神の唯一性を強調する主義のことをいう。

cxv　Thomas Reid（1710-1796）：十八世紀スコットランドの哲学者。かつてはロックやバークリーの影響を受けていたが、途中で経験論に批判的になった。

cxvi　原文ではStewart表記。同姓の人物は多数存在するが、十七世紀スコットランドの哲学者であるアダム・スチュワート（Adam Steuart（Stuart, Stewart）, 1591-1654）か、十八世紀スコットランドの哲学者であるデュガルト・スチュワート（Dugald Stewart, 1753-1828）のいずれかと考えられる。

cxvii　Robert Owen（1771-1858）：十八世紀から十九世紀イギリスの実業家、社会主義者。若くして紡績工場の支配人になり、資本家として身を立てた。のちに労働組合の創設や貧民救済のために活動し、空想社会主義者として活躍した。

cxviii　Robert Southey（1774-1843）：十八世紀から十九世紀イギリスの詩人。ロマン派詩人であり、「湖水詩人」の一人。かつては急進的なフランス革命支持者であったが、のちに友人のワーズワースらに従い保守主義に転向した。後述のウィリアム・スミスに批判されたことで、文中の手紙を書いた。彼の転向をハズリットは別の著作で非難している。

cxix　William Smith（1756-1835）：十八世紀から十九世紀イギリスの政治家。非国教徒であり、イギリスにおける奴隷制廃止に尽力した。孫娘は看護活動で知られるナイチンゲール。

cxx　原文では I love to talk with mariners, That come from a far countree 表記。十八世紀から十九世紀イギリスの詩人サミュエル・テイラー・コールリッジ（Samuel Taylor Coleridge, 1772-1834）による『老水夫行』（The Rime of the Ancient Mariner）に以下の類似箇所があり、ここからの引用であろう。

He loves to talk with marineres
That come from a far countree

cxxi　James Henry Leigh Hunt（1784-1859）：十九世紀イギリスの詩人。若い頃はトマス・グレイなどから影響を受け、多くの雑誌に詩を発表した。詩の雑誌を創刊し、バイロンなどとも交流を持っていた。

cxxii　原文では 'stand accountant for as great a sin' 表記。シェイクスピアの『オセロ』第二幕第一場に同様の表現があり、そこからの引用であろう。

cxxiii　原文では 'With them conversing, we forget all place, all seasons, and their change' 表記。ミルトンの『失楽園』第四巻に以下の類似箇所があり、そこからの引用と思われる。

With thee conversing I forget all time,
All seasons and thir change, all please alike.

■エッセー八　学ある者たちの無知について

言語を多く話せるようになればなるほど
その者の才能はより大きな漏れをもたらす
そしてそのためにかけた労力が多大であればあるほど
他の部分において減少していく
ヘブライ語、カルデア語、シリア語は
その文字のように理性を後退せしめる
そして（文字の記すような）それを理解するように努める彼らの機知を
不器用なものにせしめる
それでも複数の言語において
表現することができる者のみが
学ある者からは看做されるのだ
自分の強き理性に基づき話すことができる者と

――バトラー

前章以外の、その他の最も少ない数の観念を有している者たちは皆、単なる作家や読者である。全く何もできないぐらいなら、読み書きができない方がまだましである。手に大抵本を抱えているような怠け者は（我々がほぼ確信しているように）等しく自分の周囲や自分の精神上において生じているものに心を向けようとする力のない者たちである。こういった人は自分のポケットに自分の知性を突っ込んでは歩き回ったり、自分の家の本棚に置きっ放しにしたりする者たちである。この者は何かに思い切って理性を働かせたり、自分の両目を特定の判読できる文字に向けて機械的に読み込んだりすることができないような洞察に挑んでみようとすることに怖気づく。実践経験がないから思考の疲労に縮み込み、耐え難いものとなる。そして腰を下ろして、終わりなくうんざりするような一連の言葉群や半形成された絵を見て空虚な精神を埋めて、継続して互いに消し重ねていくことに満足するのである。学ぶことはほとんどの場合、分別を挫くものである。真実の知識に取って代えてしまう。本というのは自然や世界を見るための「眼鏡」として使われるよりも、それらの放つ強い光や変わりゆく光景を、弱い目と怠惰な気質の人たちから守るシャッターのような役割を果たすことの方が大きい。本の虫は言葉の法則の網で己を包み、他人の精神から反射された事物の微かな影だけを見るのだ。自然は彼を追い出してしまう。言葉による変装や多量な回りくどい描写が剝ぎとられた真の事物からくる印象は、その者をよろめかせる打撃となる。それらの印象の多様性が注意を逸らし、その迅速さが彼を息も絶え絶えにする。そして自分の周囲の世界の活気や喧騒や眩さや渦巻く動作から身を振り向かせ（世界の目も眩むような変化をその目で追ったり、それらを原則化させたりするだけの理解力もない）、死んだ言語の静かな単調性、驚きが少なくて、より知性的な組み合わせのあるそれらへと向かうのである。それは結構だ、大変結構なことだ。「我を安息させ給え」とは眠った者と死んだ者の口癖である。中風患者に座っている椅子から立って抱えている松葉杖を放り投げたり、或いは奇跡なしで「ベッドから起き上がって歩い」たりするように、学ある読者にも本を放り投げて自分自身で考えるように尋ねた方がいいのかもしれない。すると知性の面での助けとして本にせがみ込むかもしれない。そして自分自身だけが考えている状態に陥るのは、真空状態を恐怖するように物怖じするだろう。他の人たちが慣れた空気を吸うように、その人は学んだことのある雰囲気の中でしか呼吸できないのだ。彼は考え方の借主である。自分固有の考え方というものはなく、他人のそれに依存しなければやっていけないのである。自分たちの観念をよその源泉から汲みとってくることは「内部にある思考力を弱らせ」[cxxiv]、ビールをちびちび飲む人は胃を病気にする。精神の力が行使されなくなったり或いは慣習や権威によって縮こまってしまった場合、無気力無感覚になり考えたり行動したりする場合に駆使することができなくなる。学ある無精者の人生とその無知さがこのように気だるく無気力になったとして驚くことだろうか？　全く解読できない言語の文字とほとんど変わらぬくらいにしか観念や興味を刺激しないような行や音節をじっくりと眺め、やがて虚ろなまま両目は閉じて、本がか弱き手から落ちるのだ！　このように「夢と現実の狭間で」人生を摩耗するくらいなら、木こりであったり一日中「ポイボスの眼前で汗をかき、夜のエリュシオンで眠る」[CXXV]雄ジカであったりした方がましである。学問ある作者はこの点において学問ある読者と異なり、後者が読むことを前者が書き記す。学問ある者はただ文学的な面で齷齪働く者に過ぎない。彼らに独創的なものをつくらせるように仕向けたなら、顔を背け自分がどこにいるのかわからなくなる。疲れを知らぬ本の読者は絵画の模写を延々と続けるような者に似ている。絵画の模倣者は自分で何かを描こうとする時、自然の生きた形をなぞるための素早い目線や確固とした手捌きや、十分に鮮明な色彩を塗る力が自分たちに欠けていることに気づく。

古典教育の通常課程を経たのにそれで愚か者に仕上がっていない場合は、その者は紙一重に逃れられたと看做してもいいかもしれない。かつて言われていたことだが、学校で輝かしい成績を収めていた人物は、成長し社会に出ても偉大な人物となるわけではない。事実、児童たちが学校で学ばされること、そして学校内で成功を収めるのに必要なこと、それらは精神上、最も有益或いは最も高度な能力を行使することとは関係ないものだ。記憶力（そしてその中でも最も低位に属する者）が文法や言語や地理や計算能力等々にあたり、何度も反復するために最も行使されることになる。それ故子供らしい注意をもっと自然に強力に引くような他のことに向けるのは最小限にしながら、こういった技術的な記憶力を最も発揮することができる者が学校の生徒として一番躍進するというわけだ。弁論を部分的に成す要素の専門用語や、報告書を書く際の規則や、ギリシア語動詞の活用等は十歳の初学者にとって注意を引くようなものでは基本あり得ず、ただ他者より課せられた課題として、或いは他のことに面白みを十分感じることができないから興味を抱くに過ぎない。病弱な体格をしている子供は精神的な面においても活発さはなく、今しがた提示されたことを楽しむ意欲やはっきりと把握するといった賢明さもなく、記憶として保持できることだけが得意になるから、大抵首席になるものである。他方で学校での怠け者は、心身ともに優れており、手足も自由自在に駆使することができ、それに彼の機知も伴う。自分の体内の血の循環と心の所作を自分で感じとることができ、突然笑ったり泣いたりすることもあるくらい感情豊かで、カビ臭い単語綴りの本でうとうと過ごしたり教師の後に続き惨たらしい連句を繰り返したり、机に身を縛られるようにして何時間も向かい、それで無駄にした時間と楽しみの代償として、クリスマスや真夏日に賞としてちっぽけなメダルを受け取るくらいなら、ボールや蝶々を追いかけたり、顔いっぱいに外の空気を味わい空や平野を見上げて風を辿ったり、知り合いや友人たちの些細な興味や争いに熱心に加わっていったりする方を好む。学校の通常の授業から学んだり、これらの弱々しい学問的な時間に向かったりすることすらできないほど愚かなことも確かにある。だがそういった愚かさというのは興味が欠けており、学校授業の無味乾燥で無意味な探求へとじっと注意を向けたり、嫌々ながら強制的に取り組ませたりするような十分な動機に欠いた場合の方が圧倒的に多い。人間において最も優れた能力というのは、人間の最も鈍い能力が学校授業の遥か下にあるのと同様、こういった苦役を大幅に凌駕しているところにある。偉大な天才は学校や大学で目を見張るような業績を上げていない。

　こういった熱狂者はこれ以上にないほどの無断欠席者であった。

《トマス・》グレイ[cxxvi]とコリンズ[cxxvii]はこの気ままな性分の実例と言っても良かった。こういった人々は学校授業の価値をそこまで高く置くことはなく、厳格なスコラ的な規律という束縛に奴隷のように自分の空想を隷属させることができない。知性において一定程度の度合いと種類の力が根付いていることが言葉には確かにあるが、その知性は対象の事物を射抜く力はない。倫理的な要素がかなりか細くもある凡庸な才能こそが、エッセーやギリシアの警句で賞をとるのに成功する最も華々しい例をもたらす糧である。現代の政治家において最も尊敬に値しない人物は、イートン校[cxxviii]の学生時代で最も聡明な少年であったことを忘れてはならない。

学問というのは他人が直接的に知ることがないのが一般的であり、本や他の人工的な源を源泉として二次的に獲得することができるだけである。我々の眼前や周囲にある知識、我々の経験や情念や追求、或いは人間の胸や営みに訴えるような知識は学問と呼べるものではない。学問というのはその学問を得た本人だけが知ることができる知識である。その人こそが日常生活や現実的な洞察から最も離されたことを知る最も学問ある人であり、つまり最も実践上の有益さがなく、経験されることと最も無縁で、幾多もの中間にある段階を経たものであるが故に、不確実や困難や自家撞着に満ちているものである。他人の目で見て、他人の耳で聞いて、信念を他人の理解力に釘付けるものである。学問ある人は、人間や事物についてではなく、名前や日付についての知識を鼻にかける。その人は近所の人々について考えたり慮ったりすることはないが、ヒンドゥー教やタタール人の民族性やカースト制度について造詣が深い。彼は歩いている時に隣の通りに行く術がほとんどわからないが、コンスタンティヌポリ[cxxix]や北京の正確な大きさについて精通していたり、歴史上の主要な文字について偉そうな講義をしたりする。彼は対象物が黒か白か、丸いか四角いかは判断がつかないが、光学の法則や遠近法規則の巨匠であるとされている。彼は盲人が色彩について話すように事物について話すのだ。至極単純な疑問に対しても満足な答えを与えることができず、実際に自分が直面する事柄において正しい意見を持つことは全くなく、それなのに上記のような学術的に難解な、同時代の人々にとって不可能で推測することくらいしかできない論点については正確な判断を下す。彼は死滅した言語並びにほとんどの現代言語の達人である。だが自分の言語を雄弁に話したり、正確に書いたりすることはできない。このような類の人物が、彼は現代の二番目に偉大なギリシア語学者なのだが、ミルトンのラテン語の文法上の誤りについていくつか指摘した。そしてその指摘において現代日常的に使われている英語によって書かれている文章がほとんどない。あれは○○博士のもの、これは××博士のもの、これはポーソン[CXXX]ではない等々。彼は一般的な規則を確立した例外と言うべき存在であり、才能と知識を学問に結びつけることにより、各々の違いをもっとはっきりさせわかりやすくしたのだ。

　単なる学者、本以外のことは何も知らないような学者はそういったことすらできないに違いない。「書物は書物の使い方を教えることはない」。その対象について何も知らないのにその対象に関しての業績について一体何を知っているというのか？　学問ある衒学者は本が他の本から作られているという点のみにおいて精通しているのであり、そして実際はその他の本もまた別の本から作られているときて、終わりがないのだ。彼は他人が繰り返してきた言葉を繰り返す。彼は同じ単語を十の別の言語に訳すことができるのだが、そのうちのどれにおいても何を意味しているのかは皆目知らない。彼は権威によって形成された権威、引用句を引用した引用句を頭にぎっしりと詰め込み、他方で己の感性や理解力や心を閉じ込めてしまう。彼は世界の根本原理や風習に通じていない。彼は各々個別の性質に目を向けていない。彼は自然や芸術の容貌に美しさを見出さない。彼にとって「目と耳の力強い世界[cxxxi]」は隠されたままである。そして「知識《knowledge》」は入り口を除き「完全に塞がれている《quite shut out》」。彼のプライドは己の無知に伴う。そして自尊心は彼が知ってはいるがその真価は知らない事物の数を源泉とする。そういった真価は、彼は知る価値のないものとして軽蔑するのだ。彼は絵画については全く知らない。「ティツィアーノの色彩、ラファエロの優美、ドメニキーノの純粋さ、コレッジョの独創性、プッサンの学識、グイドの軽重さ、カラッチの味わい、或いはミケランジェロの輪郭」——これらに全てのイタリア画家の栄光とフランドル派の奇跡、人類の目を喜びで満たし、何千という人々がそれを研究し模倣しようとしたのに、ついぞ成功しなかったこれらの奇跡について彼は全く知らない。それらは彼にとってかつて存在しなかったもの、一言で言えば死んだ文字である。そして自然においてそれらの作品の原型があることも彼らが見てとらないのも不思議ではない。ルーベンスの『水飲み場』やクロード《・ロラン》の『魔法の城』が彼の部屋の壁に何ヶ月も気づかれぬまま掛かっていてもおかしくはない。そしてそれを指摘してあげたところで身を背けることだろう。世界や芸術（第二の世界と言うべきものだが）は、彼が理解できぬことの一つである。彼は無論アペレス[cxxxii]やペイディアス[cxxxiii]の名前を何度も口にするが、それは古典作家においてその名前が見られるからであり、彼らの作品の出来栄えを天才として自慢げに語るが、そう思う理由は、彼らはすでに存在しないからである。或いはエルギン・マーブルの古代ギリシア芸術の最も当時の形を損なわずに残っているものを見ると、教養的な議論に用いられる点と、そして（同じことだが）ギリシア語の接頭辞の意味について論争の点以外では何ら興味を抱くことはない。彼は音楽についても無知である。彼は十全十美なモーツァルトの調べや山の上での羊飼いの鳴らすパイプの旋律について「それを微塵もわからない」[cxxxiv]。彼の耳は彼の本に釘付けされている。そしてギリシア語とラテン語の発音や学校教育という鍛冶屋の騒音ばかり聞いて枯れ果ててしまっているのである。それで彼は詩ならもっとましに知っているだろうか？　彼は詩行における脚韻の数や劇における幕数なら知っている。だがそこに込められている精神性や魂については何ら知らないのだ。彼はギリシア語の頌歌を英語に、或いはラテン語の警句をギリシア語に翻訳することはできる。だがそうするだけの価値があるかどうかは批評家に任せないといけない。彼は「人生の幕と実際の部分」を「理論《the theorique》」のそれよりも知っているだろうか？　否。彼は文芸や機械技術、貿易や娯楽、ゲームの技術やリスクのとり方等について皆目知らない。学問は農業において、建築において、木製や鉄製の道具での仕事において、「外科のための技術が何らない」[CXXXV]。それが仕事道具を作ることはなく、使い方もわからない。それは鋤やスコップ、鑿《のみ》やハンマーを使いこなすようにできることはない。狩りやタカ狩り、釣りや射撃、馬や犬について、フェンシングや舞踏について、棍棒遊びや木球やカードやテニスやその他について何も知らない。あらゆる芸術や学問について学問のある教授はそのどれも実行に移すことができない。だが百科全書の項目において何かしら貢献はできるかもしれない。彼は自分の手足を駆使することができない。彼は走ることも歩くことも泳ぐこともできない。そういった精神或いは肉体の面のいずれも本当の意味で理解して行使できる人について、卑俗で機械的な人間と看做して軽蔑するのだ。実際それらを完全に理解するには長い時間と練習、さらに先天的にそれに適合していてそれに身を捧げるよう精神を向けなければならないのに拘らず、である。これに比べれば、学問ある学位候補者が勉強するのに骨折って博士号や特待生になり、残りの人生ずっと飲み食べ寝ているのは楽なものだ！

事は明白である。本当にある人というのは、実際はとても狭い領分にしかいない、日常的な出来事と経験における領分、彼らが実際に知ったり学んだり実践に移す動機のための機会の領分。残りは気どりであり詐欺行為である。一般的な人々は自分の手足を動かす。なぜなら彼らは自分の労働や技術に基づき生活しているからだ。彼らは取り組まねばならぬ自分の営みとその性質についてしっかり理解している。そうする必要性に迫られているからだ。彼らは自分の気持ちを表現するための雄弁性を有していて、自分の軽蔑を表現したり相手に笑いを引き起こしたりするだけの機知を備えている。彼らが自然に使う弁論はかつての弁論から引用したり、使い古された言葉に必要以上に意識したりしているわけではない。或いはそれを表現するための隠喩や「〜として」という比喩をやたらと持ち出したような滑稽さも見られない。有名大学の大学生や大学の学長たちと一年一緒に過ごすよりも、ロンドンからオックスフォードまでの駅馬車の外側でもっとためになることを耳にできる。そして下院での形式的な議論に居合わせるよりも、酒場での喧騒めいた論争に耳を傾けている方がより多くの真実を学ぶことができる。年老いた地方の淑女の方が人間性格の点において同年齢の最も文学に精通した女よりも知っていて、文学女性の方はそのような知識を同時代において刊行されてきたあらゆる小説や風刺詩から集め覚えてきたのだが、そこに暮らしていた女性は実際にそこで行われ、噂されてきたここ四十年の街の歴史からとった面白げな逸話を添えながら描写することができるのである。都会に暮らしている人々は実際に嘆かわしいほどに人間の性格というものに無知であり、彼らはその全体像ではなくあくまで胸元部分のみを知っているに過ぎない。地方に住んでいる人々はある人間に何が生じたのかを知っているだけでなく、彼の特徴同様にその美点や欠点も数世代に及ぶ祖先たちの遺伝を通して辿っていき、半年前に行われた交尾から彼のその性格上の矛盾をいくつか解き明かすこともできるのである。学問ある者はこういったことについては都会にせよ地方にせよ何ら知らない。その上、大多数の一般市民は良識があるのだが、学問ある者はあらゆる時代においてそれが不足している。卑俗なものといえど、自分自身を判断する際は正しい判断を下す。彼らは盲人の案内者を信用すると間違えるようになる。有名なプロテスタントであったバクスター[cxxxvi]は、キダーミンスター[cxxxvii]の善良な女性によって石打ちの刑に処されそうになった。教壇から「地獄は児童たちの頭蓋骨によって舗装されている」と説いていたからなのだが、議論が白熱してそれに神父たちの学識ある句も引用することにより、尊敬する説教者はついに教会の会衆や理性や慈愛心に打ち勝ってしまったというわけだ。

　人間の学問において成し遂げられてきたのは以上のとおりである。この葡萄園の従事者はあらゆる分別や善悪の区別を、古《いにしえ》よりあった格言やすでに与えられていた観念をそれが正しいものと信頼した上で使用することによってごった混ぜにしていき、その不合理さは時代を重ねていくにつれどんどん増加していっているかのようである。彼らは仮説には仮説を積み重ねて空高くまで重なっていき、いかなる問題の明白な真実においても見抜くことができなくなる。彼らは物事をあるがままに見るのではなく本に書いてあるものとして目を向け、自分たちの先入観を妨害したり不合理さを正しいものと確信したりするために「目配せをして自身の不安を閉じ込める」のである。もしかすると人間知性の高さは矛盾をそのままにしたり非合理なものを尊ばれるべきものとし、続けたりすることができるという点にあるのかもしれない。だがどれほど仮借なく愚かだろうと、ある教条についてそれを確立させ、後続人たちの知性にそれは天の意志だとして宗教的な恐怖や是認で包んでいないものはない。真理と有益さを見出すために人間の知性はどれほど少ししか行使されていないだろうか！　信条や体系の保護のためにどれほどの才分が消耗されてきたことだろう！　どれほどの時間や才能が神学的な論争や法律、政治や言葉上の批評、判断占星術、錬金術において費やされてきたことだろう！　我々は《ウィリアム・》ロード[cxxxviii]や《ジョン・》ホイットギフト[cxxxix]、ブル主教[cxl]やウォーターランド主教[cxli]、或いはプリドー[cxlii]、ボーソブル[cxliii]、カルメ[cxliv]、聖アウグスティヌス、プッフェンドルト、ヴァッテル或いはスカリジェ[cxlv]やカルダーノ[cxlvi]やショッペ[cxlvii]のより文学的だが同程度に学問的で益のない成果から、実際にはどれほどの恩恵を汲みとることができるというのか？　彼らの千とある二つ折判或いは四つ折判の書物において分別の粒がどれほどあるというのか？　それらの書物が明日焚書されたからといって世界にとってどんな損失を被るというのか？　いやそれらはもうすでに「キャピュレット家の代々の先祖たちが眠る地下墓所に行ってしまって」[cxlviii]いるのではないだろうか？　だがこれらは、当時は神託と看做されていたのであり、それらに異議を唱えようものなら君や私も良識や人間性に悖る者として嘲り笑われたことだろう。今度笑うのは我々の番だ。

　このテーマについて締めくくりたい。社会において最も合理性を有する人間は世間の中で仕事に従事している人間であろう。彼らは「こうあるべきだ」という蜘蛛の巣を紡いで区分けしていくのではなく、自分たちが見て知っていることについて論争するのである。女性は男性よりも分別をより多く備えている。彼女たちの方が気どりは少ない。理論に向かうことも少なく、精神上において即時的に非自発的に生じた印象から事物をより多く判断するのであり、その結果、より真実に立脚し自然である。彼女たちは誤ったことに理性を働かせることはない。というのも理性を働かせることが皆目ないからだ。彼女たちは規則に従って考えたり話したりすることはない。そしてそれ故に、分別同様により雄弁さと機知を一般的に彼女たちは有する。その機知と分別と雄弁性を組み合わせて自分たちの夫をうまく管理するように一般的に使いこなすものである。彼女たちが友人たち（本屋のためではなく）に宛てて書く時、その文体はほとんどの作家よりも優れている。教育を受けていない着想について最も活力があり、先入観から最も解放されている。シェイクスピアの作品も、その空想力の瑞々しさや物の見方の多様性から明らかに教育を受けていない精神であった。他方ミルトンは思考や感じ方両方において学者の書き方であった。美徳のために或いは悪徳を批判するために、学校で何か書くようなことにシェイクスピアは通じてはいなかった。これにより彼のありのままだが健康的な文調や劇的な道徳性が存分に発揮されたのだ。人間の天才の力を知りたければシェイクスピアを読むのだ。そして人間の学問の無意味さについて知りたければ彼の注釈者を学んでみるといいだろう。

【訳者注】

cxxiv　原文では 'enfeebles all internal strength of thought' 表記。十八世紀イギリスの詩人オリヴァー・ゴールドスミスの詩『旅人』（The Traveller, or, A Prospect of Society）に同一の記載が存在する。

cxxv　原文では 'sweats in the eye of Phoebus, and at night sleeps in Elysium' 表記。シェイクスピアの『ヘンリー五世』第四幕第一場に 'Sweats in the eye of Pheebus, and all night Sleeps in Elysium;' という類似箇所がある。Phoebus はギリシア語で Φοῖβος（現在の発音でフィヴォス、再建音でポイボス）と表記し、

アポロンの別名とされる。Elysium はギリシア語で'Ηλύσιον（現在の発音でイリシオン、再建音でエリュシオン）と表記し、死後の楽園とされる世界を指す。

cxxvi Thomas Gray（1716-1771）：挽歌や頌歌を多数発表し、十八世紀イギリスを代表する詩人となった。

cxxvii 原文では Collins 表記。前述のグレイと同時代人と仮定すると、十八世紀イギリスを代表する詩人の一人であるウィリアム・コリンズ（William Collins, 1721-1759）のことか。

cxxviii Eton College：一四四〇年に創設されたイギリスの男子全寮制の学校。十三歳から十八歳までの男子が通っている名門校である。

cxxix Constantinople：現トルコ共和国の都市イスタンブールを指す。日本語ではコンスタンティノープルとも呼ばれる。

cxxx Richard Porson（1759-1808）：十八世紀イギリスの古典学者。古代ギリシアの悲劇などの研究に従事し、彼の手書きのギリシア文字がのちにポーソンと呼ばれる書体になった。

cxxxi 原文では 'the mighty world of eye and ear' 表記。ワーズワースの詩に同様の表現があり、ここからの引用であると思われる。

cxxxii Ἀπελλῆς（?-?）：古代ギリシアの画家。原文では Apelles 表記。プリニウスに高く評価され、アレクサンドロス大王の肖像画を描いたことでも知られている。

cxxxiii Φειδίας（前490頃 - 前430頃）：古代ギリシアの彫刻家。原文では Phidias 表記。パルテノン神殿の総建設監督として知られている。

cxxxiv　原文では 'knows no touch of it' 表記。シェイクスピアの『ハムレット』第三幕第二場に I know no touch of it, my Lord. という台詞があり、これを元にしたと考えられる。

cxxxv　原文では 'has no skill in surgery' 表記。シェイクスピアの『ヘンリー四世』第一部 第五幕第一場に同様の表現があり、ここからの引用であろう。

cxxxvi　Richard Baxter（1615-1691）：十七世紀イングランドの聖職者。ピューリタンとして国内のプロテスタントの統一を図り、キダーミンスターの説教者として活躍した。

cxxxvii　Kidderminster：イングランド中部、バーミンガムの西にある町。都市間にあることから、布産業の街としてかつては栄えていた。

cxxxviii　William Laud（1573-1645）：十七世紀イングランドの聖職者。国王の寵臣から寵愛を受け、厚遇された。カルヴァン派の予定説に異議を唱え、国教会への統一を説いていた。

cxxxix　John Whitgift（1530頃 -1604）：十六世紀イングランドの聖職者。エリザベス一世のもとで国教会を擁護し、ピューリタンを弾圧していた。

cxl　George Bull（1634-1710）：十七世紀イングランドの神学者、司教。原文では Bishop Bull 表記。三位一体を擁護し、アルミニウス主義の思想を持っていた。

cxli　Daniel Cosgrove Waterland（1683-1740）：十七世紀イングランドの神学者。原文では Bishop Waterland

表記。前述のジョージ・ブルの後継者と目され、様々な神学的著作を発表した。

cxlii　John Prideaux（1578-1650）：十七世紀イングランドの司教。国王の牧師やオックスフォード大学の副学長を務めるなど、教会と学界の双方において活躍したカルヴァン主義者であった。

cxliii　Isaac de Beausobre（1659-1738）：十七世紀から十八世紀フランスのプロテスタント聖職者。生まれはフランスであるが、現在のドイツにおいてフランス人牧師として活躍した。マニ教についての歴史書などを著したことでも有名である。

cxliv　Antoine Augustin Calmet（1678-1757）：十八世紀フランスの修道士。ベネディクト会の修道士で、フランス語で聖書解釈の本をいくつも出している。

cxlv　Jules César Scaliger（1484-1558）：十六世紀フランスの哲学者。出身はイタリアであるが、生涯の半分ほどをフランスで過ごした。古典にも精通し、キケロについての著作もある。

cxlvi　Gerolamo Cardano（1501-1576）：十六世紀イタリアの数学者。原文では Cardan 表記。医学や哲学にも通じていたという。腸チフスの発見者であり、代数学においても業績を残している。

cxlvii　Caspar Schoppe（1576-1649）：十七世紀ドイツの学者。原文では Sciopius 表記であるが、彼をこう書いている著作もある。ローマ・カトリックを熱烈に信仰し、プロテスタントなどの他派を批判する著作を残した。

cxlviii　原文では 'gone to the vault of all the Capulets' 表記。キャピュレット家とは『ロミオとジュリエッ

ト』のジュリエットの家名であり、「go to the vault」に類する表現も同作にはいくつか出てくる。

■エッセー九　インド人のジャグラー cxlix

白い衣装に身を包みしっかり締めつけたターバンを被って、前の方で腰を下ろす彼はインドのジャグラーの長である。彼は二つの真鍮性のボールを上に放り投げるがそれくらいなら我々だってできる。やがて同時に四つ上に放り投げるようになるが、そうなると我々は全くできないこととなり、仮に全人生を捧げたとしても無理であろう。じゃあその営みにおいて働いているのは瑣末な力なのか、それともほとんど奇跡と形容するようなものなのか？　このようなことは、か弱い子供の頃から絶えることなく肉体と精神の力をこれに向かって撓め続けて、成人になるまで成し遂げるために身を砕くことによって、ようやくできるようになる。いやもしかするとそれでもほんのわずかだけできることかもしれない。人間よ、汝と汝の行く道を見出すやり方において奇跡的な動物なのだ！　汝は奇妙なことができるのだが、それを少ししか省みない！　この異常とも言える器用さの働きを知覚することは、空想の気を逸らし感嘆の念もあまりに速く微かにしか起きない。だがそんなことはこのジャグラーには関係のないことであり、観衆たちの驚きを見ては笑うこと以外なにもないかのような、まるで機械的な欺瞞行為の如く球を曲芸し続ける。ほんのわずかな刹那の時間の紙一重程度の一つのミス、それを犯しただけで致命的となる。ジャグラーの動作の正確さは数学的真理のようなものでなければならず、その迅速さは閃光の如くである。連続して四つのボールを捕まえ、そしてボールに意識があるかのようにまた空中に放り投げる動きにある猶予は秒未満である。惑星が自身の軌道を周るが如く一定の合間を経て曲芸師の周囲を回り続けるのも、火の閃光のように互いを追ったり花火や彗星のように打ち上げさせるのも、リボンや蛇の如く自分の背後に投げたり首に巻きつけたりさせるのも、不可能なことのように見えながらもそれを可能な限り呑気に優美に気軽に行うのも、ニヤニヤ軽蔑してくる会衆たちを笑い共に戯れるのも、観衆たちをどこか軽妙な火によって魅了したり舞台の上の音楽にだけ注意を払っているのを見るだけの如く、彼らの様子を目で追うのも秒未満の猶予である。これら全てに、何物にも感嘆しない彼の様子において、今までの人生においても心の底から感嘆したことはないと確信させる何かがある。困難さを超克した技術であり、技術を超越した美である。あたかもそれは困難さも一旦乗り越えて完全なものにすれば、自然と気軽さと優美へと昇華していったかのようであり、それを乗り越えた際は全く労なく楽々と乗り越えたに違いない。最も瑣末なぎこちなさや柔軟性や自律の不足は過程全てを妨げてしまう。それは魔女の営みと言ってよく、それなのに子供にとっての遊戯なのだ。他の妙技もまた興味深く素晴らしいものだ。人工的な木のバランスをとったり、針穴を通して藪から鳥を撃ったりすること等。だがそれらも真鍮性のボールをお手玉することの優美さや技巧性に比べれば劣るものである。ボールの曲芸以外は、結果はどうなるのかと不安を孕ませながら、それが終わると安堵して終わりである。それらはボールの曲芸のような混じり気なく心から抱ける喜びは伴わない。そして手品の場面で愉快さを感じることなく単に驚くだけならそこまでして見たいとは思わない。剣を呑み込むような曲芸なら、警察は介入してそれをやめさせるべきだ。インドのボールの曲芸師が以前同じことをしているのを見たことがあるが、彼は足先に大きな輪をはめていて、手品の間ずっとそれは回転しっぱなしであり、まるで輪自体が自分で回転しているようであった。議会において名誉議員や高貴なる君主殿がゆっくりと吃りながら喋る演説、何ら目新しさのない口調やその内容は、彼ら同様他の誰にでも真似して繰り返すことができるものであり、それを聞いても私は微塵も心動かされたり、私自身の適切な意見をたじろがせたりすることはない。だがインドのジャグラーたちを見ることには心動かされる。私はそれを見て恥じらいを感じてしまう。これと同じほど優れたことが私にできることで何かあるだろうか?　ないのだ。私は人生の間中、何をやっていたんだ。私は怠けていたのか、それとも私の営みや感じた苦痛から何かを示すことは全くないのだろうか?　或いは空のバケツに対して水を注いだり、石を坂に上げたり下げたりしたり、実際にある事実に逆らって論証しようとしたり、原因を暗闇の中に見出そうとして結局甲斐ないようなことをしていたのだろうか？　私の中にはあの曲芸と対抗できるだけのもの、誰もが欠点を見出すことのない正しく完全無欠なものを一つでも持ち出すことはできないのだろうか？　私ができる最大限のことはこの曲芸師が何をできるかを描写するために書いていくだけである。私は本を書くことができる。だがそれは文字の綴りすら知らないような人だってできるものだ。私のこのエッセーはなんたる出来損ないだ！　どれほどの誤りがあり、どれほどの描写の間違いがあり、どれほど理性の誤謬があり、どれほど退屈な結論があるだろうか！　ここにおいて成し遂げられたものはどれほど小さいものであり、その小さいものもどれほど未熟なものだろうか！　だが私ができる最大限のことがこれなのだ。私はあるテーマについて今まで洞察してきたこと、考えたこと全てを思い起こそうと努め、それをできる限りここに書き記そうとした。一度に四つのテーマを書く代わりに、一つのテーマにおける文を明快明晰にするために私ができる最大限の方法なのだ。また、私には自分の文章内容を訂正するだけの時間はあり、また句読点をもっとしっかりつけるだけの時間もある。だが一方は実際にはできないうえに、もう一方は敢えてしないのだ。私は論争することが好きなのだ。だが論争相手をやっつけるには相応の痛みと実践経験が必要なことがしばしばある、相手がそのテーマについて関心がない場合でも、である。大抵の剣客は対戦相手が自分同様の教授でもなければ瞬きで武装解除させることができる。機知の一撃がそのような効果をもたらすこともたまにあるが、感性や理性の点において教授が傲岸不遜な偽証者や、単に調子に乗っている輩を黙らせるくらいに卓越していることはない。[26]

私はいつも機械的卓越性に比べて鈍く無力な知性の進歩を感じていて、それが私を絶えずどこか不満にさせるのだ。有名な綱渡りダンサーのリッチャーをサドラーズ・ウェルズ[27]で見て以来もう何年も経過している。芸において彼に匹敵する人物はなく、単に類稀なる技術を持っていただけでなく、いつも極めて安楽で気どりのない様子をしていて、あるがままの優美さを醸し出していた。その時、私はサー・ジョシュア・レノルズの半身像を模写している最中だった。そしてそれを見て以来自惚れることをやめたのだ。

あの芸に比べれば私の模写はどれほど酷い出来だったか！　どれほど重々しくぞんざいに絵を描いたことか！　「もしあの綱渡り人が今の私のようなやり方でこなしていったら、欠落やしくじりが芸においてこんなにあったら、彼はとうの昔に首を折っていることだろう。あの旺盛で弾力に富んだ神経や厳密な動作をこの目で見ることなんてなかっただろうに！」と私は自分に言い聞かせずにはいられなかった。それとも綱渡りをしながら舞踏を（そこそこ程度に）することはそんなにも簡単なことだろうか？　そう思う人間がいたなら今すぐにでも立ち上がって実際にやってみるといい。そうすればわかるだろう。最初は、我々は全くできないが最終的にはあれほど完璧にやり遂げるというのがあの芸である。この点をある程度説明するにあたって、機械的な器用さは何か特定のこと一つを行うことに制限されていて、何度でも気の向くままに反復することはできるが、成功するか失敗するかはわかっており、身の保証があらかじめ与えられていて、その中で実際に成し遂げる点におかれるのが完全性のための要件なのである。機械的な部分は恒久的な練習によって向上していき、成し遂げることは趣向や空想や意見ではなく実践上の試みであり、ただやるかやらないかの違いがあるだけである。もし的に対して弓矢で狙った場合、それは必ず当たるか外れるかである。それは間違いない。そして結果に対して勘違いしようがないわけであり、的を外したり、的にまで届かずとも矢を撃ち続けたり、それでも成功に向かって進んでいると考えることもできる。成功や失敗、或いは真実か誤謬かという違いはここではない。目を開いたまま狙いを修正するか誤りを耐え忍ぶかのどちらかしかなく、そこに言い訳や誘惑はない。もし綱の上で舞踏をすることを学んでいる場合、自分がどういうことをしているのかを気にしなかったら首を折ることになる。そうなったら自分のステップの踏み方は間違いではなかったとか声を立てたところで意味のないことである。彼が置かれている状況はゴールドスミスのうるさい教師とは異なるのだ。

論争においては彼の素晴らしい論争技術に負い
言い負かされたとしてもまだ論争を続けられる cii

危機感は良き教師であり、学者たちの呑み込みを早くする。恥辱や敗北や今にでも嘲り嘲笑されたりすることもまた同様である。そういう状態にある場合、自分を誤魔化したり、無駄にしたりする時間や、いい加減に振る舞ってもいいような余裕などなく（さもなくばその危害ある結果を享受することとなる）、またユーモアや気まぐれや先入観が入る余地もない。もしインドのジャグラーが三つの鞘入れナイフでお手玉することになったなら、空にあるクロッカスの葉の如く静止した状態にいる彼らは自分たちの指を切ってしまうことだろう。それに対してとても粗悪な反例を示すことができる。流儀の型式をとるためのコツは両刃の道具を使うよりもっと曖昧なものである。もしジャグラーたちが自分たちの祀る偶像が派手な日にやってきて、その際に大型トラックのタイヤに轢かれることにより彼らは即座に天国へと赴くことになると伝えられたら、彼らはそれを信じるかも知れず、そして誰もそれに反証することはできないのだ。それ故バラモンたちはそのテーマについて好き放題言い、果てしなく教義や神秘をどんどん説いていき、それがでっち上げだということに気づかないこともあるだろう。だが彼らのうちの才意に富んだ者も、オリンピック・シアターに足繁くに通う人たちに対して、自分たちの人物の一人が驚愕すべき離れ業を行うことができるということを、その実演を見せずに納得させることは不可能である。そういうわけでこの類の機械的な器用さにおいては、まず必要な筋力の行使に関して段階的に適合していくように何度も反復していき、その次の段階として何がどのくらい欠けていて補っていく必要があるのかを知るための正確な知識が必要である。その知識を判断するためにわかりやすい基準はより努力したり実技の正確さをさらに深めたりして、それで本当に良くなるかを確認することである。普段の習慣に筋肉は本能的に従うこととなる。無限と言っていいほど反復されてきた手や目の動作や感じは、無意識的だが不可避的に互いに密接に結合するように繋がれているのだ。そのように習慣化された手足は、平素の動作を楽々と確実に辿るのに、ほんの少しの努力だけで足りる。まるで機械の発条を触るように数学的に意志の意向が発揮されるようになり、『アイヴァンホー』[clii]のロクスレイ[cliii]のように、「風を勘案しつつ」的に狙いを定めるのだ。

更に、機械的な動作の完璧性にあたっては変わらぬ精密さにおいて特定の妙技を行っていくこと、つまり、技を果たすにあたって行うべき以上のことは行わないという点も必要である。自分で課題を設定し、設定する際のその限度は任意だが、人間が果たし得る努力と到達し得る技術を上回るように設定することはない。だが困難さやその妙技の卓越性に関して（自分の能力の度合い以外で）判断するための抽象的・独立した基準はない。それ故四つのボールでお手玉を続けられるのはこれを完璧にこなすからなのである。だが五つのボールを同時にとなると無理であり、それをやろうと毎回試みても失敗に終わるだけである。つまり、機械的な実演者は自分自身と競うのであり、他者と肩を並べたりするわけではない。[27]だが芸術家たちは互いを模倣しようとしたり、自然や世界のしたこと、つまりそれが我々の眼前に提示したその容貌や「神聖なる人の顔」を作品上で再現したりしようとするのだが、これはより困難なことに思える。それらを汚れなく全き状態において再現することは、四つの真鍮製のボールで同時にお手玉し続けるよりも難しい。というのも後者は人間の技術と努力の力によって成し遂げられているが、前者は成し遂げられたこともこれから成し遂げられることもないだろうからである。そういったわけで全体としては、私はリッチャーよりもレノルズの方に多大な尊敬を寄せている。というのも、理由はどうあれサー・ジョシュアのように絵を描ける人物よりも、綱で舞踏をできる人間の方が世界には多いからである。レノルズの方が職業上もっとヘマをしたことは間違いないことである。だが、彼が従わねばならぬ監督者より厳格だったのであり、彼の方がより気ままで曖昧であり、なすべきことを実践するのもより困難だったからだ。自分の子供を軽業師や綱渡りダンサーに弟子入りさせるにあたっては、子供たちの手足や回転する能力が健全でありさえすれば成功する見込みは高かったのだ。同様のことは絵描きには当てはまらない。成功割合は、絵描きの後者が一人成功するとすれば、前者は百万人成功することになる。ハイドンだか誰かやHなんとか氏の多数を、そのような機械のような類に入れ込ませれば形成することができるが、彼ら全員を絵描きに投入してレノルズ氏のような「様子と仕草によって示される」優雅さ、偉大さ、喜びの冷淡さを持った人物を一人形成することはできない、レノルズ氏をもう一度創り上げることをしない限りは。芸が届く範囲を超えた優美さを捉えるためには、芸術の高みへと入ることになり、つまり才気ある芸術が始動し、機械的な芸が終わるところにあるのだ。魂の柔和な発散、無言に息吹く雄弁さ、「天空と交際する」外観、刹那にしか垣間見えぬが心にいつまでも残り続ける永劫の原理の絶えず移ろいゆく、深く神秘的な共感によってしか捉えられぬ形状、これらは自然と天才性によって学びとることができるのであり、規則や学びによってではない。それは感情によって暗示されるものであり、手間のかかる微に入るような検査によってではない。感情なくしてそれを洞察していくならば、そこに含まれている調和的な暗示を見逃してしまう。そしてその本質を摑みとろうとするにあたっては、芸術のまさにその精神を蒸散させるのである。換言すれば、才気ある芸術というのは視覚する対象物などではなく、精神の嗜好と空想力の対象物、つまりは美的感覚、喜び、そして人間の胸中に秘める力に訴えるものなのであり、それはより高度な感性によって説明されるものであり、その報いとしてその内的構造を見る者の目に暴露されるのである。自然や世界はまた言語でもある。事物は言葉と同様に意味を有する。そして真の芸術家はそのような言語の解釈者であり、他の千もの異なった境遇において他の千もの異なった事物に対して、どのように適用していくかを熟知することによってのみそれが可能となる。それ故視覚における目だけでは、紺碧の空の調子が暖かいか冷たいかを把握するには余りに盲目過ぎるのだが、他の感性がそれを捉えるための装置となりそれが間違うことはない。秋の季節の葉の色は、それに付随する心情があってこそのものである。その心情こそがキャンバスの上に、色褪せ、焦がされ、損なわれ、冬の罅《ひび》から縮こまったような刻印を添えるのであり、その絵を触るように浮かび上がるのである。

そしてその心象が、詩人たちが異口同音に言うように、
各々の葉に付着し全ての枝に垂れ込めるのである

芸術における霊妙で、儚く、洗練され荘厳さがより秘められている要素というのは、感性と情念を媒介にして自然を見抜いていくことである。各々の対象物は愛着を象徴するも

のであり、我々の永遠の存在としての連鎖する鎖だからである。だがこの神秘的な蜘蛛の巣のような思考や感情を紐解いていくことはムーサによって授けられた才分に他ならないのであり、すなわち絶えず移りゆく印象のあらゆる変化や変形に対して覚醒しているような振動する感受性の力であり、

各々の神経に興奮があり、その線状に沿って脈打つ

この力は冷淡に天才、想像力、感じ方、趣向と呼ばれている。だがこれが精神上において作用する様態は学問にあるような抽象的な規則によって定義づけられるものではなく、機械的な作用のような継続した不定の実践によって実証されるものでもない。オランダの画家たちの色彩や絵画技巧における機械的な卓越性は、美術における手の技術の発揮の点においてほぼ完璧にまで迫るものである。そしてそれによって生み出される効果や能力の真実性もまた等しく感嘆に値するものである。特定の点においてまでは全てが完璧である。目と手は作品上においてなすべきことは全て成している。ただ趣向や天才が不足しているのだ。そういった魔法のような水準にまで達すると、人間精神はまるで見知らぬ通りや厚い霧の中にいるかのように項垂《うなだ》れ疲労を覚え始める。どうすればいいかわからず、多数の

試みと失敗を繰り返しつつ前に進んでいくことはできず、画家のうち最も優れた者でもせいぜい半分まで進んで諦めるのがやっとである。曖昧模糊としていて空想的な地域を渡っていく場合、我々は一種の悪魔のようにもなる必要があり、困難で疑り深い道のりを「半分飛翔し、半分地に足つけて[cliv]」進んでいくことになる。描く対象となっているものは肯定的なものであり、作品の制作は実践の蓄積によって仕上がることになる。

賢明さはある特定のことを行う際のこつや適性と言ってもよく、力や忍耐強さによってというより特定の器用さや即興的にこなすことに依拠するものである。例えば駄洒落や警句、即興詩、仲間や様式の模倣等々。賢明さは快活さ抜け目のなさ、或いは手先の巧妙さであり、例えばガラスを横に机から落としたり、腕時計の秘密のバネを知っていたりするような手品めいたものである。技能というのは一種の外部的な優美さであり、他人から学ぶことによって成し遂げられるものであり、見る者に簡単に提示できるもの、すなわち、舞踏、騎馬、音楽等々である。これらの装飾的な達成は心が平穏で資産も十分にある人のみが獲得するのに適切となり得るだろう。もし年に五千ポンドの収入が入ってくる財産を持ったなら、現代においてこうした卓越した技能を最も持つ紳士となり得ることを知っている。彼があるサークルに入ったならそのサークル内の寵児となり羨望されることだろう。彼のその振る舞いの、素直な心から流れてくる気前の良さによって寵愛されることだろう。

婦人たちと共に笑い、男たちと論争し、立派なことを述べ愉快なことを書き、ピケットの遊びに加わったりハープシコードを演奏したり、愛情と心を込めながら自分の作詞した曲『響き美しき戯れ』《nugae canorae》を歌ったことだろう。悪徳のないロチェスター[clv]で、現代のサリー《Surrey》なのだ！　他でもそうであるように、これらの卓越した潜在能力が彼の妨げになるのだ。彼は専門の職業人であるにはあまりに多才であり、政治的な苦役に耐えられるほどの愚鈍さはなく、幸せになるにはあまりに陽気すぎて、裕福になるには思慮が浅すぎる。彼には詩人としての熱狂が、散文家としての厳格さが、ビジネスマンとしての熱心さが欠けている。自発的な力が非自発的な力とは異なるように、天才は才分と異なるものだ。創意は些事においての天才である。偉大さは天才が多数の核心と瞬間において果たされるものである。聡明であり創意ある人間は、それに価値があろうとなかろうと何でもできる類の存在である。偉大な人間とは彼が何かを成し遂げたらそれが最高度の重要性を持ち、小さな街を巨大なものへと変貌させる存在である。このことはここで取り上げられている区分についてかなりいい考えになる。

　偉大さというのは偉大な力であり、偉大な効果をもたらすものだ。それはその人自身が偉大な力を持っているだけでは足りない。誰にも秘匿されず、否定されることもないものを世間に対して見せないといけないのだ。その者は公の精神にある種の考え方を挿入しなければならない。私は偉大さというものに今述べた二重の定義、その人固有の偉大なエネルギーから湧き出る偉業、以外の考え方は持っていない。目に見える対象物の偉大さについては空間を超えて広がっていくようなものである。精神における偉大さは、空間と時間に関係のあるものである。その人間が存命である場合に限り偉大であるというのは、本当の意味では偉大ではない。偉大さの基準はそれが歴史のページを刻むかという点にある。明確な限界点があり、それ自身よりも明らかに偉大なものがあるのに枠を組むというのは偉大とは言えない。それに、短命であり単なる悪評として響いているだけのものは、それ自体粗野で卑俗な性質に過ぎないのだ。君主だったり、市長だったりするのは偉人とはとても言えない。当世に名を馳せた街の演説家や愛国者が彼らの望む高さへと届くことは、それは彼らが真実の野心からどれほど離れているのかの距離を示すに過ぎない。人気や流行は名声でも偉大さでもない。（人気のある）国王は偉人ではない。彼は偉大な権力はあるが、それは彼自身のものではない。彼はただ国家のレバーを動かすだけであり、そんなことは子供でも馬鹿でも狂人でもできるものだ。その場合我々が見ているのはその事業でありその人間ではない。同じ境遇に置かれているなら別の人物誰でも、同じ程度に惨めな好奇の的になるだけである。我々は田舎娘が国王に対して「だって、あの人ただの人間じゃない！」と落胆して言うのを聞いて笑うのだが、これを知っていてもなお我々は国王がただの人ではないそれ以上の存在であると思って駆け寄って見ようとするのである。偉大な力を提示することは、それが偉大な目的に向かっているのではない限りただ偉大な性質であるというだけに過ぎない。針の穴を通して大麦の粒を投げること、暗算で九桁の数字を九桁の数字で掛け算をすることは、確かに類稀な肉体上の器用さや精神的能力であるには違いないが、そこから何かが生じるわけでもない。それは営みとして驚嘆すべき力だが、それがもたらす効果はそれに比例するわけでもなく、空想力を掻き立てるわけでもない。力の観念を他者にも感じさせるには、そのために何かしらの方法がとられる必要がある。知識が増大する形で彼らの知性に伝導されなければならず、或いは彼らの意志を屈服させることにより沈下させたり尊敬の念を抱かせたりしなければならない。確たる感嘆の念をずっと抱かせるには、誤魔化しようのない証に基づくものでなければならない。それは瑣末な天分でも、無償の天分でもない。難解な問題を解く数学者、かつて精神にはなかった美のイメージを創造する詩人、彼らは知と力を他の人たちに伝える。そこにこそ彼の偉大さと名声が成り立っているのでありそれが継続していく。ジェデダイア・バックストンはやがて忘れ去られるだろう。だがネイピアの骨[clvi]は残り続ける。立法者、哲学者、宗教創立者、征服者や英雄、発明者や学問芸術の偉大な天才たちは偉人たちなのである。なぜなら彼らは公に多大な恩恵を与えたり、或いは人類に恐るべき傷跡を残したりしたからである。我々イギリス人の中では、シェイクスピア、ニュートン、ベーコン、ミルトン、クロムウェルは偉人だったのである。なぜなら彼らは思考や行動においてまだ忘却されないだけの偉大な力を発揮し提示したからである。彼らは高尚な能力を有している必要があり、その影は遠い後世にまで延びていくのだ。偉大な喜劇作家は偉大な人物かもしれない。モリエールはただひたすらに偉大な喜劇作家であった。私はドン・キホーテの著者セルバンテスは偉大な人物だと捉えている。同様の存在が他にも多数いる。偉大なチェスの選手は偉大な人物ではない。というのもその者は世界に最初に入り込んだ時と変えずに世界から去っていくからである。その行為自身だけで完結するような営みには偉大さが構成されることはない。このことは一時的に過ぎないか、個人的な努力のような力の提示や技術の発揮全てに当てはまるのであり、それらを抜きにして彼らについて不滅な印象や賞賛の念を抱くことはない。だとしたら俳優は偉大な人物ではないだろうか、なにせ「彼は死ぬ時、模倣者を残さず世界を去るのだから」？　これについてシドンズ夫人を例外としなければならず、さもなくば偉大さに対する私の定義を彼女故に放棄しなければならない。それ故従事している職業のトップにいる人間は偉大な人間というわけではない。彼は自分のやり方で偉大ではあるがそれだけである。彼が多大に動いていく知性の印を見せることによって名匠としての精神を我々が辿ることができるようにし、彼を駆り立て続けるためのバネに我々が共感できるようにしなければ、そのような人間は偉人とは言えないのだ。そうではなかったら、ただ手芸技術であるか、理解不能なもの以外の何物でもない。ジョン・ハンター[clvii]は偉大な人物であった。彼のほんのわずかな外科手術の手腕を見ずともそう思うこともあり得るであろう。彼の生き方と振る舞いは偉人を表していた。彼はミケランジェロが大理石を切り刻んだ時と同じような熱意で鯨の死骸を切り上げていっただろう。ネルソン提督は偉大な海軍中佐であった。だが彼自身の船乗りとしての人生に目を向ける場合、そこまで高く私は評価しない。サー・ハンフリー・デービー[clviii]は偉大な化学者であったが、彼が偉人だったかどうかは確信が持てない。彼の発見によって私は少しでも賢くなったわけでもなく、彼のおかげで賢くなったという人物に出会ったことも今まで一度もない。波が波を掻き立て、循環の助けなしに循環するが如く、その観念自体がその観念を波及していくことに偉大さの本性があるのだ。気どり屋が偉人であることは矛盾なのだ。本当の意味で偉大な人物というのは常に自分自身よりも何か偉大な観念を抱いているのだ。特定の非国教徒や論争好きな作家たちは偉人たちが放つ最も燦然とした輝きに対して「このような者は彼の時代とても著しいものでしたね」と賛辞を呈するだけである。何か原典の新たな解明が生ずれば、古き解釈の権威を取り除けてしまい、「偉大な学者の記憶が彼本人よりも五十年長生きする」というのがせいぜいである。金持ちは自身への依存者とその給仕でもなければ偉大な人物ではない。君主というのは我々が彼についてその称号以外は何も知らない場合、彼の先祖たちとおそらく彼自身に対して偉大な人物だと思うだろう。私はかつて二人の聖職者の話を聞いたことがあるが、一方の人が（ローマの聖ペトロについて語っていた際に）初めてそこに足を踏み入れた時、威厳に打たれた気分に幾許かなったが、中へと歩いていくと彼の精神はその気分と共にどんどん膨らんでいくように感じ、やがてそれが建物全体を満たしたということだった。もう一人の聖職者はそれを見れば見るほど、自分自身が一歩進むたびに自分が縮んでいくような気がして、最終的には無へと収縮したと語った。これはある点においては、精神の偉大さと卑小さの驚くべき様態であると言えよう。つまり偉大さは偉大さと共感するのであり、卑小さはそれ自身に収縮していくのだ。一方は《トマス・》ウルジー[clix]にもなり得、もう一方は托鉢修道士になるだけの素質であったのだ。もしかすると彼を聖職者にしたのは何か打算があったからかもしれない。フランス人は私にとって全面的に卑小さのイメージが拭えない。だがあらゆる国に属する偉大な人間三人をその国は生み出した。モリエール、ラブレー、そしてモンテーニュである。が、脱線はここでやめにしてこの章の締めくくりに入りたい。私が何度か会ったことのあるジョン・カヴァナー[clix]の後年期における手業の器用さに関して奇抜な例が示されている。彼の死は当時『エグザミナー』紙（一八一九年二月七日）の記事において祝福されていた。

明らかにその文調は熱心な嘲りによって書かれていた。だがその内容がここの目的と関連するうえ、このテーマの考察についてうまく適合するため勝手ながら引用したい。

「セント・ジャイルズ[clxi]にあるバーベッジ通りの家で死去したジョン・カヴァナーはファイブズ[clxii]の名手であった。もしある一つのことにおいて多くの人間がそれをうまくやろうと相当努力しているのに、他の誰よりも優れてこなすことができた人間が死去した場合、社会に分断を残したまま去ることになる。あのようにファイブズを完璧にこなすことができる様子を今後多数の年月において目にすることができそうにない。というのもカヴァナーは死んだのであり、彼に匹敵するだけの選手も世にいないからだ。ボールを壁に向けて投げることよりも重要なことが世の中にはあると言われている、つまり同じく大した恩恵もないのに騒音を作り出すようなこと、例えば戦争をしては平和条約を締結したり、演説をしてそれに応えたり、詩を創作しそれを紙の上にインクで滲ませたり、金を稼いでは消尽するといったことは無論ある。だがファイブズという競技はそれに参戦したからといって軽蔑されることはない。それは肉体の最も素晴らしい運動であり、精神を最も寛がせるものである。ローマの詩人は『心配事が騎手の背後に忍び込んできて彼のスカートの中に突っ込んだ』と言っているが、この句はこのファイブズの選手には当てはまらなかったことだろう。ファイブズの試合に出ることは二重の意味で若くなる。彼は過去も未来も『その瞬間には』感じないのだ。負債、税、『身内の裏切り、外国徴収税、いずれもが彼を更に』。彼は試合が始まった瞬間からボールを打つこと、ボールを置き打ち飛ばすこと以外何一つ望みもないし、考えもないのだ！　このカヴァナーは間違いなくそうだった。彼がボールを触った時は追い回すことが終了したことを意味する。彼の目は確かであり、その手は圧倒的であり、常に平静を保っていた。望んだことは何でもでき、やるべきことも完全にわかっていた。彼は試合全体を捉え、それに基づいて試合をした。敵のチームの弱点を即座に突き、まるで奇跡や閃光のように閃いた考えによって混乱する敵からボールを取り戻した。彼は力も技術も、素早さも判断力も全て等しく高かった。戦略によって敵を出し抜くこともあれば、真っ向勝負で打ち破ったこともあった。時々彼が腕を使って全力でボールを投げようとしているように思えた時、彼は手首を少しばかり回して線の一インチ以内の範囲でボールを落としたこともある。彼が自分の手から放ったボールはまるでラケットで打ったかの如く、よく真っ直ぐな水平線を描いた。それ故ボールを奪おうとしたり、止めようとしたりしたところで無駄であった。偉大な演説家は言葉に詰まることが皆目ないと言われていたが、最も適切な表現を使うなら、カヴァナーはボールに対して与えるべき必要な衝撃とそれを放つべき方向をいつでも理解していたのである。彼はこれをこれ以上ないくらい安易に行った。彼は必要とされる以上の骨折りを注ぐことはなかった。他の選手たちが必死になって全身全霊を尽くしている間、彼は冷静でまるでコートに入ったばかりであるかのような様子であった。彼の力の発揮の仕方と同じく彼のプレイ・スタイルも注目に値するべきものだった。彼のプレイ・スタイルには気どったもの、くだらぬものは全くなかった。彼はある振る舞いを誇示したり何かを試みたりしようとして、試合で真剣に勝負するようなことはなかった。彼は立派で分別ある、猛々しい選手であったのであり、やれることをやったのだが、それは他の人がやろうとするふりすらできないものであった。彼の放つ一撃は常に狙いがはっきりしており効果を生み出すものだった。それはワーズワース氏の叙事詩のように鈍い動きでもなければ、コールリッジ氏の抒情文のようにたじろいだりすることはなく、ブルーム氏[clxiii]の語りのように的に達しなかったり、カニング氏[clxiv]の機知のように不正確でもなく、『季刊誌』のように不快なものでも『エディンバラ・レビュー』のように馬鹿げたものでもない。カヴァナーはコベットとユニウスを合わせた存在である。世界で最も困難を打ち破った選手である。例えば相手が十四歳であったとしても、同じように或いはより優れた姿勢で試合に臨み、不注意や自惚れによって試合に舐めてかかるようなこともなく、怠惰であることはなく常に気合十分であった。彼のプレイ・スタイルで唯一奇妙だったのは、彼はボレーをすることがなく、ボールをバウンドさせたままだったということである。だがボールが地面から一インチ以上跳ねると、彼がそれを捉え損なうことは決してなかった。彼に匹敵する選手がいなかっただけでなく、彼に準ずる選手もまたいなかった。試合の半分を彼が放棄してもなお勝つことができ、彼が利き手でない左手でも敵は敵わなかったとされている。彼の活躍は尋常ならざるものだった。彼はウッドワード選手とメレディス選手（二人ともイギリスの最良の選手）と一緒にセント・マーティンのファイブズ・コートで試合をしたことがあるが、サーブだけで二十七のサービス・エースをとったことがあり、それは前代未聞のことであった。彼は別の時に、ファイブズの一流選手と看做されていたペルーと試合をしたことがあるが、そのファイブ・セット・マッチの試合で、無論カヴァナーは最初の三ゲームで勝負を決めたのだが、相手のペルーはエースを一つ決めただけであった。カヴァナーはアイルランド人として生まれ、職業は家の塗装工であった。彼はある時仕事服を脱いで、とても洒落っ気いっぱいな服装でローズマリー・ブランチの方へと歩いていき午後の時間を満喫しようと思っていた。その時ある人が彼に近づいてきて、一緒に試合をやらないかと尋ねた。そして半クラウンとサイダーの瓶を一試合毎に賭けて試合を始めた。一試合目が始まった。七、八、十、十三、十四、そしてセットだった。カヴァナーが勝ったのである。次の試合も結果は同じだった。彼らは試合を続けていき、ほとんど勝負になっていなかった。「今のだ」と気づいていないファイブズの選手は言った。『今の一撃はカヴァナーが返せなかったものだ。俺は今までの人生で一番よくプレイしているのに、試合に全く勝てない。一体どうしてなんだ！』。だが、それでも彼らは試合を続け、毎試合カヴァナーは勝利を収めた。そして居合わせた観衆たちはサイダーを飲みながらずっと笑っていた。そして十二試合目に、カヴァナーが四だけで、見知らぬ相手が十三であった時、誰かがやってきて『何？　カヴァナー、お前がどうしてここに？』と言った。この言葉が口から発せられるや否や、驚愕した選手はボールを手から落っことして『何！　俺は今までカヴァナーをやっつけるために今まで心を砕いていたというのか？』と言って、それ以上試合を頑張ろうとはしなくなった。『そして更に付け加えるなら』とカヴァナーはどこか勝ち誇りながら明かした。『今までずっと拳を握ったままで試合をしていたのさ』。彼はコペンハーゲン・ハウスで賭けや夕食のためにこのように策を弄して試合をすることが頻繁にあった。彼らが試合をするための壁は厨房――煙突を支える役割も果たしており、壁がいつもより大きな音を反響していると『あれはアイルランド人の球だな』と料理人たちが叫び、肉の切り身は串の上で振動するのであった！　ゴールドスミスは自分にも感嘆される場所があると自分を慰めたのだが、カヴァナーは彼がファイブズ用のコートで試合をすれば常に人々から感嘆されていたのだ。パウエル氏がセント・マーティン通りのコートで試合をした時は、半クラウンでファイブズのアマチュア選手や何であれ才能の感嘆者たちによって聴衆席が埋められるものだった。

彼はイングランドに姿を現せばそれがどこだろうと必ず好奇心旺盛な大衆たちに即座に囲まれていた。大衆たちは彼の無双する技術はどのような体つきだからできたのかを見ようとした、あたかも政治家たちがヨーロッパの均衡を保っているカースルレー子爵[clxv]のその顔を不思議そうに見たり、クローカー氏[clxvi]の垂れている眉毛の下に潜んでいるイギリス海軍の戦利品に感嘆したりするが如くに。そしてカヴァナーは高貴な君主と同じ程度に立派な外見をしていて、それは枢密顧問官秘書より遥かに優れている。彼は澄んだ、心開いた顔つきをしていて、本屋のムレー氏のように斜めや下を見たりすることはなかった。感性やユーモアがあり、更に勇敢な若者だった。彼は一度ハンガーフォード階段[clxvii]で水夫たちと喧嘩になったことがあったが、彼らは一緒に外に出るにあたってカヴァナーに大いに仕えたと述べた。端的に言えば、現代においてカヴァナーの名前を口にする時必ず感嘆を覚えてしまう者が何百といて、それは（偉大な卓越性と言って思い浮かべるもの全てにおいて）かつて存命していた者の五本の指に入るくらいである。後世になると誰も声にしないことはなく、彼に喧騒な拍手の喝采が今も響いている！　カヴァナーがしたような卓越性を別のやり方で発揮した唯一の人物は、今は亡きラケット選手のジョン・デイヴィスである。彼は試合中ボールを追っていたのではなく、ボールが彼を追っていたと述べていることがあった。一フィートくらいの壁を彼に示すと、間違いなく彼はボールを打った。その頃の四人の最も優れたラケット選手はジャック・スパインズ、ジェム・ハーディング、アルミタージュ、そしてチャーチである。デイヴィスはこのどの選手に対しても同時に両手を差し出すことができる、つまり試合全体の半分は相手に譲り渡してもなお勝つことができたのであり、ハンデを受けるこの選手たちは今のロンドンにいる最良の選手に同じようなハンデを出して勝つことができるのだ。以上が人間の技術と技巧のあらゆる行使に等級をつけたものである。彼は十回四人の優れた選手たちとまとめて試合をしたことがあるが、全員に勝利したことがある。彼はまた第一級のテニス選手でもあり、卓越したファイブズ選手であった。フリートやキングズ・ベンチで彼はパウエル選手――当時最も優れた選手と看做されていた人物――と試合をすることだってあり得たのだ。今述べた選手は現在ファイブズ・コートの管理者であり、彼のドアの上部に『ここに入ろうとするもの、自分と故郷と友人たちを忘れよ』という言葉を入れておくのが推奨される。そして何より肝心なことは、勝率を計算してみればそのうち三人は覚えておくだけの価値がないということである！　カヴァナーは血管の破裂によって死去した。それが原因で彼の死後二、三年前からファイブズの試合を行うことができなくなった。彼は頻繁に口にしていたことだが、このことで彼は自分を強く責めていた。だが知り合い皆が気の毒だと思われていることを彼自身はほとんど気にしなくなっていた時、彼は突如生を果たすこととなった。ピール氏はマナーズ・ストン氏が優れた倫理性を有していることから下院議長として適性を持っているとしたのと同様、熱心なカトリックであったジャック・カヴァナーは死んだ日の金曜日に肉を口にすることを最後まで拒んだ。我々は彼の記憶を偲んでその意欲に報いた。

不躾な手でそれを辱めてはならず
ここに眠りし《Hic Jacet》彼を忘れてはならぬ」

【原　注】

26　原注一：有名なピーター・ピンダール（ウォルコット博士）は画家で今は亡きオピエ氏の才能を見出し世に示した。彼は貧乏なコーンウォルの少年で、詩人が探しにきた時彼は仕事現場にいた。そして博士はこう言った。「それで少年、君の最も優れた絵画を私に持ってきてくれないかい?」。少年は閃光の如く駆けていって、自分が傑作だと看做していた作品を持ってまもなく戻ってきた。見知らぬ人はそれを見て、若き芸術家は無言のまましばらく待っていたが、やがて熱心に「それで、それをどう思う?」と叫んだ。「どう思うかって?」とウォルコット博士は言った。「そりゃあ、恥じるべきだと思うがね。とても上手に描けるはずなのに、全然上手く描こうとしないんだから!」。この答えは当画家の、この最初期の努力から暗示的に読みとれるように、晩年の作品に対しても言われるべきだった。

27　原注二：もし二人の人間がどんな競技であれ互いに試合をするならば、片方は必ず負けることになる。

【訳者注】

cxlix　juggler：複数のものを空中に投げたり取ったりするパフォーマンスであるジャグリングを行う人を指す。お手玉師とも呼ばれる。

cl　Sadler's Wells Theatre：ロンドンにある複合劇場。バレエの劇場としての他に、ダンスやオペラなども開催されている。

cli　原文では In argument they own'd his wondrous skill, And e'en though vanquish'd, he could argue still. 表記。オリヴァー・ゴールドスミスの詩『村の学校教師』に以下のような記述があり、そこからの引用と思われる。

In arguing too, the parson own'd his skill,
For e'en though vanquish'd he could argue still;

clii　Ivanhoe：スコットランドの作家サー・ウォルター・スコットによる長編小説。主人公アイヴァンホーがイングランドの獅子心王リチャードに見出され、立身出世を成し遂げる物語である。

cliii　Locksley：中世イングランドの伝説上の人物。その実在の根拠は存在しないが、古い伝承において登場する。『アイヴァンホー』においては、獅子心王リチャードに仕え、クーデターを企てる弟王に抵抗する様子が描かれている。日本ではロビン・フッドの名でよく知られている。

cliv 原文では 'half flying, half on foot' 表記。ミルトンの『失楽園』に「half on foot, Half flying;」という箇所があり、ここからの引用と思われる

clv John Wilmot, 2nd Earl of Rochester（1647-1680）：王政復古時代イングランドの貴族。宮廷詩人でもあった。オランダ海軍との戦闘に加わり、勇敢に戦ったが、その後晩年に悔悛するまでロンドンにおいて放蕩を重ね、書いた詩も卑猥なものが多かったとされる。

clvi Napier's bones：十六世紀スコットランドの数学者ジョン・ネイピア（John Napier, 1550-1617）が発明した掛け算や割り算を簡単に行うための道具。これによって平方根や桁数の多い積などを求めることもできる。

clvii John Hunter（1728-1793）：十八世紀イギリスの外科医。種痘法を開発したジェンナーの師にあたり、自身も外科手術において同時代人に「天才」と呼ばれるほどの才能を発揮した。

clviii Sir Humphry Davy, 1st Baronet（1778-1829）：十八世紀から十九世紀イギリスの化学者。化学元素におけるアルカリ金属をいくつか発見し、炭坑用のランプを発明した。

clix Thomas Wolsey（1475-1530）：十六世紀イングランドの聖職者。当時の国王ヘンリー八世に寵愛され、彼を通して枢機卿にも任命されたこともあり、イングランドの教会において権力をふるった。

clx John Cavanaugh（?-1819）：十八世紀から十九世紀イギリスのスポーツ選手。アイルランド移民で、後述のファイブズにおけるイギリス摂政時代の最高の選手と呼ばれていた。

clxi St. Gilles：ロンドンのウエストエンドにある地域名。アイルランド移民が多く居住していた。

clxii Fives：壁にボールをぶつけ、跳ね返ったそれを二組の競技者が交互に革手袋をはめた手で打ち返すスポーツ。イートン校などのイギリスのパブリックスクールにおいて流行し、二十世紀になってルールが整備された。

clxiii 原文では Mr. Brougham 表記。十八世紀イギリスの政治家ヘンリー・ブルーム（Henry Brougham, 1778-1868）或いはいずれも政治家である弟二人のことを指すと思われる。

clxiv 原文では Mr. Canning 表記。十八世紀イギリスの政治家で、首相も務めたジョージ・カニング（George Canning, 1770-1827）のことか。

clxv Robert Stewart, 2nd Marquess of Londonderry（1769-1822）：十八世紀から十九世紀イギリスの政治家。原文では Lord Castlereagh 表記。外務大臣を務めたことがあり、ウィーン会議にもイギリス代表として出席した。

clxvi 原文では Mr. Croker 表記。十九世紀イギリスの政治家で海軍の書記官を務めたこともあるジョン・クローカー（John Wilson Croker, 1780-1857）のことか。

clxvii Hungerford Stairs：ロンドンのチャリング・クロスにあったハンガーフォード市場（Hungerford

Market）とテムズ川の波止場を繋ぐ階段を指す。

■エッセー十　自己に依って生きること[28]

遠く、一人で、憂鬱に、ゆっくりと、
或いはものぐさなスヘルデ川や彷徨うポー川に沿って[clxviii]

今このテーマを書いている時ほど自分にとって相応しいものはなく、自分がいい気分になっていることもない。夕食のためにヤマウズラの肉が今調理されており、火が私の部屋の暖炉で燃えていて、この季節らしく空気は穏やかで、胃痛は今日だと少ししかなく（私自身が嫌になる唯一のことだが）、たっぷり三時間が今の私にあり、これら故に最後まで書いていこうと思う。次の一週間で終わらせるべきものを一度にやるのもいいことだ。

もし書いているテーマが決して簡単にこなせるものではないのなら、そもそも書くこと自体もっと難しいものだ。他者の感嘆の念を確実に得るためには相当骨折らないといけない。だが自分の考え方で他者を満足させるということはその骨折りを上回る満足感があるのだ。窓を通して朧気な月光に照らされる広々とした不毛な荒野の方を見てみると、ウィンタースロウ[clxix]の頂に木立が揺れ動くのが見える。

天の内陣の穹窿により盲目である間に

私の精神は過去のあまりに長すぎる年月の中を飛翔していく。その際思考の根気と真理と善への密かな憧憬によってのみ支えられ、私が書こうとしていることの気持ちを理解するのに途方に暮れたままでいる。だがこの有様を読者にもっと心地よく伝えられるかどうか私にはわからない。

グランディソン婦人[clxx]はハリエット・バイロン夫人[clxxi]に、「兄弟のサー・チャールズ[clxxii]は自分自身に基づいて生きた」ことを保証した。そしてL婦人はすぐに（というのもリチャードソンは善きことに飽き飽きすることはないからだ）同じ洞察をミス・バイロンに繰り返す。ミス・バイロンは二人の姉妹への返信として文通相手について語る前に「サー・チャールズは自分自身に基づいて生きるということをよくわかっていらっしゃるでしょう」とよく認めるものだ。だが自分自身に依って生きるという意味の私としての理解としては、これは妥当な例ではない。というのもサー・チャールズ・グランディソンは確かにいつも自分自身について考えていたのだが、だが私が考えている「自分自身に基づく」というのはむしろ存在しないが如く自分自身について全く考えないことにある。私がここで言及しようとしている性質はエゴイストからは程遠い存在であるのだ。リチャードソンが大いに気に入っていた人物はこれ以上ないくらい自分自身について考えていた。何人かの風刺批評家は彼を理想郷で「グランディィソン婦人（それがミス・バイロンだったのだが）の萎えた手に身を屈めていた」と彼を表現した。彼は自分の手に身を屈めると表現されるべきだった。というのも彼は自分のみに感嘆の念を抱くからであり、自身のみを自分の偶像としての神と看做したからだ。だが「自分自身に基づいて生きる」というのは（古の聖者たちや殉教者たちの如く）砂漠に身を退きそこの野生動物たちによって貪り食われたり、隠者と看做されるように洞窟へと下りていくことを意味するのではない。或いは支柱や岩の頂の上に登って狂信者じみた苦行を行い人々に注目されることを意味するのでもない。「自分自身に基づいて生きる」というのは世界の中で生きるということである。世界「の中で」生きるのであり、世界「で」生きるのではない。それは誰も自分の存在があることを知らないかのようで、自分も知られないように願っている状態である。自分はあらゆる力強い光景の無言の観察者であり、注目や好奇心の的になることではない。それは世界で起きていることに対して思慮深く熱意もある好奇心を向けることであり、実際にそういうことを生じさせたり関わったりすることではない。純潔な魂が導いていくならそのような人生を送ることになるのかも知れず、そういう魂が抱かせる好奇心は人間たちの事件に向けられ、彼らの悲しみを省察し消極的で遠目で見てだが憐憫の念も催されるのであり、彼らの注意を引いたり、引こうと夢にも思ったりしないことだ。自分自身と自分の心に基づいて賢明に生きる者は隠遁した者のように小穴を通して忙しい世界を覗き見るのであり、諍いには関わろうとはしないのだ。「彼は騒乱を聞き、それでいて静かにいる」。彼はそれを仲裁したり、力ずくで終わらせたりしようとは思わない。彼は世界の目を自分にじっと向けさせるように努めることをせずとも、世界に十分な興味を持って目を向けることができる。そんな試みの無益さといったら！　彼は雲を読み、星々を見る。秋の落葉、春の馥郁《ふくいく》たる息吹、己の近くにある雑木林のツグミの囀りを快く聞き、炉辺の側に腰を下ろし、風のざわめきに耳を澄まし、本をじっくり読んだり凍える時間を議論で過ごしたり、或いは心地よい考えを抱いて時間を分へと融解させ、季節の周回を眺める。こうしている間も彼は他のことに夢中で、自分を忘れている。彼は作者の文体について、実際その本を開こうともしないのかと考えては喜ぶ。部屋にある古い絵画の複製画を見ることを好み、それを模写しようという悪魔のような誘惑に駆られることもない。今ある自分とは違った自分になろうとしたり、できないことをしようとして死んでしまうくらいに思い悩んだりすることもない。彼は自分が何になれるかをほとんど知らないが、それでも自分が社会で何者になれるかについて思い悩むことはわずかにもない。彼は一連の真実を感じている。

自分自身に対して永遠に目を向けている者は、自然の働きについてわずかにも目を向けない
賢者をそのように嘲ろうとすること、それを叡智は変わることなく不法と看做す

彼は自分自身の外にある、自然や世界の広がっていく縹渺《ひょうびょう》としたその有様に目を向けて、人類一般に対する自分の知っている狭い範囲を超えて好奇心を向ける。彼は空気のように融通無碍であり、風の如く独立不羈《どくりつふき》である。他人が何と言っているかを初めに考えたのなら、彼に悲しみあれ。人が自分自身と自分にある資源に満足している限りは万事問題ないのだ。彼が舞台の上で演じようとして、人々が自分自身について考えるよりも彼に対して注意を向けて考えさせようと社会に対して骨折ろうとしたら、彼はイバラと棘、苛立ちと落胆しかない道を辿ることになる。この点について私が言えることは少ししかない。長年の間、私は人生でただ考えることだけをしていた。私がやったことは何かこんがらがったようなことを解決したり、難解な作者に身を浸したり、空を見上げたり、小石が散在する海辺を歩き回るだけであった……

子供たちが岸辺で戯れるのを見るために
そしていつまでもうねり続ける強き水の音を聞くために[clxxiii]

私が気にかけたことは何もなかったし、不足していたものも何もなかった。何であれ私に生じたことについて時間をかけて考え、それについて尤もらしい答えを慌てて拵えたりすることもなかった。印刷業者の奴が私を待ち構えていたわけではないのだから。以前だと私は年に一か二ページだけ書いていた。そして著名な経験主義者ニコルソンを心から笑っていたことを思い出す。彼は私に二十年で八つ折判三百巻相当の分量を書いたと言ってきたのだ。私は偉大な作家ではなかったかもしれないが、私はいつまでも瑞々しい喜びで「終わることなく、常に始まり」[clxxiv]として文を読むことができる。そして読み終えた時も批評文を書こうとすることはなかった。私はクロード《・ロラン》のように描くことはできずとも、外出した時に「柔和な青い空の魔法」[clxxv]に感嘆を覚えることができ、私にもたらしたその喜びに満足を覚えることができた。私に活力が不足している時も、それに悩むことは少なかった。私に活力があったなら、精神を思う存分働かせた。私は世界が良い状態にあることを願い、それをできる限り好意的に捉えようとした。私は外国の土地にいるよそ者のような状態にあり、誰かに注目されることをお返しとして期待することなく、事物に驚きと好奇心と喜びを以て目を向けるのであった。私はその国家との関係性は何らなく、こなすべき義務もなく、他者と繋がれるようなしがらみもなかった。友人も情婦もなく、妻も子供もいなかった。私は行動の世界にではなく、黙想の世界に生きていた。

　このような夢想する存在としてあることが最善である。その世界を去り現実の中で求めていこうとする者は、安堵の気持ちを繰り返される落胆と虚しい後悔と交換することになる。彼の時間、考え、そして感情は自分の裁量の下にはなくなる。現実へと突き進んでいくと、自然や世界の事物をそれ自体として取り扱うのではなく、それらを己の野心や利害や快楽の道具のために使えるか否か藪にらみを向けるようになるのである。素直で下心なく、ありのままの素朴さを持っていた性格だったのが、不信で不吉で二重の視野を得るようになる。彼は世界の大きな変化について自分がそれを部分的にでももたらすことができない限りは興味を持たなくなる。自分の感性や知性や心を世界の眩い構造へと開く代わりに、自分の顔の前に歪んだ鏡を持つようになり、その鏡の中で自分と自分の主張について感嘆するようになり、横目で他の人たちも自分に感嘆していないか確かめるのである。彼は「事物の美しき多様性」[clxxvi]が自分にもたらす作用について感じることはもはやない。それは普段の考えで衰えて沈下していき、今となって捉えるようになるのは自己の成り上がり者めいた病的なほど熱烈な尊大さである。それを心に捉え続けるために、彼は他者の意見の奴隷となる。彼は道具となり、ずっと立ったまま静止していられない機械の一部であり、絶え間ない動作によって病的になり立ちくらむようになる。彼は大衆が自分をどのように見るのかを考えること以外、自分の名前が大衆の耳に繰り返し聞かれること以外に何ら満足を覚えない。彼自身も何にでも係《かかずら》い、全てを台無しにする。ナポレオンは己の名前の頭文字Nにうんざりしていなかったかと疑問に思う。何せNはルーヴルとフランス全土に塗りつけられていたのだから。オリヴァー・ゴールドスミスが（我々皆知っているように）オランダで何人かの器量のいいイギリス人女性と一緒にバルコニーに行った時、その女性を観ていた人たちは彼女を喝采していたのだが、その時ゴールドスミスは振り向いて苛立つようにして「私にだって賞賛される場所もある」と言った。彼は著者として名声に焦がれる虚栄心に休息を一日たりとももたらすことができなかったのだ。今の時代にも、派手な格好をした娘が部屋に入ってきては自分に注目していた聴衆たちの注意が、そちらに一瞬向けられたことにより顔が蒼白になり部屋から出ていった、著名な語り手を見たことがある。——無名から頭角を現そうと少しでも試みれば恥辱を無数に感じる。失敗することが数え切れない。そして成功しても成功から来る激動や苦痛がより大きな苛立ちをもたらす——

頂にまで登ろうとする者は落ちることは確かか、あまりに足がよろめいていて落下することとその恐怖が同じくらいひどい気持ちにさせる[clxxvii]

「これならむしろ」とオリヴァー・クロムウェルは議会において己の野心に座礁した時はこのように叫んだ。「森のはずれでぐっすりと眠った方が、こんな政府によって邪魔されるよりもましだ!」。ナポレオンがロシア遠征のために馬車に乗り、手袋をくるくると回転させ、「マルボローは戦場に行く[clxxviii]」のメロディーを歌っていた時、彼はその後に来る身の転落について――その衝撃は彼以外で耐えられる者はいないのだが――思いもしなかった。我々は運命の神とムーサの寵児について専ら見たり聞いたりする。偉大な大佐、第一級の俳優、著名な詩人。彼らが寵児として特に最高峰な存在である。我々が彼らの放つ燦然とした威容に威圧され、自分も同じようなキャリアを歩んでいきたいという気にさせる。不満げで低賃金の中尉たちが人生の間ずっと出世を虚しく追い求め、「職務の煩わしさと、忍耐強さが美点である価値なきものが受ける拒絶[clxxix]」について我慢せざるを得ないような状態にあるその多さについて、半分飢えて徘徊する俳優たちが地方において貧窮に甘んじボロ切れの服に身を包みながら、ロンドンの最底辺の劇場で雇用されることをどれほどの人数が夢見ているか、どれほど惨めで才能のない絵描きが、希望と恐怖を交互に感じる悪寒の中で身を震わせて才能の萎縮の中で身を消尽していき、或いは絵の教師や整備員或いは新聞紙上の批評家になったりするのか注意を払わない。或いは不運な詩人たちが己の魂をムーサに吐き出しても、住んでいる地域の新聞の詩人コーナー以上に自作が知られることが虚しくもなく、自分の地方的な名声を囲っていた妬ましい地平線を、恨みがましく切ない目で見た者がどれほどいたかもまた注意を払わないのだ！——例えばある俳優が「肉体が先天的に抱える心痛や千の不安」[clxxx]の後に俳優業のトップにまで登り詰めたとしても、自分の王座の近くに競争相手がやってくることに耐えられないだろう。二位になったり他人と同等レベルになったりするのは無に等しい。最初成功者としての展望を抱きながら始めるのだが、身を震わせながら偽の王笏を握ったままでいる。ひょっとすると今までずっと目をつけていた一位の座を握ろうとした時、彼の前に予期せぬ競争相手がやってきて、賞を奪いとっていって、また彼に面倒な骨折りをやらせようとして残すこともある。彼は新たな俳優の出現についての噂が出現すること全てに警戒心を抱くようになる。「猫の耳の中で勝手に住処をたてるネズミ」[29]は実に平穏な住処で暮らすことだろう。彼は自分に反対することを示すどんな微かなことも恐れ、何より非難の意味が込められた賞賛を許すこともできるのだ。彼を疑うということは侮辱するということなのだ。識別することは退化させることだ。自分を批判していないかどうか誰かが毒味でもしなければ批評文を観ることは滅多にない。毎晩劇場をいっぱいにすることができなければ、彼は食べることも寝ることもできない。或いはこれらの苦しみが取り払われたら彼は「平穏に食事をとること」ができるが、今度は喝采に飽き飽きし始めて自分の職業に不満を抱き始める。彼は何か別の者になりたいと思い、例えば作家や蒐集家や古典の学者や、分別や情報を持った人物として注目されたいと思い、自分が発する言葉に重みを持たせようとするが聞き手のうち半分は彼が声を出す前から身を引こうとする。ちょっとでも口を開けば○○氏は俳優としてだけ聡明だったとする、彼の口を開かせないように！　もし虚栄心から苦痛よりも快楽を感じることができる人がいたなら、ルソーは言うのだが、そいつは愚か者に他ならないのだ。トーントン[clxxxi]の近くに住む地方の紳士は、二流の絵画のみすぼらしい模写を何百とすることに人生を過ごしていたのだが、彼が亡くなった時近所に住んでいた子爵に、

　何かの悪魔が、L殿、それを味わってみてはどうかと囁いた[clxxxii]

　子供のウィルソンは薄暗い人知れぬ片隅からお利口で従順な人間という境遇から脱し、結果ブリストルの画商に三ギニーで時分の絵を売却することができた。他方で屋敷の家主の書いた出来損ないの絵（縁もついている）は一部当たり三十、四十、六十ダカットで売

れるのであった。私の友人が以前奇妙な変形をしているような状態のカナレッティの絵画を見つけた。絵画の空の上半部が塗りたくられていて、イギリスの雲が織り交ぜられていた。そしてその絵の所有者に対してその絵画に何か事件があったのかと聞き尋ねたところ、「近所に住んでいる偉大な画家である紳士が、数箇所を幾分か修正したんだ」と相手は答えた。なんたる没頭！　だがこの絵筆に敬意を払った画家志望者が、自然や運命によって定められた彼の道を彼が正しく歩んでいけば、彼は陽気な狐狩猟者や尊敬すべき判事になっていたことだろう。ミス○○はイギリスの西側にある小さな街にある××の劇場の舞台をやめるよう説き伏せられても決して従わなかった。彼女の給料は下げられ、彼女の人柄は馬鹿にされ、演技も笑われていた。俳優として務まるものは何もない。だが彼女は女優であると定められており、婦人帽子販売人という以前の仕事に戻ることを馬鹿にしていた。同じ劇場に勤めている俳優のところに胃痛が原因で薬局の人が訪ねてきたのだが、彼の女将に対して彼の生活の具合はどうかと聞いたところ、彼女は、あの可哀想な紳士はとても静かで面倒は起こさない、だって夕食はいつもマッシュポテト一皿で大抵足りるし、家にいる間ずっとベッドの上で横になって劇での台詞を口にするのを繰り返しているから、と答えた。あらゆる点で互いに好意的で羨望されるような若いカップルが結婚することとなっていたが、彼らの地域に駐在していた劇場幹部たちによって結婚を祝福する劇《benefit play》が約束され、その劇で稼いだ金で結婚式と婚約指輪に関する費用を負担するという話だったが、実際のその劇の利潤が必要な金額にまで届かなかったので、おそらく彼らは「純潔なままでいたのだ《'virgined it e'er since'》」。ホガースかウィルキーの筆で書かれ○○の団員によって演じられた『秘密の婚姻』[clxxxiii]の戦陣を舞台にした喜劇作品の力、そしてそれに伴うピット、ボックス、桟敷の観衆からくる瞬きによって、我々が我々自身へと退いて我々の願いと考えを家に籠らせる代わりに、理想の愛と輝くという望みと祝いの日と他者の目に映ろうとするように熱望することから癒し給え！　日常的な出来事におけること、恋愛や友情や結婚においても、我々が幸福を他人に委ねていた時にどれほど不安定なものだろうか！　私の友人としていた大半の人間が最も辛辣な敵へと変貌し、或いは冷淡で不快な知り合いに変わったりした。古くから仲間というのはあまりに頻繁に出された料理のようなものであり、もはやそれには楽しさや健全さは味わえなくなっている。感嘆するために美を求めそれを崇拝し、その素晴らしい力を小説や詩や劇において見ようとする者は賢くないわけではない。だが恋に陥るようなことをさせてはならない、そうなるとその瞬間から「娘の赤ちゃんになる」。私はミランドラ[clxxxiv]の劇の次の台詞を繰り返して口にすることを好む。

なんて唸るような雰囲気で彼女は廊下を歩いていくのだろう！　まるで子鹿のようだ。

だが子鹿よりも威厳がある。聞け！　彼女が歩いている時、ほんのわずかな音すら立てず、微かなこだますらない。だが彼女の外観のあらゆる動きが沈黙により神聖化されているようだ。
だがこの描写がどれほど美しいものであるにせよ、そんな女性と遭遇するようなことは避けてもらいたいものだ！

糖蜜を吸うハエは
甘さに呆然としている。
同様に、女性をそのように味わう男は
破滅と邂逅する。[clxxxv]

これは私ではなくジョン・ゲイ[clxxxvi]による歌であり、実に苦甘い、結婚した数多くの人のうち、他の誰よりも好ましい人物と結婚して式を挙げることができた人の少なさといったら！　いや、互いに婚姻を結ぶ原因が単なる利便性や偶然、友人たちの推薦によるもの、いや結婚自体に多大な恐怖や嫌悪や致死的とも言える魅了を抱くことによって結婚することも少なくないのだ！　それでも婚姻は人生の間中ずっと続くのであり、恥辱や死去によってのみその繋がりが払拭される。結婚した男は自分自身に生きているのではなく、自分の意志に反して他者へとその肉体（同様に精神も）が繋がっているのである。

生と死が不均衡に出合うように

ミルトンは（おそらく自分の経験から）アダムをこのように絶望の熱狂の中で叫ばせた。

彼はもはや自身に相応しい連れを見出すことができない
何かの運命の悪戯や間違いで彼にもたらされない限り
彼が望む者は彼女の捻くれた性格を通して得ることは滅多にない
もっとひどいやり方で彼女を獲得するのを目にする
彼女が愛することも父母によって保留される
或いは彼の最も幸福な選択もあまりに年齢を重ね過ぎてから出会い
その頃にはすでに残忍な敵、彼の憎悪と恥と繋がって嫁いでいる
それは人間の生に無限の惨禍をもたらすのであり、それが家政の平和と織り混ざる[clxxxvii]

もし一目惚れが互いに生じたものであったり、優しい営みによって宥められたりしたなら。もし最も好意の籠った愛情が無関心や嘲りによって応酬され冷却されることがそれほど多くなかったなら。たくさんの恋人たちが『ドン・キホーテ』の狂人のように「像を祀り、風を狩り、砂漠でひとりぼっちで叫ぶ」経験がなかったなら。もし友情が長く続くものであったなら。もし価値あることが名声で、その名声が健康や富や長寿を授けてくれるものであったら。もし世間から払われる尊敬がケバケバしい代物や外側に向けられる上辺だけの装飾物の代わりに、卓越した事物を意識してその価値を認め、それを真実を追い求めることに向けられるのであったら、それなら自分自身に基づいてではなく他者たちと一緒に生きるべきだと私も思うかもしれない。このテーマについて否定的な側面に身を傾けることだろう[30]。

私は世界を愛したことがなく、世界もまた私を愛したことがない
私はその悪臭を放つ息を嬉しく思ったことがなく、その偶像を崇拝するために我慢強い膝を折ったことはない
微笑むように顔を変形させたこともなく、崇拝の叫びをこだまさせたこともない

群衆において彼らは私をそのように看做すことはなかった
私は彼の中に立ったが、彼らの仲間ではなかった

私を覆う思考は彼らの思考とは違い、それでいて
もし私の精神を自分ので埋めなかったら、それらで沈下することにもなり得る
私は世界を愛したことがなく、世界もまた私を愛したことがない
だが美しき敵たちよ、もう別れようではないか
私はそれでも、まだ見つけてはいないが、言葉があるかもしれないのだ
欺かれることのない希望、慈悲があり堕落する罠が織られることのない美徳を示す言
葉が
また私は、心から悲しんでいるような何人かの悲しみを見るであろう
二人、または一人のそんな悲しみは、ありのままの悲しみなのだ
その良さには名前がなく、その幸福には夢がない[clxxxviii]

甘美な詩は酸っぱい人間嫌いの精神を宥めてくれる。だが社会と自分の文章を比べる浅ましい散文家には悲しみが襲いかかり、自分の文章を図々しく強勢をもって押しつける。

もし私に世間に毒づくだけの十分な怒りがあったのなら、ベン・ジョンソン[clxxxix]が自分の戯曲の導入部で観客にしたように、次のような申し分ない句をあらかじめ決めておくことだろう。大衆ほど卑しく、馬鹿で、邪悪で、哀れみを催し、わがままで、悪意に満ちて、妬み、恩知らずな動物はいない、と。これは臆病者の中でも最上位である。というのも自分自身に怯えているからだ。その非効率で過度に広まった大きさはそれに少しでも反対されることにビクビクし、アイシングラスのように指を少しでも掠めればすぐに振り落とされるのである。それはハルツ山脈にいる人間のように自身の影に驚き、自身の名前が言及されると震え上がるのだ。それはライオンの口をしているがウサギのような心臓をしていて、耳はそばだっていて眠らぬ目を有している。それは「己の恐怖に耳を澄ませている」。それは自分の意見に畏敬を捧げていて、それ以外何かを作ろうとする気はなく、どんな他愛ない噂話も最初のうちから捉え、その見識に後れをとらないようにし、自分の声色でその噂話が他人に聞きとれないようになるまで谺《こだま》させる。大衆なら考えるであろうことを思い浮かべることは、大衆が考えることを完全に妨げ、個別の見識に対して呪文のような作用を働かせ、それにより、端的に言えば、大衆の耳は最初の厚かましい主張者にされるがままになり、その者は騒音めいた意見や誤った推測や内密な囁きでその耳を満たそうとするのだ。一人によって言われることは全員に聞かれる。ある事物が社会の全員に知られているという推測を持つことはその事物が正しいと信じ込ませることであり、曖昧な語りの虚な反復は理性の「静かで小さな声」を沈ませる。世間で言われていることが正しいわけではないと我々は思っており、知っているかもしれない。だが自分は信じていなくとも他者は信じていると、知っていたり思ったりもする。我々はその彼らと言い争ったり、面倒すぎて相手にしたりしようとせず、それ故に自分の内部の、そして我々が思っているように、自分の孤独な確信を本質も証拠もそして大抵意味もない騒音へと屈服させるのである。いやそれどころか、事が誤りであると思っていたり知っていたりもするが、他の人もそう思っていたり知っていたりして、彼らも自分と同じような考えを内心秘めていて、人形が演じていて機械が動いているものと看做していると捉える。だがそんな彼らもそれを操作し制御できるだけの術と力を得たら、陳腐な文句やニックネームを用い、誰かが厚かましさと忍耐強さによって大衆の耳を占拠し、社会全土が誤りであると知っていることを社会全土に繰り返させ信じ込ませる。耳は見識より速い。特定の言葉が言われ、その事情だけでそれが他者の想像力にある種の作用をもたらし、機械的な共感によって彼らの先入観に迎合し、彼らと異なろうとするだけの十分な精神力が不足するのだ。大衆の意見というのは共同体の感情と考えの集合体であり、広範で確たる根拠を基準にすることとは程遠いのだから、それは極限まで軽く浅く変わりやすいのだ、泡のごとく。それ故大衆というのは大衆の意見の親ではなくそれに騙されているのだと言っても差し支えないだろう。大衆は気が弱く臆病である。なぜなら弱いからである。それ自体が途方もない雑魚だということは自身でもわかっていて、暗示されたこと以外には何ら意見を持たない。かといってその先頭に立とうという気もなく、自分たちの判断を重要であると同時に賢明でもあると捉えている。自分の好む意見を採り入れることに性急で、それが聡明さに欠けていると看做されないようにその意見を除けることにはもっと性急だ。基本的に二つの権勢を持つ派閥に分割されるものであり、片方はもう片方に分別や誠実さを認めないものなのだ。それは『エディンバラ紙』と『季刊紙』を読んで、両方とも正しいと思っている。或いはその内容に疑いがあれば、悪意の方に天秤は傾く。テイラー・アンド・ヘッシー[cxc]が大体三ヶ月で『シェイクスピア作品の登場人物たち』を重版がかかるまで売ったが、『季刊紙』の版が出てきたあとは一部も売れなくなったと教えてくれた。大衆は大衆なりに啓発されていて、その攻撃の意味するところは攻撃した者と同様に知っていたに違いない。だとしたら自分たちの意見を放棄したのは無知から来るのではなく、臆病からきたというわけである。悪意ある批評家たちの一群が『エディンバラ紙』に「コックニー派[cxci]」という罵詈雑言をロンドン生まれの作家一人か二人に添えたのだが、それによってロンドンにいる人々は皆彼らの作品を読むのが怖くなり、自分もコックニー主義に染まっていると有罪を下されることがないようにした。ああ、勇敢な大衆！　これは当の作家のうち一人をあまりにはっきり示しているものとなり、彼の胸にあまりに辛辣に響いたのであった。可哀想なキーツ！　ロンドンにとっての娯楽は彼にとっての死なのであった。彼は若く、感受性が強く、繊細で、

妬み深い虫によって齧られた蕾
その甘美な葉を空へと広げたり、
その美を太陽へと捧げるより前に[cxcii]

であり、悪意ある叫びと愚か者の笑いに耐えることができず、外国へと身を退きその気候で最後の息を吸った。大衆というのは無知、馬鹿、臆病であると同時に妬み深く恩知らずで

無恩の巨大な怪物[cxciii]

である。大衆が読み、尊敬し、褒め称えるのはそれが流行だから以外になく、その事物

や人間が好みだからというわけではない。単なる気まぐれや軽重さによって人を持ち上げることもこき下ろすこともある。もし大衆をうまく喜ばせても、大衆はその功績を称えたのが非自発的な気持ちだとしてそれに妬み、それをもう一度突き放すためにその人と口論するためのきっかけやけちな口実をいち早く摑もうとする。些細な揚げ足取りがその際判断を下すようにされ、告げ口屋の言うことは暗黙的に信じ込む。周りがそうしているからといって呆然と驚いた瑣末で低俗でくだらぬ人間は、相手と自分が同水準にある（と思い込んでいる）ことに喜ぶ。それ故に結局作家というのは別の団体に属しているというわけではない。大衆の彼に払う敬意も強制されたものであり、それはその作家の性分に反するものである。大衆の悪意は誠実であり心からのものだ。各々の個人は皆そこに自分の重要性を感じとる。彼らは対象者への非難者に対して密接な助力にために己の手足を貸す。自分自身を擁護することは重罪であり品位を汚す行為であり、侮辱行為であり、厚かましさの極地である。或いは、たとえ彼らの非難が事実に依らないものと証明することができたとしても、自分たちの誤りを訂正することはなく、傷ついた尊厳を取り戻させようとも思わない。それは彼らの威厳に対する妥協となる。自分たちが被害者側だと看做し、自分の無罪を彼らの判断への非難だとして憤慨する。著名なバブ・ドディントン[cxciv]は宮廷で人気が凋落したら、「自分は自分の君主の御前で自己弁護なぞしない。閣下が不快になられ、誤っていたのは自分自身だ！」と述べたのだが、大衆にこのような謙虚さがあるわけではない。スコットランド人の小説は過大評価されていると世間の人々はすでに言い出していた。こんな有様で、一般作家はどうやってその頭角を水面上に浮かび上がらせ続けられるというのか？　通例として、大衆に気に入られるように生きていく者は飢えることとなり、彼らは市場における見本と恒久的なもの笑いの種であり続ける。後世についてもそれと同じようなものであり（少しも啓発されている訳でも寛大な訳でもない）、ただ彼らにいいようにされることはなくなり、その人物の意見に対して大衆が判断を下すための面倒はその時代のその作品の名声によって略されるだけである。大衆は今やミルトンやシェイクスピアの後世である。我々の後世は将来世代の生きた大衆である。人は死ぬと、人々は彼の棺の中に金を入れてその思い出を偲ぶような記念碑を建てて、決まった文句を使い彼の誕生日を祝うのだ。彼らは当人が在世であった時に注意を払っていただろうか？　否！——私はこの件についてバーンズの記念碑を建立するために夕食会に参加し、寄付していたスコットランド人に対して不平を漏らしていた。それに対して彼は、バーンズが生きている間に彼自身に与えるのではなく、彼の記念碑のために二十ポンドを寄付するつもりだと返事した。それ故もしこの詩人が生き返るようなことがあったら、その詩人が在命中であったのと同じような扱いを自分はする、つまり彼に金を恵まないのだ。このスコットランド人は正直であった。今し方ここに書いた彼の言葉で、十分事足りるだろう。

　ここまでにしよう。私の魂はこの件から背くこととし、私が愛する無名な状態と静けさをもう一度獲得したい、「遥か狂おしき争いから離れて」[CXCV]私自身の中にある辺鄙な片隅のどこか、或いはどこか遥か遠くの土地で！　遥か遠くの土地だと、私はボーリングブローク[CXCVI]の『亡命に寄せる省察』の文を慰めとして抱えていくかもしれない。そこで彼は、人はいつでも自分自身の中に資産を見出し、それは世界の誰もが奪い去ることができないという旨を色鮮やかに書いているのだ。

「信じてほしい、神の摂理がこのような体系をもたらしたのだ、我々の中にある最も価値なきものですらそれだけで他者の意志の下にあり得るという体系を。最も善きものはそれが何であれ安全なものだ。人間の力が届かない範囲にあるのだ。それが与えられることも奪い去られることもない。世界は自然の偉大であり美しき作用なのである。これこそが人間精神なのであり、それが世界を省察し感嘆する。そしてそこにこそ最も高貴な要素があるのだ。それは我々とは不可分なのであり、その一方に自分が属している限りもう一方を我々は享受することができるのだ。そういったわけで人間がもたらす出来事が象っていく道のりがどこに続いていこうと、我々は威風堂々と歩いていこうではないか。それが我々をどこに導いていこうと、それらによって我々はどのような海岸に放り投げられるとしても、我々は自分自身を絶対的なよそ者だと見出すことはない。我々は季節の同じ循環を感じ、同じ太陽と月[31]が我々の辿る年を導いていく。同じ碧色の穹窿、星いっぱいの輝きを放つそれが、我々の頭上において至るところに広がっている。我々のようにあの周りゆく星々、同じ太陽を軸に異なって周回していく星々に感嘆を覚えないような箇所は世界にはない。それ故に宇宙の縹渺たる空間に架かっている不動の星々の大群、己の周囲を回っていき未知の世界を照らしだし、愛しむように光線を放つ太陽よりも壮麗たるものを発見することはできないかもしれない。私がこのように黙想していて恍惚としている間、私の魂が天へと昇っている間、私がどのような大地に足を踏みならしたかはほとんど顧みないのだ」

【原　注】

28　原注一：一八二一年一月十八日、十九日に宿「ウィンターズロー・ハット」にて。

29　原注二：ウェブスター版の『モルフィ公爵夫人』。

30　原注三：シェンストンとグレイの二人で、前者は自分自身に基づいて生きていると考え、後者は実際にその通りだった。グレイは大衆の目線から離れ己の思考と黙想に引きこもった（彼は自分の作品の最初に己の肖像画を挿入することすら好まなかった）。シェンストンが注目されるのではないかと考え、隠遁していることを装った。片方は閒暇と安息を求め隠遁を望んだのであり、もう片方は気まぐれじみた隠遁をしてみたのだが、彼はその結果ただ訪問者やへつらう者たちの傲慢な態度によって日常が妨げられ、友人は誰もいない状態にあった。

31

原注四：プルタルコスの「追放について」より。彼は故郷の国から離れて生活できない人たちとアテナの月を思い描いていた素朴な人たちを比べた。後者の人たちが思い描いた月はコリントスのそれよりも美しい。

天において過ぎゆく年月を導く。《Labentem coelo quae ducitis annum.》

——ウェルギリウス『農耕詩』

【訳者注】

clxviii　原文では Remote , unfriended, melancholy, slow, Or by the lazy Scheldt or wandering Po. 表記。オリヴァー・ゴールドスミスによる『旅人』の冒頭部分に同一の箇所があり、ここからの引用であろう。

clxix　Winterslow：イングランド南部にある教区。先史時代から人が住んでいたとされるほど歴史があり、ハズリット自身も妻が同地にコテージを所有していたことから、本書の一部をここで執筆した。

clxx　Lady Grandison：十八世紀イギリスの小説家サミュエル・リチャードソン（Samuel Richardson, 1689-1761）による書簡小説『サー・チャールズ・グランディソン』（The History of Sir Charles

Grandison）の登場人物。

clxxi　Miss Harriet Byron：前述の『サー・チャールズ・グランディソン』の登場人物。

clxxii　Sir Charles：前述の『サー・チャールズ・グランディソン』の登場人物。表題の人物であると思われる。

clxxiii　原文ではTo see the children sporting on the shore, And hear the mighty waters rolling evermore表記。ウィリアム・ワーズワースによる『頌歌』に以下の類似箇所があり、そこからの引用であろう。

And see the Children sport upon the shore,
And hear the mighty waters rolling evermore.

clxxiv　原文では 'never ending, still beginning' 表記。ジョン・ドライデンの頌歌『アレクサンドロスの饗宴、或いは音楽の力』（Alexander's Feast, or the Power of Music）に同一の表現があり、ここからの引用と思われる。

clxxv　原文では 'the witchery of the soft blue sky' 表記。ワーズワースによる詩『ピーター・ベル』（Peter Bell）に同様の表現があり、ここからの引用であろう。

clxxvi　原文では 'the fair variety of things' 表記。十八世紀イギリスの詩人マーク・エイケンサイド（Mark Akenside, 1721-1770）による詩『想像の喜び』（The Pleasures of Imagination）に同様の表現があり、そこからの引用と思われる。

clxxvii　原文では Whose top to climb Is certain falling, or so slippery, that The fear's as bad as falling. 表記。シェイクスピアの戯曲『シンベリン』（Cymbeline）に同様の表現があり、そこからの引用であろう。

clxxviii　Malbrough s'en va-t-en guerre：原文では Malbrook to the war is going 表記。スペイン継承戦争におけるマルプラケの戦いによって戦死したとされたマールバラ公ジョン・チャーチルの死を嘆く曲である。実際にはジョン・チャーチルの死は誤報であった。歌には戯画的な要素も含まれており、後に多くの芸術作品においても言及されるようになった。

clxxix　原文では 'the insolence of office, and the spurns which patient merit of the unworthy takes' 表記。シェイクスピアの『ハムレット』第三幕第一場に以下の類似箇所があり、そこからの引用と思われる。

The infolence of Office, and the Spurnes
That patient merit of the vnworthy takes

clxxx　原文では 'after the heart-aches and the thousand natural pangs that flesh is heir to' 表記。シェイクスピアの『ハムレット』第三幕第一場に以下の類似箇所があり、そこからの引用と思われる。

The Heart-ake, and the thousand Naturall shockes
That Flesh is heyre too?

clxxxi　Taunton：イングランド南西部の地域名。アングロサクソン人がいた頃には重要な地域であり、現在も存続している。

clxxxii　原文では Some Demon whisper'd, L ——, have a taste! 表記。アレキサンダー・ポープによる『書簡』に Some daemon whisper'd, "Visto! have a taste." という箇所があり、ここからの引用であろう。

clxxxiii　The Clandestine Marriage：一七六六年初演の喜劇。文中に記載のウィリアム・ホガースによる絵『流行りの結婚』（Marriage à-la-mode）から着想を得ており、十八世紀末にはオペラ化、二十世紀末に映画化された。

clxxxiv　原文では Mirandola 表記。一八二一年初演の演劇『ミランドラ、ある悲劇』（Mirandola: a Tragedy）のことか。

clxxxv　原文では 'The fly that sips treacle Is lost in the sweets; So he that tastes woman Ruin meets' 表記。十八世紀イングランドの詩人ジョン・ゲイ（John Gay, 1685-1732）による詩『女を味わう男』（He that Tastes Woman）からの引用であると思われる。

clxxxvi　John Gay（1685-1732）：十八世紀イングランドの詩人。アレキサンダー・ポープやスウィフトと交流があり、多くのパトロンを国内に抱えていた。代表作に『ベガーズ・オペラ』などがある。

clxxxvii　ミルトン『失楽園』第九巻からの引用である。

clxxxviii　十八世紀イングランドの詩人バイロン卿による『チャイルド・ハロルドの巡礼』からの引用である。

clxxxix　Ben Jonson（1572-1637）：十七世紀イギリスの詩人、劇作家。シェイクスピアと同時代人で、彼の追悼文を書いている。代表作に『錬金術師』などがある。

cxc　Taylor & Hessey：原文ではTaylor and Hessey表記。イギリスの出版人であるジョン・テイラー（John Taylor, 1781-1864）と印刷業者のジェームズ・ヘッシー（James Augustus Hessey, 1785-1870）による出版社。

cxci　Cockney School：ロンドンの労働者階級が話す言葉という意味合いの蔑称コックニー（Cockney）を用いて作品を書いていると看做された、一八二〇年代から三〇年代あたりの作家への侮辱的な呼び名。リー・ハントやジョン・キーツの他、ハズリット自身も標的にされていた。

cxcii　原文ではA bud bit by an envious worm, Ere he could spread his sweet leaves to the air Or dedicate his beauty to the sun; 表記。シェイクスピアの『ロミオとジュリエット』第一幕第一場に同様の表現があり、ここからの引用であろう。

cxciii　原文ではA huge-sized monster of ingratitudes. 表記。シェイクスピアの『トロイラスとクレシダ』（Troilus and Cressida）に「A great siz'd monster of ingratitudes:」という箇所があり、ここからのもじりであると思われる。

cxciv　George Bubb Dodington, 1st Baron Melcombe（1690/91-1762）：十八世紀イギリスの政治家。父も庶民院議員であるが幼い時に亡くなり、大人になり母方のドディントン家の影響力が強い選挙区から出馬して当選を果たし、議員として活躍した。

cxcv　原文では 'far from the madding strife' 表記。トマス・グレイの『田舎の墓地で詠んだ挽歌』に Far from the madding crowd's ignoble strife, という一節があり、ここからの引用であろう。

cxcvi　Henry St John, 1st Viscount Bolingbroke（1678-1751）：十八世紀イギリスの政治家、作家。トーリー党政権で閣僚を務めたが、のちに失脚しフランスのジャコバイトと合流した。愛国心に関する著作もあるが、文中にも記載の『亡命に寄せる省察』（Reflections on Exile）が代表的である。同作については京緑社より拙訳が出版されている。

■エッセー十一　思索と行動

抽象的な省察にとても馴染みのある人は行動して追究していくことに向いていないのが普通であり逆もまた然りである。私自身は自分の持っている意見に十分なほど独断的で断固とした態度をとるが、実際に行動に移すとなると女や子供のようにか弱い存在となる。二十回務めなければどうでもいいこと極まりないことにも取りかかることができず、それでも手紙を書いて封をするよりもそういったエッセーを書く方がまだやりやすい。机の上に帽子や本を放り投げようとしても、床に落ちてしまう。端っこにまで届いてそのままままた落ちてしまうのだ。そして成し遂げたいと思うことをやるよりも、物事を避けるためにやることの方が多い。思索というのは洞察する能力を慣習的に行使することに依拠している。そして行動は、意志の決行に依拠している。前者は事物に対する推論を働かせ、後者は原因を営みへと移す。アブラハム・タッカーは友人である年老いた特別弁護士について、神殿にある彼の部屋から出てきてタッカーと一緒に散歩をして階段の一番下に下り、どちらにいくのか迷った時のことに言及した。チャリング・クロス[cxcvii]か、セント・ポール[cxcviii]かのどちらかということだったが、両方とも反対するべき意見が思い浮かび、それ以上外出しようという気持ちにならず後ろを振り向いたのである。タッカーはこれを職業上からくる優柔不断の実例として、或いは几帳面すぎるほどの正確さのために理性を事物に働かせる精神的な気質として挙げて、事が起きた時に何ら結論を下すことができず、その選択を正当化するための何らかの強い才分を発揮することができないとした。ルーヴェ[cxcix]は彼の『物語』において、数人のブリッソー[cc]派がバルバルー[cci]の家に集まってロベスピエールの権力から逃れる作戦を決行しようとしていた時、ある人が窓の方に体を寄せてにわか雨が降り始めたことに気づいて、明日の朝まで企てを延期した方がいいと真剣に言った。というのも政府の使者たちがこんな悪い天気に捜索しにくるはずがないからとのことだった。何人かがこれを賢い提案だと思い、もう少しで採択されるところだった。推論的で哲学的な気質の柔弱さが以上のところであり、それは実践家の迅速さと豪胆さに比べてなんと弱いことか！　上品でロマンティックな推論家が、神経の図太く、容赦ない敵対者と善悪可能な限り争い合えば、その力関係は実に不均衡であり、結果は明々白々である。洞察して理性を働かせる人は基本的に優柔不断であり、動揺することが多く、懐疑的で、彼らの魂の慣習的なか弱さと大いに関連して最も弱い動機によって折れてしまうのだ。[32]

逆に幾人かの人間は単なる機械である。仕事の手押し車のように使われ、職業において馬のごとく活用されるのである。コツコツゆっくりと進んでいき、彼らは成功する。仕事や出来事が彼らを導くのであり、逆ではない。彼らはただ与えられたことをやりさえすればよく、すでに開かれている道から外れなければいいのだ。農民が農地に関する仕事をするにあたって、彼の何世代前の祖先がその仕事を行った同じ場所と原理で、多大な助けなしにこなすことができるかもしれない。その証拠として、それは毎日、英国のどの地方でも教区でも行われている。必要なのは隣人より自分の方が賢いことを装わないことだけである。もし隣人よりも少しでも機知に富んだり洞察力があったり、もし彼の虚栄心が頭半分でも抜き出て、その仕事について思索したり何か読んだりするようになれば、彼を破滅させる可能性が極めて大である。彼は理論的或いは実証的な農民となってしまうのであり、それ以上説明する必要はあるまい。非常に抜け目がなく実践的な現実であり、また冒険的な試みをすることも多かったコベット氏は、（タルの『畜産』より）[ccii] チューリップの種を蒔く方法について幾分か頭に思い浮かんだが、議論を僅かにでもするのを即刻やめてボットレーにある自分の地所だけでなく、ハンプシャーにある彼の故郷そのものをそのために犠牲にしたのであった。「ったく！　上機嫌にいる奴の邪魔なんてできるか？」。それ故、自分の機嫌によって破滅には至らない、何か考えを持つにはあまりに鈍重なのだ。彼は「忙しない考えが脳裏に浮かぶような空想も表象も持ち合わせていない」[cciii] に違いない。事実として、一人の才分や判断力は、全人類の経験と能力の果実である世界に最終的に匹敵することはないのである。特定の観念を正しく把握していても自分の発見の重要性を過大評価しがちだし、自分の仕事がなくなることによる損失も過大に見積もる。行動というのは協力が要求されるのだが、慣習に刃向かおうとすると、人々は敵意を向け始める。その人が正しいか間違っているかは判断がつかないが、自分たちがとってきた慣習に対して衒学的に自分が優越していると想定することに反感を抱き、そこにこそ罪があるものと認める。今では当然になり成果を上げている耕作方法について、二百年前の人物がそれを想定し同じように実行に移そうとした場合、彼の信用と資産に対して致死の一撃が降り注いだことだろう。それ故個人個人の経験や発展が次第に公の情報量を富ませ、一般的な慣習を次第に変更していくにしても、それを実際に行っていく人間にとっては破滅を迎えるのがほとんどである。というのも彼は公の一部なのにその全体としての役割を果たし、他の人たちは皆実質的な慣例として正しいと思っているのに、その人は皆が間違っていると強く言うからである。そういったわけで日常的な仕事をしっかりこなしていくのに大いに必要とされるのは、想像力の不足や最も狭い範囲における慣習や利害についての観念であるようである。そして世間の営みはその住民たちにより日頃進められていくのが必然であるから、摂理による割り当ては実に賢明なものとも思える。もし天才性や機械的な発想力なくして土地を借りることができないというのなら、或いは店の売り場で多大な好意が精神にない状態で立つというのなら、この偉大な（繁栄していた）国の商業的、農業的な利害関係はどうなってしまうのだろうか？　仕事において天才と呼ばれるもの、出来事に対応する優れた素質、結合された迅速さと理解力、人物像への洞察、多数の具体的な事柄に精通すること、策を多数案出すること、必要なことを臨機応変に見出す技術、これらは存在しないと言っても人は理解してくれないだろう。いや確かに存在するとは私も思う（リヴァプールやマンチェスターでは商売人と技術者のみがあなたの唯一の紳士であり学者だと言ってくる）。だがそれでも、儲かる自由商人と人目を忍ぶくらい儲からない店主の間の差は何か説明する際、これらの尋常ではない能力にあるのかどうか私は疑わしいものと思っているし、百万の半分の金を拵えることは彼の一般的な思索能力として証拠になるのかも疑問に思っている。むしろただ一つの事柄のみに視野と願いが絶えず集中していることの方がよほど大きな成功要因だろう。成功するためには、成功だけをひたすら狙うべきである。富の女神の子供は富の女神へと己を委ねるべきである。色々と企む頭脳は自分自身を超えてしまうことが多い。素材に豊富で優れた投機能力に依拠している精神は重大な計算をするものであり、純粋に知的能力ではなく偶然や予測不可能な出来事の多いゲームにおいて、最終的には困難を乗り越えることに寄与すること大である。ビジネスにおけるルールは獲得できるものを獲得することにあり、手に入れたものを手に入れたままにすることである。或いは自分の利害を促進するため機会を掴みとることに対する熱心さや、すでに獲得したものの利点を最大限に活かすためにコツコツ忍耐強く勤勉であることが、商売人の特質を形成するにあたって最も確実で効果的な要素なのだ。世界というのは本でありその中の事件についての章が一番重要でない。或いは世界は機械であり、大局的にそれが自動で運転されるために残しておく必要がある。世界的に視野の広い男ができることと言ったら、慣習を受け止めつつ佇み、棚から出たぼた餅にいつも視野を向けておくことである。このやり方に真に己を捧げる者は、詩人がムーサの女神から霊感（インスピレーション）を授かるのを待つように運命の啓示をひたすら待ち、女神の好みについてあれこれ性急に予測することはない。その者は気まぐれで行動することもなく、頑固であったりすることもある。私はビジネスの世界に適合できない人たちを何人か知っているが、彼らは自分たちの利害に大いに不安な気持ちを抱いていて、ほんのわずかでも利益を出すことができる可能性があればそれは絶対成功できるものと捉え掴みにかかり、金銭の最も思慮のない浪費によって過剰にイライラし、高利貸しのような気質によって多数の過ちを犯した。天才において判断力が欠如していることについて大きな反論意見が聞かれる。判断力が不足しているのではない、他の要素が過剰にありすぎるのだ。知ったかぶりという過ちを犯すなど、頑迷に盲目なのだ。理解力についてては議論するまでもない。もっと分別ある人たちは深い判断力について苛立ちを覚えるが、それはむしろ情念や想像力の不足である。何でもいいからそういった人たちに関心を抱くものや、何かを突発的に空想させるなど、彼ら好みの奇癖を誘導する餌を与えてみるといい、それで彼らほど無我夢中になる者はいるだろうか？　彼らの感情は掻き立てられ、いよいよ分別にはおさらばというわけだ！　理解力というのは情念が沈黙している時のみに、行動の動機として作用するものだ。血の気の多い気質の人たちが賭けにおいて誰が勝つのかよりも、自分の願望に基づいて賭けをしたことを非難されるのを耳にしたことがある。だが彼らを非難した者たちも自分たちの虚栄心や先入観が関わってくるようになれば、まったく同じことをするのを目にしたことがある。最も機械的な人々は一旦バランスが崩れたら、最も金を消尽し狂気に走る。貪欲ほど下賤で不合理な情念はあるだろうか？　オランダ人たちはチューリップのために狂気に走り、フランス人に愛で走った！　少し前に述べていたことに戻ると、思索というのは事物や利害の全体に及ぶかどうか、そしてビジネスがそのうちほんの小さな部分にしか該当しない、つまり自分に関与する出来事や富の形成しか関わらないかどうか、さらにいえば後者における才分はむしろ観念の狭さや粗さにおいて一般的に存在し、自分の領域の外へは注意を向けることはなく、自分にとって最も確実な形として捉えることができ、それが自分の元へと戻ってくるものかどうか、といった質問から始めるべきかもしれない。ビジネスに徹底的に入り浸っている人にとって株の売買場以外は全てが寓話である。金を稼ぐことに熱中している人は明白に感知することはできないもの、資産として認識できないもの、「二フィートの定規で測ったり十本の指で数えたりできないもの」は本質的に存在しないものである。詩人や哲学者にとっては真実のもの、可能であるもの、他の結果をもたらすことがあり得るもの、自分自身に好奇心を向けて思索する材料を提供するものは全て興味の対象である。

だがだからといって、消極的だから瞑想的な生活を送ることを非難するのと同じ理屈で、注がれた思索の量によって行動を判断していくのは正しいのだろうか。それとも全てにはそれ自身に源や原理というものがあり、我々は他の原理ではなくそれを参照するべきということなのだろうか？　他人はうまくいかない何らかの事物を追求していくことができるというのは、その人は他人にはないような何らかの性質を持っているとしてもいいかもしれない。その人に素晴らしい機知がないのなら、代わりに堅固な感性を持っているかもしれない。その人に細かいところまで理解する繊細さがなければ、何かを成し遂げるためのエネルギーや根気があるかもしれない。もしその人に利点が少ししかない場合、自分が持っているものを最大限に活用するだけの謙虚さと分別を持っているかもしれない。妥当性というのは人生を送る際に大きく関わってくるものの一つであり、それは肉体の優美な挙動のように、一目見ただけではっきりとわかるものでもインパクトが残るようなものではないけれども、巧みに精神のバランスがとれた状態のものであり、その人間の全体像において密かな力量と魅了を添えるものである。

彼女が何をしようと、どこで一歩踏もうと、《*Quicquid agit, quoquo vestigia vertit,*》
美が内密に編成し、それに倣う《*Componit furtim, subsequiturque décor.*》[cciv]

精神における多様な能力が展開される方法は一つだけではない。人間の能力の極限を構成するのは言葉や言葉で表せる観念ではない。人間というのは単に話したり理性を働かせたりするだけの動物ではない。それ故我々は「自然の美しき均整のために彼を減ずる」[ccv]代わりにそれをあるがままに捉え、先ほどの考え方に適合させるようにしよう。疑いもなく、行動的な人生と瞑想的な人生の両者に偉大な性質がある。賢者と同様に英雄もおり、宗教の立法者や創始者、歴史家や有能な政治家や大佐、本の書き手や読み手と同様に有益な技術や道具の発明者や未知の国々の探検者もいる。これらを潔癖めいた学を衒うように区分けすることは正しいやり方ではない。比較というのは非常に不愉快なものである。なぜならそれは傲岸不遜だからであり、互いに関係性がないのに片方を基準にしてもう片方の欠点を暴き出してしまうからである。誰かが提案したように、もし我々が「ミルトンとクロムウェル、ナポレオンとルーベンス、どちらが偉大か」という問いを立てた場合、あらゆる作家や芸術家が片側に、あらゆる軍人や政治関連者たちがもう片側に派閥を作り、相手側の偶像を粉々にするために力の限りを働かせ、論争が長く続けば続くほど、自分たちの好みについてうんざりするようになり、それでいて他の派閥のものについて何ら美点を認めようとしないだろう。人の精神は一度に卓越した様式や異常な性質を一つしか完全に受け容れることができない。矛盾は当惑を引き起こし、萎縮させる。そして彼の独自のやり方によって尊敬され無双している状態にあったとしても、もしその人に全く正反対の分野において挑むこととなったら、つまり我々が、彼が今ある状態の彼ではなく今ない状態の彼と看做したなら、その人間は何ら取るに足らない存在となるだろう。人は両陣営の偉大さを一緒に測るようなことはせず、そうした場合はそれで精神は満足してしまい比較は終了となる。自分たちの好みを排他的なまでに持ち上げるにはそれに想定される競争相手を引き下ろす以外にない。そしてルーベンスの豪華絢爛な色合い、ミルトンの泰然自若とした概念、クロムウェルの深遠な政策並びに慎重ながらも大胆不敵な営み、現代のスコットランド族の長の眩いばかりの偉業や運命的な野心、これらに関して詩人は学をひけらかすだけの者、芸術家は機械職人に沈んでいき、政治家たちは単なるごろつきに成り下がり、英雄は有頂天に狂人となる。問題となっている事物の一つの側面に対して完全に隙がないくらい正当化させるのは難しいが、それと同じくらい冒瀆的で苛立ちを覚えさせるような反対意見を敵対者に投げかけることによって相手に先制することは簡単である。もし私が様々な異なったあり方において偉大だった中で最も偉大な人物は誰かと聞かれたら、その時に浮かんでいた人物として答えるだろう。それ以上偉大な人物を思い浮かべることができないため、しばらくはその状態が続く。俗人たちに個人の優れた能力や幸運な企てによる達成をあまりに高く評価する傾向があるのなら、本の名声を成功報酬として推し量り評価している人は、あまりに先天的な偏見によって世の中のあらゆる美点や才能をペンによって書かれたことだけで評価することに限定しがちであり、少なくとも後世に伝えられた事物を人工的、抽象的に描いた作品、そしてそれが後世の人々にとって先駆的なモデルとなったかを重要視する。こうなることは避けられないが、とても正しいと言えるものではない。行動というのは過ぎ去っていくものであり忘れ去られるものである、或いはそのもたらした効果だけで判断することができる。征服者、政治家、そして国王たちは歴史のページに刻印された名前のみにおいて生きる。ヒュームは正しくも、人々はカエサルやアレクサンドロスについて頭を悩ますよりもウェルギリウスやホメロスについて（継続的にも）考える人が多いと述べた。実際、詩人というのは英雄たちよりも長寿な種族だ。不滅性の息吹を彼らの方が多く放つ。彼らの思索や営みにおいてもっと全体として生き残る。我々はウェルギリウスとホメロスについてはあたかも同時代人として一緒に生きているが如く、彼らのことを知っている。彼らの作品を手に持つことができ、枕元に置くこともでき、唇に添えることもできる。他の人たちがしたことの痕跡は、一般の人々の目で明らかになるものはほんのわずかしか地上に残されていない。死んだ作者たちの中には彼らの作品を通してその息吹と動きが感じられるような生きた存在がある。他方で世界の征服者たちはただ壺にその遺灰が注がれているだけである。思考と思考の間にある（いわゆる）共感は思考と行動の間にあるそれよりも遥かに親密で活き活きとしている。すでに死に去った英雄たちの鬣に尊敬の念を寄せることは、大理石の記念碑で灰を燃やすようなものである。言葉と考え方と感情は時間の進行と共に実体へと変わっていく。だが物事や肉体や行動は音へと、薄い空へと朽ちて溶けていくのだ！　ただ中世のスコラ哲学者たちはアルベラの戦い[ccvi]よりもアリストテレスの原典についてより多く論争したが、アレクサンドロスの将軍たちは彼が存命の間自分の弟子の方に多大に敬意を払い、そちらの方を好んだのかもしれない。人の営みというのは消え去ってもそのまま彼と共になくなっていくだけではない。彼の道徳性や寛大な性分もなくなっていくのだ。その知性のみが後世において不滅であり損なわれることのないまま受け継がれていくのだ。ずっと不滅に残っていくのは言葉のみである。

だがもし言葉と一般知識の領土が抽象化され弱まっていく割合に応じてむしろ長生きしていくというのなら、逆に即時的な効果は薄まり、眩い輝きも弱まっていく。彼らが死んだ後にも生きているかのように看做されているのというのなら、生きている間はむしろ死んだものと看做されていたかもしれない。そして実際上の能力に関して、学を衒うものたちは思い違いをしているのだが、本を書くということだけが味わい、感性、或いは精神の証拠というわけではない。何かを巧みに行うこと、絵を描いたり、戦闘行為を行ったり、脱穀機や鋤を製造するにあたって、成就された時にその一部始終を語ったり書いたりすることだけが判断力や技術と同じくらいのものが要求されると考えるだろう。言葉は普遍的なもので知性の象徴だが、だからといってそれが唯一現実の、存在しているものに過ぎないわけではない。ユリウス・カエサルは『ガリア戦記』を書いている時と同じく、遠征を指揮している時でも彼自身の人物像を周りに打ち出していたのではないだろうか？　或いはクセノフォン[ccvii]による六千キロの退却行為、或いはそれを基にした『アナバシス』を書いたことはそれに匹敵することではなかったか？　またラブレス[ccviii]は突発的に彼が抱いていた優れた計略を全て着想し実行に移したのだが、そんな彼はそれを冷淡な態度で打ち立てたリチャードソン氏と同じくらい聡明な人物ではなかったか？　もし英雄的な人物を思い浮かべ描写していくことが文学的な悲願の度合いにかかっているというのなら、機知のある男が実際にそのような英雄的な素振りをして行動していくこと自体を、何でもないことだと捉えるなどというのはあり得ない。手段を目的のために使うこと、原因を動作に移すこと、社会の体系を屈服させること、他者の意志を自分の下にひれ伏させること、自分自身よりも優れた人物を叡智よりも優れた彼らの特質、つまりは弱さと愚かさによって管理すること、目論見を実行するにあたって受ける無知と偏見へと抵抗するのを計算すること、そしてそれらを回避し十分に活用すること。一連の複雑で曖昧な長い出来事、成功の機会を予測すること、他者の方策の網を解し、そこから自分自身を紡いでいくこと。事物の効果を判断し、それを抽象的にではなく、それらの互いの関係性、支援、妨害など全てにまで考えを及ぼしている判断、性質を徹頭徹尾理解すること、潜在的な才能やじわじわと潜んでいる謀反行為を見抜くこと。人類とは何かをあるがままで知ること、それをそれに値する形で利用すること。目標を視野に堅固に定め、あらゆる障害を除去した後にそれを実行に移すこと、他者を支配し自己に誠実であること……。これらは全て力と知識が要求され、神経と脳両方を駆使することによって成就される。

このような類の才能こそが、世界の舞台において偉大なリーダーたちが示し、所有してきたものなのである。偉業を成し遂げるには、私の想像としては偉大な決断が要求されるのだろう。偉業を成し遂げようと計画することだけでも平凡な精神がそこに暗示されていることはない。野心自体そこにはある種の天才性が込められている。政治結社の一員として選挙のためにその手足となって働いたり、人々が不親切な行政区で当選するために支持を訴えるようなことをするよりは、何か広範で憶測的な問題について論じていく方が私の人生として好ましいのだが、最も超然としたエピクロス的な哲学者が自分の几帳面な生活から降りて、己の支持している偉大な原則を盾に自分自身を証明したり、或いは堕ちゆく地域や国家を支えようとしてもいいと思うこともある。これは古き帝国の立法者や創始者が行ったことであった。そしてその国家の組織体系が不滅であることは、彼らがそこから生じた原理の奥深さを示していたというわけである。悲劇の詩だからといって行動のエネルギーが不足するなどということはない。それが不足しているというのならそれは女々しいものに堕してしまう。入念に練られた計案は経験の試金石としての役割を果たす。偉大な考えが実践されればそれは偉大な行為となる。繰り返すが、偉大な行為というのは偉大な機会によって生まれ出るものであり、偉大な機会というのは偉大な原則から湧き出るものであり、その作用は社会において異なりそれでいて社会を根元から覆すものである。だが私としては行動における天才というのは知性の力よりも意志の力に依拠するところが、どちらかというと本質的に大きいものと考えている。原因と結果を計算する先見の明はまずエネルギーから生じるものであり、そのエネルギーによって意志は他の能力を実行に移し、結果を予期するために駆使するのである。このような聡明さは困難や冒険と直面する際の行動の快で半分以上構成されており、その叡智は危険にも怖気づかず、むしろそれに抵抗していくために注ぐ力を倍化させる点にある。その人間性は、それが十分あればの話だが、敗北者に追い討ちをかけない威厳を有し、運命の不安定さについて念頭に置くだけの分別を持ち、名声や評判についてもある程度気にかけるという点にある。このような点における基準を設定するにあたっては次のことを考慮することにある。我々は時々最も高度な精神能力が頻繁に添えられても自発的な力が不足していたり、ビジネス能力が全く適応できないのを見出したりするのと同様に、活動する人生において推測を働かせる能力が著しく欠落しているのにそれに巨大な意志の力と、それからくる成功が添えられていることも時々見出すことがある。いくつかのケースにおいては「賢明であるということは頑固であるということ」が生じる。理性の声に耳を貸さずひたすら目的に固執していれば、他の人はうんざりしてしまいその考え方を変えさせようとしてくる。自己意志と盲目的な先入観は現実的な力と排他的な恩恵を最も防御する要素である。亡き国王の額は知性の面では際立ったものがないが、顔の下半分は強い情念や断固とした決意を実行することをよく表していた。チャールズ・フォックス[ccix]は活気があり、知性に溢れた目をしていて、輝かしい融通の利くような額を（さらにその鼻は洗練された趣向を）示していたが、顔の下半分は弱そうで、落ち着かず動揺していて、目的に欠けている。それによってホイッグ党は打ち負かされたというわけである。それに対してナポレオンの持っていた顔は、その輪郭はなんと素晴らしく鉄のような様子を呈しており、まるで鋼鉄製のようだった！　あの口の感受性の鋭さといったら！　あの目の射抜くような鋭利さといったら！　滑らかでなんと冷静な額！　ピット氏は少し目が沈んでいて、高く前が禿げているような額をしていて、その鼻は己の誇りと強情な野心を表していた。このことによって彼は下院の決定を（服従させるように）保留にし、野党を気の向くままに追い立てていった。カースルレー卿は言葉や題目について豊富にあるというより不足しているような類の人間である。彼は（ラ・フォンテーヌが言うには聖アウグスティヌスと同じように）ラブレーのような多大な機知があるわけでもなく、アリストテレスのような偉大な哲学者ではなかった。だが彼は無視できない要素を持っていたのだ。彼は立派な人間性と振る舞いが添えられた高級な仮面が顔に（表情に満ちてはおらず、それは緩く眠たげである）つけられているようである。このような力を用いて、彼は議院において大胆不敵なことを言う。また人類の知識についても精通しており、議院の組織体系についても同様である。彼は自分の盾で受け流せない一撃を受ける。それは罵詈雑言の総攻撃ながら「全てが平穏で微笑んで」たじろいでいる論敵にいつ賛辞を呈すればいいのかを見通しており、聴衆たちのほろりとしたような雰囲気を宥める。或いは逆に怒りでいっぱいの演説を行い、それを用いてどうすれば公の大群衆から注意を引くかも熟知していて、賛同を得るように機嫌をとったり暴力的になったりするのである。不明瞭な目的（思索にあまりに怠けすぎるが憩うためにあまりに暴力的すぎる）を遠くまで到達させ、自分の目論見を成就させるために彼は硬軟織り交ぜ備えている。私としては力の感性が関与している（どういった原則に基づくかはここでは問題ではない）限りではカースルレー卿になった方が、単なる雄弁なソフィストで、思慮分別の限界やそこからもたらされる効果なぞ知らず、ただそれに関わってくるケバケバしいくらい華麗で陳腐なものだけは知っているカニング氏のような人物になるよりはいい。ナポレオンはコールリッジ氏によって知性派よりも行動派に分類される。そして《エイブラハム・》カウリー[CCX]はオリヴァー・クロムウェルに対して妬み深いが華麗な賛辞を呈したのであり、行動派に分類するというそれと同じ原則を打ち立てている。彼はこう言っている。「生まれは卑しいというのに、地球上で最も古く最も堅固に創立された君主制度を破壊するという、絶対に達成不可能な目論見を目指すことを志す勇敢さと、それに成功する幸運を手に入れる最も高位な威厳へと昇ろうとすることほど異常なものはあるだろうか？　肉体に卓越した要素があれば時々あり、精神のそれなら頻繁にあるが、彼はどちらもなかった。王子と国王を不名誉な死へともたらした力や大胆さを持つとは、数多く強く結ばれた一家を追放するとは、そしてこれら全てを議会の名前と給料の下でやるとは。お気に召すままに彼らを踏みにじり、存在にうんざりしたらドアの外へと追い出すとは、彼らの灰から新たな耳にしたこともない怪物を生まれさせるとは、非常に幼い時にそれを窒息させ、自分をイギリスの最高主権者とされている者全てをも凌駕する存在にするとは、腕ずくで敵対者全員を抑圧し、策略で友人たちも皆抑圧するとは。あらゆる党派にしばらく忍耐を以て奉仕し、最後には勝ち誇ったように彼らに命を下すとは。三つの国家各々の隅を占領し、裕福な北と貧しい南の両方を同じ能力で以て制圧するとは。異国のあらゆる王族たちから恐れられ求愛され、地上の神々に対して兄弟を選ぶとは。ペンの文章によって議会を全て招集し、今度は口の息吹でそれを撒き散らすとは。年二百万の報酬として慎ましく毎日のように懇願されては喜んで雇われ、以前は自分を従僕として雇っていた人たちの主人となるとは。父からの少しばかり遺産を所有していた時と同様に三つの王国の地所と生命をその手に握り、それらを自由に使えるほどに高位にあるとは。そして最後に（というのも彼の栄光をいちいち列挙していけばきりがないからだ）、これらをたった一言で子孫たちに譲り渡すとは、家で平和に息を引き取り、天国へと凱旋していくとは、銘々の国王の間で、単なる王族らしさだけではない荘厳さを以て埋葬されるとは。そして全世界が消え去ることがない限り永遠不滅なその名前を遺していくとは。これらは彼への賛辞としてはあまりに少なすぎるものだが、もし彼の人生から延びてさらに抱いていた不滅な計画にまで言及しようものなら、彼が征服したことについても記述が少な過ぎる！」。

クロムウェルは話すのが下手で書くのはもっと下手だった。ミルトンは彼のために公文書を優美で学のあるラテン語で書いた。そしてミルトンのペンは、クロムウェルの剣同様に「鋭利で甘美」であった。古代において見られた英雄的な性質と文芸的な性質の融合は現代においては見られない。カエサルとクセノフォンは自分たちの営みを、明瞭な文体や穏健な気質で書いていった。ウェリントン公爵[ccxi]（クロムウェルよりも更に書くのが下手だった）はマッドフォード氏[ccxii]に自伝を書いてもらうことをお願いせざるを得なかった。ソフォクレス、アイスキュロス、ソクラテスは今となっては詩作や哲学で名を馳せているが、軍の兵士としても同期の中で高い能力を持っていた。古代の二大演説家であるキケロとデモステネス[ccxiii]は臆病であるように思われていた。またホラティウスも兵士としての業績としてはあまり好ましいものには見えない。だが文明の進歩または心身の分野がゆっくりと互いに不適合するようになることによって、ギリシア人やローマ人が今の我々にまでもたらされたのだが、それでも彼らの時代においては肉体と精神の労働は一般的には分かれていなかった。例えばフランス人は文学的な特質と一般社会の人間たちの業績を多数結合していて、我々イギリス人に優っているように思える。イギリスにおいては学者というのはほとんど衒学者やピエロの別名である。フランスの哲学者たちや機知は社会へと出ていって、見本市場の空気と混ざり合った。この証拠として、フランス文学の偉大な名前による生き生きとした印刷物、モリエールが著名なニノン・ド・ランクロ[ccxiv]の居合わせている場で喜劇を読み上げていることだけでも十分足りるだろう。当時の第一級の数学者の一人だったダランベールは機知にも富んでいて、慇懃であり文才もあった男だった。これがイギリスだったら学識ある人物は自分と何か特定の学問分野に没頭していて、それ以外のことは一向に気にしない。そのような人物にはどこか禁欲的で非現実的な側面があり、それはスペンサー[ccxv]の作品に出てくる修道士の様と似通っているところがある。

　　どんな仕事にも出席しないようにした
　　瞑想のために

もしかすると宗教的な事物のもっと抽象的で幻想的な性質に対するのと同様、宗教的制度にも大きな重要性が向けられているから、現代において思考と行動がより広く分離するに至ったのかもしれない。

野心は貪欲よりももっと高く英雄的な血を引いている。その向かうところはもっと高貴であり、その目的を遂げる際の手段は機械性がより薄い。

裕福な者たちが自分を所有し彼らの卑屈な奴隷になるよりも、彼らが持っている者の君主の方が良い

野心の動員は権力愛である。貪欲へと駆り立てられるのは貧乏が怖いか我儘でありたいという強い欲望である。富をかき集める者たちは私が見た限り正反対の二つのグループに分けられると思う。痩せ細った極貧に見える人間と、陽気な輩で他の人が持っている優れたものを自分も楽しみたいが故に絶対に手に入れてやろうと思っていて、恰幅が良く人間性豊かで、土地としての資産や実り多い畑、太った牛や相当な邸宅、高価な衣装、動物の背骨や七面鳥、選りすぐりのワイン、その他の肉体が力一杯に欲するような立派なものに対して嫌悪感を表明しているようにも思える。こういった人たちは人当たりの良さや誠実ないい感じの丸みを帯びた顔によって資産を引き寄せ、他の人々は貧困を血の気のないやせ細った顔で追い払うのである。ロンドンでの温厚な人々の大多数は善良で陽気な輩ばかりだ。サー・ウィリアム何某を見てみるといい。ウミガメの背肉と腹肉が顔にあるようだ。

その大き過ぎる脂肪の塊を大量の亀の肉スープの中で泳がせている。鹿の臀部の肉を彼は背中にどれほど背負っているのだろうか！　彼は仕事や契約で脂ぎっている。彼は紙幣と夕食への招待状に身を埋めているのだ！　その顔は不運などにも屈しないことを示している。悪党めいた煌めきを放つ目が街の半分を蠱惑し市会議員をやっつける。太陽を浴びぬ金の塊から映えるその微笑みは実に虚ろである！　自然と運命はこの輩と不調和になる程度に多様性があるわけではない。神々が我々にもたらす善をどのように味わうかといったら、その善に相応しい存在となることである。自然は彼を騎士や市会議員、市民の一員として作り上げたのだが、運命はその善良な人物とその見込みある将来がどうなったかを見て嘲笑ったのである！[33]　私は早期の先入観から富の誇示するようなその印に敬意を払うことはあまりない。だがロンバルド通りにおける古くからある銀行の外観、裏門が泥で覆われ、入り口がどこか物憂げに静かに開かれていて、何か主張していることも全くなく、そこには暗さと陰鬱さが立ち込めていて、日中に灯りが微かに灯を放っている外観、

漠然とした光の朧気な影の如く

それはエドマンド・スペンサーの詩的に表現された『貪欲の洞窟』を大いに思い起こさ

せ、そこでは靄と蜘蛛の巣が頑丈な金製の屋根や柱を覆っていて、精神のいつもの調子をかなり狂わせてしまうところがある。ガイの病院[ccxvi]の創立者が莫大な富を築いたその対照的な方法について聞かされるとどこかロマンが感じられる。彼は小さな船屋を経営していて、貯金から聖書を購入し、更にアン女王の戦争における船員としての除隊証明書を手に入れて、そして二十万ポンドの資産を築いたのだ。この話は魔術師に関する観念を提示している。また『千夜一夜物語』にもフィクションのように見えるものは何もない。

【原　注】

32　原注一：ナポレオンが下院から去り最後の運命的な戦闘に出かけて行こうとした際に、国会体制の形態について敵が門にまで迫ってきているのに議論しないように伝えた。バンジャマン＝コンスタンは別の考え方を持っていて、彼は王党員と共和党員と一緒にあやとりのゲームをしたがっていた。その結果彼は負けたが、それを気にすることはなく、彼は自分よりも優れた男を妨げることができたというわけだ。

33　原注二：どんな結末がそこにあろうとそれがぴたりと調和する。それで言いたいことはわかるだろう。意志あるところには道がある。真の情念、どんな対象であれそれに全き献身をすることは常に成功する。我々が望み想像することへの強い共感はそれを現実化し、あらゆる障害を取り除き、躊躊躇心も全て振り払う。失望した恋人は喜びを抱くのと同じくらい不平不満を漏らす。非難されるべきは彼自身にあるのだ。彼は中途半端に機知を持っていて優柔不断な奴だったのだ。彼の恋はそれを拵えた時と同じくらい強烈なままかもしれない。だがそれは彼を支配していた情念ではなかった。彼の恐怖、彼の誇り、彼の虚栄心の方が大きかったのだ。誰かの魂全体をこのような情念に浸すよう。その者は他のことを考えたり心配したりしないよう。何者もその彼の注意を逸らしたり、冷静にさせたり、脅かしたりしないよう。理想を描く感情が現実となり、彼の全体の能力や外観や振舞いを支配下に置くよう。同じ肉感的な望みと期待が、不在の時はその人を空想させるような情婦の前では彼の行動を支配するよう。私はこの人が成功することを保証する。だがこのような場合の「一皿の脱脂粉乳」の成功については保証しない。

私は肖像画の立派なコレクションを自分で拵えてみることができる。そうできたのはそれを達成するために力強く行動したからだ。その際、私の門番は不機嫌だったり従僕も傲慢な態度をとったりしたが、それでも私のその行動を妨げることはできなかった。私の眼前にティツィアーノの肖像画が浮かんでおり、誰もそれをかき消すことはできなかった。私がこのように奮闘していた時にその肖像の人物が私を見ていなかったら、私は苛立ちを覚え困惑し、諦めたことだろう。だが目標に最後まで向かうことを好んでいた私はとる手段に対する躊躇と嫌悪を克服することができたのだ。私はスコットランド人の性質をこのような場合しか理解することがなかった。私は「嫌」というのを答えとして受け取らない。もし私が国家公務員としての職や東インド会社で作家として活動するための地位を欲したなら、同じやり方で、何度もしつこくせがむことによって手にすることができただろう。

【訳者注】

cxcvii　Charing Cross：ロンドンのシティ・オブ・ウェストミンスターにある地区名。ロンドンの中心にあると看做されており、この場所からの距離がロンドンの各所には記載されている。

cxcviii　原文では St. Paul 表記。ロンドンの中心地に存在するセント・ポール大聖堂（St Paul's Cathedral）のことか。

cxcix　Jean-Baptiste Louvet de Couvray（1760-1797）：十八世紀フランスの作家。原文では Louvet 表記。フランス革命期において作家の他に政治の舞台においても活躍した。晩年回顧録を出版しており、文中の『物語』はこれを指すものと思われる。

cc　Jacques Pierre Brissot（1754-1793）：十八世紀フランスの政治家。ジロンド派の指導者であり、国民公会において活躍したが、ジャコバン派の台頭後失脚し、ギロチン刑に処された。

cci　Charles Jean Marie Barbaroux（1767-1794）：十八世紀フランスの政治家。ジロンド派の一員で、前述のブリッソーらと行動を共にしていた。ジャコバン派の台頭後失脚し、ギロチン刑に処された。

ccii　Jethro Tull（1674-1741）：十八世紀イギリスの農学者。種まき機を発明したことなどにより、十八世紀におけるイギリスの農業革命に貢献した。文中に登場する『畜産』（原文では Husbandry 表記。正式なタイトルは Horse-hoeing Husbandry）などの著作がある。

cciii　原文では 'no figures nor no fantasies which busy thought draws in the brains of men' 表記。シェイクスピアの『ジュリアス・シーザー』に以下の類似箇所があり、ここからの引用であろう。

Thou hast no Figures, nor no Fantasies,
Which busie care drawes, in the braines of men;

cciv　共和制ローマの詩人であるアルビウス・ティブッルス（Albius Tibullus, 前55頃 - 前19頃）の作品として伝えられているもののうち、第四巻に収められている詩からの引用。しかしながら、今日ではこの巻はティブッルスによるものではないとされている。

ccv　原文では 'curtailing him of nature's fair proportions' 表記。シェイクスピアの『リチャード三世』に I, that am curtail'd of this faire Proportion, という箇所があり、これをもじったものと思われる。

ccvi　أربيل：原文では Arbela 表記。現在のイラク北部の位置する町アルビールだと推定されており、紀元前三三一年にアレクサンドロス一世とダレイオス三世率いる軍勢が衝突したガウガメラの戦いがあった場所だと推定されている。

ccvii　Ξενοφῶν：古代ギリシアの軍人、著述家。原文では Xenophon 表記。ソクラテスの弟子の一人であり、『ソクラテスの弁明』や『饗宴』などを著した。文中に記載の『アナバシス』はギリシア傭兵として戦いに加わった際の出来事を描いたものである。

ccviii　原文では Lovelace 表記。十七世紀イングランドの政治家で、名誉革命に大いに関わった三代目ラブレス男爵（John Lovelace, 3rd Baron Lovelace, 1641-1693）のことか。

ccix　Charles James Fox（1749-1806）：十八世紀イギリスの政治家。ホイッグ党の庶民院議員となり、外務大臣を務めた。小ピット率いるトーリー党内閣には野党議員として対決姿勢を見せるなどした。

ccx　Abraham Cowley（1618-1667）：十七世紀イングランドの詩人。王党派寄りの思想を持っていることから当時の議会派によって追放され、フランスへと亡命した。『詩集』などに代表される詩作を行ったが、文中に記載のようにクロムウェルについて論じる文章なども書いた。

ccxi　Arthur Wellesley, 1st Duke of Wellington（1769-1852）：十九世紀イギリスの軍人、政治家。軍人としてはワーテルローの戦いにおいてナポレオンを打ち破り、トーリー党の政治家としても二度首相を務めた。

ccxii　William Mudford（1782-1848）：十九世紀イギリスの作家、エッセイスト。ミルトンやサミュエル・ジョンソンなどの影響を受けた小説などを書いていた。ハズリットとは対立関係にあり、批判的に描かれている。

ccxiii　Δημοσθένης（前 384頃 - 前322）：古代ギリシアの政治家、弁論家。原文では Demosthenes 表記。北方のマケドニア王国の脅威に対して、テーベなどと同盟を組むものの、カイロネイアの戦いにおいて敗れた。弁論家としても『フィリッピカ』などの著作がある。

ccxiv　Ninon de l'Enclos（1620-1705）：十七世紀フランスの作家、パトロン。自身の応接室を文学議論の場として開放し、モリエールや小さい頃のヴォルテールなどに金銭的な援助を行った。また、ラシーヌなどとも友人であった。

ccxv　Edmund Spenser（1552頃-1599）：十六世紀イングランドの詩人。多くの詩作を行ったが、生前はそこまで評価されていなかった。代表作に『妖精の女王』などがある。

ccxvi　Guy's Hospital：慈善家のトーマス・ガイによって十八世紀にロンドンで設立された病院。現在でも存続している伝統ある病院である。

■エッセー十二　遺言状作成について

遺言状作成を行う時ほど人間の性格について滑稽な光が照らし出されることはそうない。人間の気質上の先天的なつむじ曲がりが発揮される機会であり、人はそれをうまく活用しようと細心の注意を払う。それを羨望しながら大切に使おうとし、できる限り先延ばしにし、我々が死んだからといって世界が何か利益がもたらされないようにあらゆる注意を払うのだ。遺言という我々の人生の最後の営みにおいて、遺言を授かる者たちの愚かさや気まぐれや無意味な悪意から遺言内容を隠そうとする。そして我々がこの際に考えているだろうことは、できるだけ善を行わずに事を片付け（我々よりも厚かましくも長生きしようとするにあたって）、できるだけ多くの人間を苦しめ失望させようということである。

多くの人々は自分たちの最後の遺言と遺贈を決めるにあたって迷信じみたものを持っていて、署名をして封をしてなすべき作業が全部行われたなら、すぐにあの世へと旅立つものだと考えている。このような考えを抱いている一人の人間について耳にしたことがあるのだが、彼は周りから冷やかされて遺言状を作成し純然たる不安な気持ちから実際に病気にかかってしまい、いよいよ死ぬのかと思っていたのだが、徹夜をして行為を終わらせて目が覚めると驚いたことに翌朝、彼は今まで通り全然変わらない状態にあったのだ。[34]

年老いた紳士で立派な資産と同じような無精な考え方を持っていて、死が迫っていると気づき己の正義の文を後に残る者たちのために書く欲望に捉われたが、実際に遺言状を書き終えると、予想とは違い死ぬことはなく、彼の神経質な空想力は完全に回復するのであった。今際の際にあった彼でさえも自分の死の保険書だと看做していたものに署名することを拒み、周囲に不安で無言の非難を投げていた友人たちや親戚に囲まれながら、他人が誘導する形で彼は弱まった手を伸ばし出すことを決意し、名前を書こうとしたところ後ろに倒れて……死体というわけだ！

もし遺言状を書くことを回避できる差し迫った理由があるのなら、つまり回避することによって不確かさからくる身の苛みから解放されたり、物質的な利益がもたらされたりするようなことがあるのなら、（自分たちのやり方を咎められることを嫌う）老人や病人はこれに基づき遺言状作成を最期の瞬間にまで延期し、その時にいざ書くとなるともう遅すぎて書けないことになってしまう。遺言状を白紙のままにし、友人たちからうまく誤魔化し、最終的な遺言状の自分の判断を教えずに済むことが確実なら、やはり最期の瞬間まで先延ばしにするだろう。また遺産を相続する欲望を密かに抱いていて、しかもその遺産が自分の生活の最後の手段と見込んでいるのに、当の遺言については上のような理由から生前何も聞かされていなかった不幸な人間は、十中八九遺産はもらえないこととなる。そしてその死にゆく遺産を遺していく人間が遺言を残さないようなこと、或いはどうして遺言状を放棄したのかを示す気配や予兆を生前には見出すことはできないものである。その人が生きている間はその人の手下として相続権が得られることを期待するものであり、それなのにいざその人が死んだなら遺産をもらえなかったとして、自分が犠牲者であると考え思い込んでしまうことを示す。前世紀の半ば頃の著名な美人がいよいよ死に迫っていたのだが、その際若い時に友人であり連れ合いであった親戚の女性を探し出した。その人は互いに別れてから四十年間というもの、どちらかというと経済的によろしくない状態で暮らしていたのだが、最近になってだいぶ経済的にましな暮らしになっていた。その長い四十年の時を経て彼女たちは二回出会った。一度はその美女の親類が彼女を古くからある裕福な屋敷の豪華さの中で訪問した時、一度は美女が唯一の幼なじみが住んでいる慎ましい住処で暮らすために地方を横切って行った時。一体これは何を意味していたのか？　その美女が若い頃の、友人の青ざめて心配でやつれた顔を見ることによってその思い出を蘇らせるためだろうか？　或いは自分の衰えた魅力を提示し、それをまだ見せても問題ない唯一の人間の思い出に忍び、長く忘れていた美貌の勝利を思い起こすことだろうか？　彼女を覚えていた人たちや或いは聞いたことのある人たちに自分がかつてどれほど美しいか、その誇り高い残余について見せるためだったからだろうか……。彼女の皮膚は縮れた雪花石膏のようであり、その窶れた容貌は自然の最も巧みな手腕によって深い彫りが刻まれていて、彼女が微笑む時その両目は未だにダイヤモンドの如き輝きを持っていて、皺がまだ真紅の色調に染まっている姿を見せるために？　それは前世紀のボビンレース、襞《ひだ》飾りや金襴について話すためなのか、六二年のボールレースについて話すためなのか、彼女の足元に亡くなった恋人たちについて話し、地方全体をまた炎を灯らせるためなのか、色褪せた美貌の泡沫だけで？　彼女はこのためだけにかつての友人と出会ったのか、それとも何かを遺産として相手に渡すためだったのか（事情を全て鑑みればこちらが正しいと当然予想され、まだ理が通っている）、誰にもわからない。というのも、このことについて全く一言も口にしなかったのであり、結局遺言状もなく死去したからであった。二十歳の熟練した恋愛の媚売り《コケットリー》は台無しにするためだけに希望を煽り、一目見ただけで相手を恍惚とさせてはその想いも容易く消散させたのだが、七十歳になると自分の懐かしい思い出を蘇らせ親類の項垂れた希望をただ落胆させるためだけに持ち上げる、そしてもう二度と希望を持たせない、そういったことくらいしかできなかった。他人の感情を極上の上品さによって弄んだり揶揄ったりすることで得られる快感が斯様《かよう》なものなのであり、愛や友情を究めた狡猾さがこれというわけだ！

財産が実際に相続されたところ、事の状況や社会の慣習によって相続者に現実的な分別も残されるだろうと思い込むわけだが、実際は分別のためにそれらは最も役に立たないことがとても頻繁にある。すでに状況や慣習が多大にあるのなら、とっくに分別も与えられているはずである。それらが少ないのなら、分別は元々ほとんど、或いは全く与えられていない。貧乏というのは一種の憐れみを催すところがあり、それは助けを得るための哀れな施しが授けられる、必要、無視、軽蔑によって。裕福さは自然的な観念の連想や空想が好んで捉える原則である不正義や不平等を贔屓することにより、裕福さをさらに引き寄せたりする。人間は金銭を収集し人生の間にうずたかく積み上げることを好む。そして死去した後もその高さのままにしておきたいのだ。彼らは自分たちの手の中にその金銭を取り入れるのだがそれは自分たちのために使いたいからではなく、蓄えて保管し偶像化し、神秘的な対象物に仕立てあげる。彼らはその金を分配すると君は思うだろうか、他者をよくするために、後に残った者が自分よりも恵まれた状態にするのを好むために、自分たちをつねったり飢餓に追い込んだりしたいために、仲を誓い合った親友や最も近い親類から彼らの最も必要とするものを騙しとろうとしないために？　否、彼らは金や銀を（代理人の如く）他人の手に渡すのは自分たちがこれからも金銭を増大させていき、誰のためにもその金を使わずただ自分の誇りや貪欲を慈しむだけであり、巨大で注意深く飽くことを知らない空想の目を眩ませ、彼らの神であるマンモン[ccxvii]の神殿に新たに捧げることに干渉させないためである。自分たちの蓄えたこういった金銭の使い道こそ、彼らにとって思慮ある適切な使い方なのだ。神聖で欠かすことのできない義務を遂行することなのだ。これらのことがしかめ面をした孤独の中で彼らを陽気にさせるものであり、その死の石のような目から満足気な微かな光を放たせるものなのだ。だがそれを消費しようなどと、慈善行為のために使い込もうなどと、怠惰な人類愛のためなんかに自分の神聖な金銭を放り投げようなどと、頭上にある記念碑的な壮麗さに目を注ぐことができなくなるというのは……。そして死の瞬間《in articulo mortis》にもなったら、ああ！　それは狂気であり蕩尽であり放縦であり不敬虔なのだ……！　このように俗人たちは無意識的に感じ主張するのだ。そして彼らが自分たちの利害やそれに関与するどこかの馬鹿な相続者について色々追究している間に、彼らの頭を占めるもう一方のもの《alter idem》が、それはお気に入りの観念と幻影と先入観によって欺かれた操り人形なのだが、眼前に繰り広げられ自分たちの想像力につきまとっていたなら、自分たちにまだお気に入りの愚かさにくっつくだけの理解力や感性がまだ残っている間、それはどこかに（どこでも良い）しまわれているに違いない。

だいぶ昔にテルソン[ccxviii]家の一人の遺言状に、こういった金銭の蓄積された山を愛好し、富に対する抽象的な情念を耕す欲求が実際にあったのだ。これによって、血縁上の相続者や最近親者に長い間自分の莫大な遺産の大部分を使わせないようにすることができたのであり、複合的な利害によってその山をこういったやり方で長い時間をかけてどんどん蓄積していき、最終的には地域一帯を買い取ることができるくらいの価値にまで積み上げていく。特定期間に財源化された資産や土地の貸し出しによって入ってくる不労収入は、他の地所や近隣或いはもっと遠くの他の公園や荘園を購入するために使用され、幾分か遠い将来に生まれる領主に遺贈されるべき土地の外観上の広さを脳裏に浮かべる際、まるで海の如く囲いなき囲いを形成し展望のさらなる展望をもたらしつつ大きく広がっていき、空想力が淀み精神力が疲れ果てるまでずっと続いていったのである。富の蓄積や一家の礎を拡大していくという、完全に空想上のロマンがあって、公平無私とすらも言えるような計画を脳裏に浮かべていた。計画対象の漠然さ、規模の大きさ、遠隔さ、あらゆる即時的で純粋な恩恵を犠牲にすること、それを抽象的な観念の特権に包み込むことは、企んでいる事業計画がどこかフィクションで小説のような趣がある。これはいわば後世的な貪欲さと呼んでもいいかも知れぬ実例であり、後世的な名声への愛好と通ずるものがある。それは相続者がピラミッドを建設したり、水道を作ったり、病院を授けたり、他の愛国的な或いは単なる空想上の目的を達成するために、遺言人が同じだけの金額を割り当てた時の利己心とほぼ変わらない。その人は来る年の薄暗い水平性に富（何百万ものエーカー）の山を積み上げていくことを望んでいたのであり、自分や友好的個人的な関係を持っている人たちにとってそれだけの富は伊達や酔狂にしか使い道がないものである。[35] だが実際にその計画を実行に移せるようになるためには、自分の人生の間ずっと骨折って働いて貯めた金にずっと目を光らせ続ける必要があるのであり、休息や食べ物や快楽や自由や連帯というものは犠牲にする必要があり、殉教者のような忍耐や自己否定をずっと持ち続ける必要がある。私はこの点について更に論を進めていき、自分たちの目的のために他人の善き部分についてては何も関与していない情念や目標すら彼らの空想や憶測に込められていて、この誠実な市民で砂上の楼閣の建設者が、名声を追求したり真実と自由のために恥辱や迫害を被ったりすることに己を捧げる者たち、或いは正義のために国家に自分の命を捧げる者たち、この人たちがいたからこの建設者は利害を追求し好機を摑めたのだが、彼らを空想家や狂信者として扱うことがどれほど理に反するかを示すために、このことについて詳しく述べたのである。

人間というのは感覚と我儘から成る生き物ではなく、空想や慣習や情念や気まぐれや上機嫌と同じくらい、貪欲さからも行動して追究することもある。嘘をつく慣習があり、半ば中毒であったとも言えるくらいの人間が遺言状を作成したということを私は耳にしたことがある。彼はこのような性向によって（悪意や狡猾さではなく、作り話の出鱈目さによって）悪名高い存在であり、彼が子供の時から口にする言葉は誰一人信じなかった。誰も彼を頼ろうとはせず、子供の頃通っていた学校でもそれによってもの笑いの種になり、学校の看板になる程有名であった。彼の人生の最期は彼にとって恥辱となることはなかった。彼は国外にいて、衰弱死の危機に瀕していたために実家に戻るように助言されたのだが、彼は帰路に当たって必要なものは全部払い、乗船し、人生の残りのわずかな日々を、遺言状を作成し執行させることに使った。その中で彼はイギリスの各地にあった大きな地所や資産金、高価な宝石や指輪その他の貴重品を古き友人たちや知り合いに相続させたが、相続を受ける彼らはそれら全部が、相応の財産が彼の不精な脳内の片隅にしかないものと少なからずの間確信し、そんな気持ちも計画もやはりなく彼の生来の嘘つきの性分はどこまでいくものか見当がつかなかったのだ……！　こうなるに至った最大の理由は相続を受ける彼らは、彼の生来の軽薄な性分が真理について全く無関心になると想定することによってこそであり、そして彼がそこに寄せているはずの真剣味は彼らからすれば毎度の遊戯と滑稽の種と看做されていたのだ！

遺言状作成の技術は専ら相続を受けるという傲慢な期待感をまごつかせることにある。これが隷属や利己心に対しての罰や遠回しな当て擦りとして行われる場合、私はそれほど問題あるものと看做さない。その場合は毒を以て毒を制するようなものであり、遺産の狩人と遺言状作成者との間の技術の応酬といってよく、それは一方がもう一方を出し抜くものである。ぺこぺこするような獅子身中の虫や、差し出がましく噂話を無遠慮に広める人も、ご機嫌をとって中身のないことを喋り、最後は死去を偲ぶ指輪をはめて何年もいい給料をもらっていたことだろう。或いはジル・ブラース[CCXIX]の書斎は彼の主張ほどには気どった態度がないとは思わない。ベン・ジョンソンの『ボルポーネ』[CCXX]には感嘆すべき箇所がいくつかあり、それには遺産相続候補者の気質が描かれていて、その人を相続人として忘れていないとしつつも口実を設けてはうまく誤魔化していく様々な方法が描かれている。だがそれでも、媚売り女が弄んでいた愛人を捨てることと同様、このような憐れみを催す図々しい会話によって相続させようとする意図は、正しい行為であるとはとても言えない。追従と服従は他と同様に取引可能な商品とも言え、それには価格があり、嘘の主張を元に獲得されるべきものではないのだ。ある憐れむべき人間が我々の信用につけこもうとする意図を読みとりそれを軽蔑するなら、いつでもその人間の奉仕をなしで済ますよう切り捨てることができる。もし敬意と友情の嘲りとはいえ実際に窘められたというのなら、他の賦役のようにその報酬を払ったり、我々の特定の欲求に応じたりする形で、劇で役割を演じたその俳優を満足させないという法があるだろうか？　だがこういった前もって予定されている失望というのは残酷さ同様に不正義を伴うのが普通であり、欲しがる対象の価値と比例する形でそのような行いは卑劣さが添えられることとなる。自分の名前が遺言状に記載されていることを見込み、それを当然のことと看做すことは、もしそれが記載されていないなら怒りを駆り立てるのに十分である。職務を果たす時にそのことを仄めかし、自分が相続者として意識していることは、正式に相続者として認められようとする動きを、あらゆる手段を尽くして回避しようと相手方には強く思わせるだろう。相続権を奪うというのは当人の基礎的原則的行動から行われるのでなく、些細な害悪と看做し突発的に奪うような類のものである。我々は怒りによって相手を罰するのであり、遺言に関して落胆したことには復讐することもあり、元々合理性のなかった命令には敢えて従わないといった行動をとることもある。そして自分の突発的で性急だったその決心に頑固に執着するのが人であり、本来は介入する権利はほぼないのに自分たちの権利を懸命に主張するのだ。それは自己愛に負わされた傷なのであり、妥当な懲罰を要求する無思慮な攻撃者はその性分が汚れているわけではないのだ。犯罪や悪徳は妨げられることも気づかれることもなく行われることもある。だが自分たちの弱さを嘲笑し、機嫌を損ねたことは絶対に忘れられることはない。他者の過ちではなく自分たちの間違った計算によって、いつまでも復讐心に駆られてしまうわけだ。自分が許せないのは自分自身なのだ。音楽名手《ヴィルトゥオーソ》であったニコラス・ジムクラック[ccxxi]が書いた遺言状は『タトラー』[ccxxii]によれば、他の事物も併せ彼は長男がワインを保管するように大事にしていた自分の小さな妹を不実な態度で笑ったとして、長男にザル貝類の殻一つだけしか遺産相続させなかったということが読みとれる。さらに彼の別の親類にはキリギリスのコレクションを相続させたが、それは遺言人の意見としては彼の価値に十分すぎるほど応じた報酬であり感謝であった。上述のニコラス・ジムクラック殿の遺言状全体は、価値ある故ヴィルトゥオーソの精神を提示する興味深い書類であり正確な像と言える。そこには彼のいくつもの愚かさや矮小さや風変わりな気質が、彼のガラスケースに配置されている蝶々の羽やザル貝類の殻やノミの骨格の如く、几帳面にはっきりと示されているのだ。[36] このようなやり方で我々は自分の絵に最後の一筆を加え、自分たちの弱さを永久に先延ばしにし、他者の思い出の中で自分たちの過ちを留めておくのである。

墓からすらも自然の叫び声が聞こえ
我々の灰にもいつもの火が生きている[ccxxiii]

生き残った人に向けられた弁護の余地が一切ない命令についてはここでは話さない。彼らは最期の息を引きとった後、破廉恥な人間による不機嫌で復讐心いっぱいの意図を実行に移そうとするのだ。だが人は人生という（悲劇ではないにしても）道化芝居の舞台を去った後でも、まだ残された俳優たちで劇を続けたいという望みを抱く例をいくつも知ることになり、自分たちの遺言も代理人によってあらかじめ台詞を暗誦させようとする。それ故我々は皆が知っているような、気まぐれめいた不死の存在を拵える。そして遺産受取人が遺言人の名前と様式を継承することを条件に遺産や資産が遺されていく例を多数見出し、それによって自分の名前を広め地所が授けられることに寄与した自分たちの印象が、さらに同じように世間に捉えられ続けることによって継承されていくのである。『女子相続人の回想録』[ccxxiv]では彼女の叔父の遺言において、こういった困難な計画を実現するために彼女が将来嫁ぐ夫がビヴァリーの姓を継承する条件を叔父は記載した。可哀想なセシリア！　この将来を見据えた用意に関して彼女はどれほど繊細にも当惑してしまったことだろう。そしてこの美しい女流作家はこの話において、繊細で終わることのない入り組んだ苦境に迫られながらどれほど読者を悲しませたことだろうか？　チャールズ二世統治の時代にサー・トーマス・ディオット《Dyot》がいた。彼はセント・ジャイルズ《St. Giles》にディオット通りとその近隣一帯を形成する大きさの所有地を遺していったのだが、その際の唯一にして明確な条件として、彼が逝去した時と変わらぬ構造でその一帯にある建物が配置され、所有権を持つ者も明白にし、分割されないように住民たちに受け容れられなければならないとした。だがその通りの名前はある日ジョージ通りという、より愛想の良そうな名称へと変更され、それは私の考えとしては財産権の間接的な喪失になると思っている。このサー・トーマス・ディオットは尊敬に値する故イギリス人の名簿に入れておくべきだと考えている……。思いやりのあり、寛大で、毅然としている人物であった。彼の血統の中では決して平凡な人物ではなかった。彼は旧式的な原典の注釈者であったとも言えよう。「狐たちには巣穴があり、空を飛ぶ鳥たちには巣がある。だが人の子には己の頭を横たえるだけの場所がない」。何人かの人々は自分がどのように埋葬されるかに関心があり、別の人々はどこで埋葬されるかに関心がある。キャメルフォード卿[CCXXV]はスイス山脈の一つに育ったトネリコの木の下に埋葬されることを望んだ。サー・フランシス・ブルジョワ[CCXXVi]はダリッジ[CCXXVii]にある大学で彼が埋葬される時のための小さな霊廟が予め建設されていた。彼はそこでかつて愉快で陽気な日を教師たちや学長たちと過ごしたのである。[37] これらの類の遺言にはそれに反対すべき強い理由がない限りは、応じるのが適切である。死者に対して不誠実にも約束を破ることは、存命の者たちとの信頼関係も失ってしまう。そもそも、受け容れるべきというのには強い根拠がある。我々は生きている者と同様に死んだ者とも共感するのであり、他者とつい無意識的に感じてしまうようなあらゆる繋がりの中でも最も神聖な絆によって繋がれているのである。

盗賊たちは最後の寄贈として仲間たちに助言を遺していく。同様に医者たちはいんちきめいた薬を、作家は原稿を遺していき、自分たちの性別の誠実さ、つまり自己愛と傲岸さの生前最後のナンセンスとなるもの全てを白状しようとするかのように、そういったものをかき集めていくのだ。死が差し迫ってくることとそれに思いを馳せることが、合理的な考え方と自己知をもたらすのではないかと思い込む人もいるだろう。だが実際は、少しだけあった機知ですらも死が迫ってくることによって奪われていくのであり、彼らの視野の短絡さや頑固さをより強めるだけなのである。囚人が絞首刑にかけられるなら、彼らは死後の世界に受ける現世の行いの報酬と懲罰について断定できる状態にあると考える人もいるだろう。だが実際は、彼らは全員自分の気まぐれな性分により耽っていくか、抱いていた先入観にさらに執着するかである。自分たちの脳裏に浮かぶ気まぐれめいた考えや空想に固執することによって死を直視することをできるだけ避けようとするか、今までの慣習や愛着あるものに無意識的に自己を埋没させるかのどちらかである。

老人は二回目の少年期である。死にゆく人間は彼の家族の所有物となる。彼に選択肢はなく、彼の自発的な力は古い格言や規範的な慣習に合併される。我々が同類から受け継いだ所有権は暗黙的に彼らへと返還されていく。そしてそれを妨げることは慣習だけでなく自然に対する一種の侵害でもある。所有権という一般的な意味での観念は友情と調和しない部分があるが、他方でそれと似たような関係とは不可分な関係にある。同種のものは返還する恩義があるし、好意によってそれをするならそこに義務心はない。そして相続人に対して我々の所有物を相続させるのは枕に頭を横にし、世界に誕生してきた時と同じような馬鹿げた興奮によって世界から出立していくのと同じくらい機械的に行うものなのだ……！　他はなし《Cetera desunt》

【原　注】

34　原注一：法的な手続きを嫌い、遺言状作成のための費用を払うこともできなかったプリマスの貧しい女性が、所有権を持っていた少しだけの間着ていた衣服や家財を友達や親類に口頭の形で遺そうとし、死ぬ前にそれを行った。彼女はある人には椅子と机を、ある人にはベッドを、ある人には古いマントを、ある人には夜帽とペチコート等々を相続させる形で（彼女の所有権を）渡した。老婆は座って啜り泣いていて、持っていけるものを全部持っていかれたから、恩人である彼女は運命にあるがままに放置された。彼らが去っていってまもなく彼女は意外にも回復し、相続させたものを返すようにせがんでいった。だが誰も彼女に返還しようとはせず、結果彼女は背中にはボロ切れすら身につけることもできず、まだ慰めてくれる友人ももういなくなった。

35　原注二：長子相続権の法はここに述べた、誰かを富と権力の明瞭で強力な証拠として永遠化させる

36

望みという原理を起源としている。

原注三：内容は次のとおりである。

「ヴィルトゥオーソの遺言。

私、ニコラス・ジムクラックは、精神状態は健全でありながらも肉体は衰弱しており、それ故に最後の遺言と遺書によって私の現世の所有物や動産を以下の様式で相続させることにする。

第一に、私の親愛なる妻には、蝶々の入った箱を一つ、貝殻の入った引き出しを一つ、女性の骸骨を一つ、乾いたコカトリスを一羽。

同様に、私の娘エリザベスには、死んだ幼虫を保管していたことの了承、冬のための五月雫とキュウリの胎芽を用意してくれたことの了承。

私の甥イザークには数年前に角のついたスカペラ、ガラガラヘビの皮膚、エジプト国王のミイラを全て渡したのだから、この遺書においては何も相続させないこととする。

私の長男のジョンは自分の小さな妹で私のワインを保管している彼女に失礼なことを言い、さらに他にも私に対して不実な態度をとったことが多数あるのだから、相続権を剝奪することにし、ザル貝の殻をあげる形で私が所有している地所のどれからも引き離すことにする。

私の第二の息子チャールズには、私の花、植物、鉱石、苔、貝殻、砂石、化石、クワガタ、蝶々、幼虫、キリギリス、そしてこれ以外の虫について相続させる。

そして大きな動物については、陸棲水棲共に、既述のチャールズが上述の遺産について私が死去してから六ヶ月の間に清算するか清算できるようにすることを条件に、私の最後の遺言と遺書の唯一にして完全な権利を持つ相続人として指名する。また、私がこれより前に作成した遺言については内容の如何を問わず全て放棄することとする。

同様に、私の小さな娘ファニーには、ワニの卵三つ。そしてファニーが母の同意の下で結婚し最初の子供を儲けたなら、ハチドリの巣。

同様に私の一番上の兄には、私の息子チャールズに与えた土地の受取通知書を。さらに彼の唯一の子であり娘のスザンナには、『ロイヤル』紙にくっつけられたイギリスの海藻と、それに大きなインドキャベツをそれに添える形で与える」

37

原注四：ケラーマンは最近、一七九二年で最初の大規模な戦闘が行われ同盟軍が撃退された戦場であったヴァルミーの平野に、己の心臓を遺していった。ああ！　バジルの木がイザベラの愛人の愛しまれたその頭からどんどん生えていったように、自由の木がその心臓から生え出る根元であってくれたなら！

【訳者注】

ccxvii　Mammon：新約聖書における富を指すとされる語彙。新約聖書の解釈の過程において悪魔の一種であるとされるようになった。

ccxviii　Thellusson：原文ではTheluson表記。文中の「テルソン一家の一人」とは、資産を子孫に分け与えるのではなく、将来世代のための信託基金にするように遺言状を書いたピーター・テルソン（Peter Thellusson, 1735-1797）のことである。

ccxix　Gil Bras：一七一五年に第一巻が発表されたピカレスク小説『ジル・ブラース物語』（Histoire de Gil Blas de Santillane）の主人公。フランスの小説家アラン＝ルネ・ルサージュ（Alain-René Lesage, 1668-1747）によって書かれ、人気を博した。

ccxx　Volpone：イギリスの劇作家ベン・ジョンソンによる喜劇。タイトルはイタリア語で「きつね」を意味し、ヴェネツィアの貴族ボルポーネが嘘の噂をばら撒き、金銭を騙しとろうとするも、最後は使用人に裏切られ、終身刑に処せられるといった話である。

ccxxi　Nicholas Gimcrack：十七世紀にイギリスにおいて上演された喜劇『ヴィルトゥオーソ』（The Virtuoso）における登場人物。自身の姪を目当てに屋敷にやってきた若者たちに馬鹿馬鹿しい科学実験を行った。

ccxxii　Tatler：一七〇九年にイギリスで創刊された雑誌。文学や社会について取り上げ、ハズリットにも影響を与えたという。この雑誌自体は二年で廃刊になるものの、同名の雑誌が様々な人によって何度か発刊された。本書に出てくるタトラーがどの時期のものであるのかは不明瞭である。

ccxxiii　原文では Even from the tomb the voice of nature cries, Even in our ashes live their wonted fires. 表記。トマス・グレイの『田舎の墓地で詠んだ挽歌』に同様の表現があり、ここからの引用である。

ccxxiv　Cecilia: Memoirs of an Heiress：十八世紀から十九世紀イギリスの小説家フランシス・バーニー（Frances Burney, 1752-1840）による小説。原文では Memoirs of an Heiress のみの表記。主タイトルは『セシリア』で、同名の女性が主人公である。

ccxxv　原文では Lord Camelford 表記。十八世紀イギリスの政治家でのちに貴族になったトーマス・ピット（Thomas Pitt, 1st Baron Camelford, 1737-1793）のことか。

ccxxvi　Sir Peter Francis Lewis Bourgeois（1753-1811）：十八世紀イギリスの風景画家。スイス移民の両親の間にイギリスで生まれ、ポーランドを旅した時にできた友人経由でポーランド王の肖像を描くように依頼されたことを契機に、ジョージ三世の宮廷画家になった。

ccxxvii　Dulwich：ロンドン南部にある地域。チャールズ一世が訪れたダリッジの森や複数のカレッジを擁する町である。

■エッセー十三　サー・ジョシュア・レノルズの『論説』にある自家撞着について

レノルズ氏が『議論』において目指している二つの主要な点は、美術作品において示される卓越性は才能ではなく苦労と努力の産物であり、全ての美、洗練、偉大さは実際の自然に見出されるものではなく精神上に存在している観念なのだ。これら二つの点においてあまりに表現が広範すぎたり著しい自家撞着に陥ったりしていて、多様な論理からどのような結論を引き出すべきなのか判断するのが難しいのである。このエッセーでは、それらの矛盾に孕んだ文章内容をいくつかここに持ってきて結合して、レノルズ氏の理論には根本的な欠陥がいくつかあることが暗示されていて、彼に暗黙的に権威があることを認める可能性に疑いを投げかけることにある。

これら二つのテーマのうち最初の方、天才の独創性についてまず取り上げる。彼の第二の『論説』の「学究の手段」において、彼は終わりの方で次のように述べている。「ある一つの指針があり、それは口先だけで、無知で、怠惰な輩によってのみ反駁されるものである。それを何回も何回も繰り返すことに私は躊躇わない。つまり創作者における天才性というのは独立した要素だということである。もし偉大な才能があるのなら、勤勉な努力がそれを向上させる。そこそこ程度の能力だったとしても、やはり勤勉な努力が欠けているものを補ってくれるだろう。正しい方向へと向かった努力で否定されるものはない。それで獲得できないものは何もない。天才の本質や真髄についての形而上学的な議論に入っていくまでもなく、困難によってもたじろがない勤勉さ、そして対象の追究へと向かった熱心な気質は、人によっては『自然の力』と呼ばれるものと似たような効果を生むと私は敢えて断言したい」

ここに述べられている格言めいた文章の意図するところは、成功する素質のない生徒でも卓越した作品を描けるとして引き寄せて、本当の意味での卓越性、つまり本質的な力へと駆り立てられる衝動を頼りにしたり、その源泉を有している者を引き離そうとしたりしていることにあるとしか思えない。勤勉な努力のみでは中庸を生み出すことしかない。だが芸術における中庸というのは、それだけの努力をして得られるだけの価値のないものなのだ。天才、自然の偉大な力、それは己にとって調和する対象物を追求する勤勉と熱意を与えるのだが、逆に平凡で機械的な労働に拘束されることからは回避されなければならない。もし回避されないならば、天才のその著しい個性を中立化させ、頑固な衒学者や天才がただ齷齪働くだけになってしまう。例えばホガースやレンブラントが自分たちの天才性に依拠しないようにし、多様な芸術分野とあらゆる卓越性について普遍的に学ぶように説き伏せられ、さらにそのような方向性を誤った努力の成果に応じた自信を抱くようになったら、二人とも本来持っていたはずの天才性が破砕されること以外どんな結果があったというのだ？「お前が私の家を支える柱を手に入れたら、それは私の家を奪っていくも同然なのだ！」[ccxxviii]。芸術の主要たる柱や支え、つまり自然への信頼と誠実さを揺るがせるならば、その作品の上部構造も徐々に傷ついていくのである。自分の地所で銀や鉛鉱を発見したとしてもそのまま元の状態に戻したり、埋もれた宝を発見することを見込んで借りた土地全土を一般的な農民が耕し尽くすように助言するのと同様に、独創的な天才にも他者の原則を追究したり模倣するというような傾向を放棄したり、逆に強い先天的な力を持たない人物に対して勤勉な努力によってその欠陥を補うようにアドバイスするべきである。レノルズ氏は第三論説において、絵画の批評家や論弁家によって言及される専門用語、霊感（インスピレーション）、天才、趣向について仄めかしながら次のように述べていく。

「以上が古代と現代の人たちが芸術の神聖な原則について熱意を込めて語る内容である。だが私は前に述べたように、熱狂的な感嘆が知識を促進することは滅多にない。このように賞賛された生徒が注目を向けて偉大なキャリアを積もうとする欲求が刺激されるかも知れぬが、実際に刺激するだろうと思われていることは、むしろ彼が芸術に向かうことを逆に拒絶することもやはりあり得るのだ。彼は自分の頭の中を吟味すると、他人があれほど熱意を込めて話していた神聖なる霊感（インスピレーション）が皆目見当たらないことに気づくのだ。彼は新たなアイデアを集めるために旅したことは一度もない。そして彼は一般的な観察や平凡な理解力によってもたらされること以外の適性は何も持っていないことに気づく。そして彼は多彩な描写の絢爛の真っ只中で憂鬱な気分にあり、人間の勤勉性では届かぬと思われる事物を追究していくことに絶望的な気分になるのだ」

だがそれでも彼は更にこう付け加える。

「この偉大な様式がどのように成り立っているのかを論じていくのは簡単なことではない。或いは生徒の能力がそれを獲得することが全然可能だとしても、それを獲得するための適切な手段を言葉にして述べていくことも簡単ではない。もし趣向や天才を原理によって教え込むことができるというのなら、それはもはや趣向や天才ではないのだ」

ここでレノルズ氏は、美術の学徒がより高度な芸術の卓越性を取得できそうであるかはわからないが、他方で彼はちょうど上に引用した文章ではそれを追究する絶え間ない勤勉性と熱意があれば、自然の力のもたらすものと通常されていることを描写できるようになるとしている。この作者が述べている理論は単なる錯誤を、単なる恣意的な想定を教え込もうとしているのだろうか？　生徒の絶望が作品上の比喩的で誇張じみた取得困難な表現を完全に獲得するためにあると思えば、いかなる状況だろうとそれを獲得する能力があることに疑いをかけるのである。そうであれば、生徒に対して希望を抱かせようとするのか？　もし彼が自分では感じたことはないが「他の人は恵まれている神聖な霊感（インスピレーション）の力のようなものを自分の精神を吟味しても見出すことが全くない」。もし天才性と想像力の最も高度な営みについて「彼が自分自身にそういった素質がないことを見出し、あるのはただ平凡な観察力と普通の知性によってもたらされるものだけだ」とすれば、「天の最も輝かしき着想へと昇っていくこと」を思い止まるのが尤もだろう。もし芸術の神聖さの観念が彼の創作熱を刺激するのではなく冷却させるのなら、他の人たちがそれについて語る熱意が彼の胸中にある炎を弱めるなら、成功のための第一原則、大胆不敵にも成功を熱望し卓越した存在になるという希望が欠けているのに創作競争に加わるべきではない。彼は自分が成功者となるべき人間ではないと確信するだろう。レノルズ氏自身は最初、芸術の偉大な様式によって書かれた傑作を一目見ただけでは心打たれなかったが、適切な努力をすればそのようなものを描くことができることを示すために、この理論を無意識に採用したように思える。彼の仮説は次のとおりである。そのエッセーの読み手で平凡な能力の持ち主たちを創作に駆り立てるには、彼らが天才によって行ったことは自分も全てできるのだと思い込ませ、その天才の使者たちに機械的な原則と体系的な努力によってのみ偉大な創作が可能だと思わせるためにある。これは現実的なやり方ではなく、レノルズ氏はこの論拠を支える明瞭で十分な根拠づけに成功していない。

　カルロ・マラッタ[ccxxix]について言及する際、彼はこの論理の不十分さについてとても注目に値すべき方法で白状する。

「カルロ・マラッタは私が最初述べた人物たちよりは上手く成功したのだが、彼の卓越性は自分の視野を広げてきたことに起因している。彼の師匠アンドレア・サッキ[ccxxx]の他、彼はラファエロやグイド、そしてカラッチ家の人々を模倣した。カルロ・マラッタの作品にそれほど魅力があったわけではないということは正しい。だがその原因は完全に補うことのできない不足にある。つまり、各々の箇所の力強さの不足である。この点において人々は互いに平等ではないのは無論である。人は市場へと出ていく時の所持金の分だけしか服を買って帰ってくることはできない。カルロは勤勉さによって、所有していたこと全てを最大限に発揮した。だが間違いなく彼には粗っぽさがあり、彼の着想、表現、描写、色彩、絵画の一般的効果にもそれが画一的に及んでいったのだ。彼は実際のところ、描いた対象と実際の絵の出来栄えが一致することは一度もなく、更に自分らしい個性も追加することはなかった」

　ここでレノルズ氏はすっかり主張を述べることを止めるのである。結局カルロは絵を描くことに粗野であったのだ。また彼の勤勉性と創作では不足している「自然の力」を埋め合わせるために力量を最大限に発揮することが叶わなかったのだ。レノルズ氏の分別は個々の実例における真実を彼のやり方で指摘したのだが、もしかすると彼は曖昧模糊な一般理論においてどこか道に迷った感じがあったのかもしれない。芸術家の精神は自分の天才性を頼りその誰にも理解できぬ源泉を発展させていく代わりに、その天才性の支えのために他者に頼るという明確な先入観があるという誤った原則の効果である。そして第十二論考での偉大な芸術家がどのように形成されていくかについての論を取り扱うにあたって、レノルズ氏はほとんど最初の意見へと戻ってしまうのである。

「芸術家の精神の日常的な食と栄養は彼より前の創作家たちによる偉大な作品にある。彼が自分で偉大な芸術家になるには他に方法はないのだ。蛇が蛇を喰っていなかったら、龍にはならない《Serpens, nigi serpentem comederit, non fit draco》。伝えられていることから判断するにラファエロはマサッチオの作品を入念に研究したのであり、（彼が同様に模倣した）ミケランジェロ[38]を除けば彼の注意に値するだけの存在はなかったのだ。そして彼の作風は冷淡で辛辣であり、ルネサンスの早い時期の画家たちと比較すると作品については形式ばっていて、十分な多様性を有してはいなかったが、それでも彼の作品は偉大さとそれに付随する素朴さを有しており、それは彼の規則正しく粗野な作風から由来することとすら時々あるのだ。彼の時代の前における芸術の野蛮な状態についても目を向けなければならず、その当時は絵を描くことを理解されることはあまりにも少なかったのであり、一番優れた画家も足を短縮法で描くことすらできず、描かれる人物たちはどれも爪先立ちをしているかのようであり、襞の硬さと小ささから服地の描かれ方はあまりに紐が肉体に巻きついているかのようだった。マサッチオが最初の大きな服地をゆったりした自然な様式で描くことを導入したのであった。確かに彼はあらゆる美術上の卓越性へと続いていく道のりを発見した最初の人物であるように思える。それは後の時代の美術になって到達するような境地なのであり、それゆえマサッチオを現代芸術の偉大な父の一人と看做すことは正当なものと言えるだろう。

確かに私は自分でも思っているよりもこの画家について長い脱線をしているが、それでも彼が極めて高い度合いにおいて有していた卓越した要素についてここで言及せざるを得ない。精神上の先天的な能力と同様に、勤勉性と努力も同時代の画家たちの中で群を抜いていたのだ。彼は自分の作品の追究に全神経を注いでいたのであり、自分の着る服や自分の性格や誰もが気にする日常の心配について、全くどうでもいいと思っていたからマサッチオという名前をつけられていたのだ。しっかりとした方向を持った勤勉性が短い間でどのようなものをもたらすのかを示す象徴的な実例が彼なのだ。彼は二十七年しか生きることなく、それでもそれだけの短期間でそれまであった美術の到達範囲を大幅に拡大したのであり、後継者として彼自身が独自の模範として存在しているとも言えるのである。ヴァザーリはラファエロの作品を研究することによって、自分の作品や作風を研鑽させていった画家や彫刻家たちの長い一覧をつくった。その中で彼は、ミケランジェロ、レオナルド・ダ・ヴィンチ、ピエトロ・ペルジーノ、ラファエロ、バルトロメオ、[ccxxxi]アンドレア・デル・サルト、イル・ロッソ、[ccxxxii]そしてペリーノ・デル・ヴァーガ[ccxxxiii]の名前を挙げている」

　サー・ジョシュアはここでまた二つの意見に挟まれる形で文を止める。彼はマサッチオの様式に基づいて自分たちの作品を形成し、発展させていった画家たちの名前を挙げていく。だがマサッチオ自身は誰を元にしたのかに言及しない。ある部分ではマサッチオの先天的な能力は彼の後天的な努力と同じくらい際立ったものとしている。だが別の箇所ではマサッチオは「芸術家の精神の日常的な食と栄養は彼より前の創作家たちによる偉大な作品にある」ことの根拠を示すために紹介されているのに、彼の適切な方向を向いた勤勉な努力が短時間で「後の時代の美術になって到達するようなあらゆる卓越した境地」の象徴的な実例に過ぎなかったとしている。彼のこういった論には具体的にどこか納得できずどうしても軸が定まらない感じがしてしまう。

　サー・ジョシュアは別の部分では、これらの矛盾をなくし論拠を支えるために逆説的なソフィスト論法を用いているのだが、結局自分の首を自分で絞めているだけである。彼はこう言う。

「反対に（彼はちょうどこの直前まで他の巨匠たちを研究することを述べていた）、私は模倣によってのみ多様性や独創性のある着想を閃くことができると確信している。更にこれの論を進めていきたい。天才ですら、少なくともそう呼ばれているもの、も模倣の子である。だがこれは一般的な意見とは反対のようであるから、これを押しつけていく前に私としての立場を述べていく必要がある。

天才というのは芸術の原理が届かぬ範囲において卓越性を生み出す力であるとされている。その力はどんな指針教訓も教えることができないものであり、勤勉な努力によって獲得できるものでもない。

天才の性質を作品上に刻印づける美を獲得することが不可能であるという意見は、現実以上に何らかの要素が固定化されていることを想定しており、その固定化された天才の性質と看做されているものについて、我々は今まで絶えず意見を一致させてきた。だが天才であることを示す卓越性の度合いというのは実際、時代や場所によってその捉え方が変化していくものなのだ。そしてその証拠として、この天才について人類は今まで頻繁に意見を変えてきたのである。

芸術がまだ幼年期にあった頃は、単に対象物を似たように描写していく能力は偉大な労力であると看做されてきたのだ。芸術の原理など知らない一般的な人々は、今日に至るまで同じ内容を口にしている。だがこのことは教われば誰でもでき、更にもっと大きなことを特定のやり方、指針をしっかり考察していけばできるというのがわかり始めたら、天才という名称はその意味合いを変貌させていき、対象の描写において独特な特徴が付け加えられた人物のみに与えられるようになった。つまり着想力、表現力を有し、気品や威厳を添えられる者に与えられたのである。端的に言えば、公に知られている原理として教えられているものでは生み出すことのできない性質や卓越性が、天才と呼ばれるようになったのだ。形状の美、情念の表現、作品構造の技術、作品上に威容を雰囲気として添える力すらも、今日ではその大部分が原理の支配下にあるのだ。こういった卓越性が今までは単に天才の作用だと看做されてきたのだ。そして正当にも、天才というものが霊感として捉えられるものではないにしても、間近の観察と経験の作用によってもたらされるものとして捉えられている」

サー・ジョシュアは「天才は他者の模倣の子であったが、今では霊感の類のものではないのは無論であり、間近な観察と経験の作用である」と述べることから始めた。この論理の展開はどうも筆者が意図したいたものと逆の方へと進んでいる。というのも彼の明確な結論は、天才は独創性のみを条件にその度合いと描写様式によってのみ成り立っているとしているからである。対象物を全く同じように描写することが着想から行われたのならそれは天才であり、単なる模倣によってならそれは天才ではない。描いたものが独創的であり、未だかつて行われなかったものならば、それは天才と呼ばれる資格を有するだけの価値があるのだ。それが独創的でなく、よそから借用してきたり規則として教えられたりしたものだというのなら、それは天才ではなくそう呼ばれることもない。この説明は、天才が伝統的なものや二流の性質だと看做す論拠としては乏しい。というのも、例えば天才性はそれほどない人間でもミケランジェロの絵画を模写することはできるが、元のミケランジョロの絵に天才性がなかったり、ミケランジェロと模写したその人物が才能的に同一だということになったりするだろうか？　既存のモデルを単に模倣し既に決められている原則へと注意を向ければ、対象物が実際に有している力と全く同じようなものを描くことができ、最初の段階から最高度の美と威容へと突発的で奇跡的とすら言えるようなスタートを切り、その後はずっと平凡へと堕ちていく代わりに芸術が学術的な職業として、個々の卓越性をゆっくりとだが継続的に蓄積していくものだということをサー・ジョシュアが証明しようとするように、それが事実なら天才と模倣との間にある差異について議論する価値は小さいだろう。というのもこの場合、原因は異なるが描写されるものは同じ仕上がりになり、自身の内部にある最も力強い源泉よりも外界の恩恵の方により重要性と大きな効果を見出すことから、それらをうまく活用することに磨きをかけることになるだろうからだ。だが実際は、偉大な芸術作品というのは個々の天才の産出物であるというのが実態であり、それは社会全体が発展していくより前に突き抜けた形で生み出されるか、独自の道を打ち出すかのどちらかである。あらゆる競争や教示の目的として我々は元々の着想者へと戻っていくのであり、決して模倣した人物や、これは誤って主張されているが、その元々のものから発展させていったものに戻っていくわけではない。模倣によって創作上の大きな過失が確かに避けられるのは事実だが、偉大な優秀さは模倣によって獲得できることはない。もしサー・ジョシュアの芸術の進歩的な発展の仮説において単なる言葉遊び以上のものがあるというのなら、一体どうしてミケランジェロを彼の偶像の神と看做して、彼に回帰しようと言うのだろう？　一体どうしてカルロ・マラッタが粗野だと欠点を挙げているのか？　或いはどうして「判断は長い間受動的であった後、次第にその力を失っていきそれを発揮させることが必要な時には、もう能動的に発揮させることができなかった」ときっぱりと言い切っているのか？　この先天的な天才と後天的な努力の優れた点についてのテーマで、サー・ジョシュアの考え方がぐらついていることをもう一つ指摘するのだが、彼は成功したがっている若い芸術家が向かうべき適切な対象について推薦する時こう言っている。

「私の助言を端的に言えばこうである。より高い卓越した存在に君の主な注意をじっと向けるということだ。それらを視野に入れれば、それ以外のものを視野に入れずとも君はなお第一級の存在だ。君が欠いている無数の美について我々は残念に思うかもしれない。君はとても不完全かもしれない、だがそれでも不完全な芸術家たちの中で最高位にいることだろう」

　第五論考に書かれているものである。第七論考になるとレノルズ氏はどうやらぐらつき始め、前の理論に疑いを投げかけるようになる。つまり「色彩が幾分か色褪せてしまう」のである。

「確かに劣った作風でありながらも完璧であるのは、芸術における最高の作風の中の平凡であるよりはましだというのは理に適っている部分もある。クロード・ロランの風景画は[39]ルカ・ジョルダーノ[CCXXXIV]の歴史画よりは優れているかもしれない。だが各々の様式において卓越したものは、それが完璧さにどのくらい近いかを判断するためには、相応の鑑識眼が要求されるように思える」

　だが更に彼は論を進めていくとどんどん大胆になっていき、芸術家がどの様式に属しているのかということから判断していくという、彼の理論を一緒くたに放棄するようになる。

「だが我々は全人類から認可されている、芸術においてか弱く無味乾燥とした最高度のものよりも、最も低度ながらもそこに天才性が込められていることを好むことに」。これはゲインズバラ[ccxxxv]のことである。この部分の文章は全て素晴らしく、彼が他の所で何度も主張している芸術の普遍的で人為的な様式に対して、決然たる態度をとっていると看做していいのではないだろうか。

「このことを根拠に、たとえどれほど危険が及ぼうとも私はこう予言する。あの地域の最後の優れた画家たちの二人、ポンペオ・バトーニ[ccxxxvi]とラファエル・メングス[ccxxxvii]は、たとえ彼らの名前が現代ではどれほど偉大であるように我々の耳に響こうとも[40]、間もなく皇帝派、セバスチャン・コンチャ、プラシッド・コンスタンツァ[ccxxxviii]、ムザッシオ、そしてその残りの直接的な後継者たち程度の地位へと落ちていくことだろう。これらの人物もまた生前名を馳せていたが、今となって完全に忘却された存在以外の何ものでもない状態にある。私はこれらの画家たちが、私が暗示している[41]者たちよりも優れていたとは思ってはおらず、日常的な行為として彼らが亡くなれば嘆き悲しむ。というのも平凡な水準の鑑識眼を持っている人ならば、その作品構造には学識があるところが感じられ、それより前にいた偉大な芸術家たちの作風と表面的ながら似通っていると思えなくもないからだ。私はこのことを完全に知っている。だが私がここで挙げた名前が創作した作品においてよく見られるような平凡なやり方については、もし本当の意味での不滅の名声を欲しいのなら学ばないでおく必要があることも同じくらい知っている。私自身としては、白状するのだが、自然の放つ強烈な印象の方に多くの興味がありそれに魅了されているのだ。それはトマス・ゲインズバラが自身の肖像画や風景画、更に彼の描いた小さな平凡な乞食の子供の画で見られる素朴さや優雅さにおいても見られるものであり、アンドレア・サッキの時代或いはカルロ・マラッタ以来の学派のどんな作品よりも、私は興味を抱き魅了される。ローマ人の中の最後の人々《Ultimi Romanorum》とされている二人の画家がいる。「他の国家の大学教授たちが、私がゲインズバラの素朴なスタイルを偉大な歴史的な作風における定番の画家たちよりも好んでいることに、非難と嘲笑を向けていることはよく存じ上げている。だが位の低い芸術における天才の方が位の最も高い芸術のか弱さや無味乾燥よりも好ましいというのは全人類から認可されているのだ」

だがこの卓越した芸術家であり批評家は、自分の理論に取り組んでいく前に数ページ分しかその説明をしていない。「この理由から読者に対してこのテーマについての私の考えを少しだけ述べたい。そして絵を描くことは欺くことによって模倣するものと看做されるべきでないだけでなく、多様な観点そして厳密な意味で、外界の自然に対する模倣が何らなく、そうあるべきではないという主張（私はこれを正しいと思っている）を持つに至る糸口をいくつか投げかけたい。我々が生きている洗練され文明化された国家では自然で粗野な部分を取り除けているのと同様に、模倣という通俗的な考え方も同じくらい遠くに取り除けるべきかもしれない。そして自分の想像力を発展させていない者は、それはもちろん人類の大部分は発展させていないのだが、芸術に関して言えばこのような自然の状態において今後も続けていく。こういった人たちは自分たちが持っていないような別の能力に関する卓越性よりも『模倣（自然の模倣）』を常に好むことだろう。だがこういうのは画家が目指すべきものではない。というのもそういった模倣は道徳や風習の判断についてオハイオの銀行やニュー・ホランドにいる人々から集めた意見を参照するのと同じ程度のものに過ぎないからだ」

「絵を描くことは多様な観点そして厳密な意味で、外界の自然に対する模倣が何らなく、あるべきではない」という表現された意見への反駁として、次のような内容が別の場所において強調して述べられている。「自然が唯一尽きることのない源泉なのでありそうあるべきであり、そこからあらゆる卓越したものが流れ出てくるのである」。

これだけたくさんある矛盾を解消したり、生徒が芸術に取りかかったりすることにおいて、これら矛盾した権威や断片的なヒントから、その生徒に何か単純明快なヒントを引き出すことができることとが簡単なこととは思えない。サー・ジョシュアはよそ（バークかジョンソン）からの間違った形而上学的な考え方、すなわち芸術は自然、学識は天才に勝っているという考え方を取り込んだかのようだった。更に彼は自分の分別と実際上の洞察は継続的に不和な状態にあり、その矛盾をうまく解明したとてすぐにまた同じ過ちへと舞い戻ってしまうのである。[42] だが第十二論考は、芸術の対象と研鑽における自身の好ましい逆説に対する勝ち誇った非の打ちどころのない公然たる非難であるように思える。

「それらの芸術家たちは（と彼は雄弁な真理を語る調子で言う）自然の奉仕（その奉仕は、しっかり理解すれば完全なる自由だということがわかる）から離れ、よくわからないが魅了し相手の精神全体を圧倒するような気まぐれで空想めいた愛人の下に己を置き、そのような状態から抜け出る希望は全くなく（というのも彼らは完全に満足して、前の失われた状況について皆目意識していないように思えるからだ）、コモス[ccxxxix]の変容した追随者たちのように、

自分の醜い傷を一度も感じたことがない
だが自分の美貌を今までよりも誇りとする[ccxl]

このような相応に短い通路を見出したような人間は人生の短さと芸術の長さについて文句を言う謂れはないように思える。人生というのは本来芸術の研鑽や、完全性を成し遂げ

るために必要な期間よりも長いのである。[43] 反対に自然へと回帰する者は、回帰する毎に自分の力を新たにするのである。芸術の原理を彼は忘れそうもない。それはわずかであり単純である。だが自然は洗練されており、繊細で、無限に多様で、力と記憶に留まることを超越している。それ故に自然を継続して頼りにすることが必要なのだ。自然と交流すれば自己の発展に終わりはない。彼が長く生きれば生きるほど、それだけ彼は芸術の真実で完璧な観念へと近づいていくのだ」

【原　注】

38　原注一：括弧の中においてすらもレノルズ氏は他人にこの偉大な天才の役割について暗示していくことに注意深いだろう。あたかもそれがなければ彼は何者にもならないかのようだ。

39　原注二：もしレノルズ氏が自分のルカ・ジョルダーノのコレクションをクロード・ロランのものと交換する申し出を受けたならば、どちらが優れているかをすぐに断定したことだろう。

40　原注三：一七八八年に書かれた。

41　原注四：ゲインズバラを指している。

42　原注五：サー・ジョシュア自身、彼の職業上の学術的技術と忍耐心が不足していた。これらの欠点から眼前に現れてきた各々の理論と芸術の様式に、単純に自然なものと複雑で学問的なものに、交互にジョシュア氏は撃退されていった。結果的に矛盾を抱え、解くのがどこか困難な縺れを抱くようになった。

43　原注六：彼はこれ以前にアカデミー・フランセーズの長であった《フランソワ・》ブーシェについて語っていて、その人はレノルズ氏に「私が若い頃芸術を学んでいた時、模範が必要だと思うに至ったのだが、実際に駆使するのはそれから何年も後のことだった」と伝えた。

【訳者注】

ccxxviii　原文では 'You take my house when you do take the prop that doth sustain my house!' 表記。シェイクスピアの『ヴェニスの商人』第四幕に同様の表現があり、ここからの引用である。

ccxxix　Carlo Maratta（1625-1713）：十七世紀から十八世紀イタリアの画家。原文では Carlo Maratti 表記。マラッタという姓は本名であるが、原文のマラッティ姓の方がイタリアでは一般的なため、マラッティとも呼ばれる。後述のアンドレア・サッキに師事し、後にローマに工房を開き名声を得た。

ccxxx　Andrea Sachi（1599-1661）：十七世紀イタリアの画家。ラファエロやカラバッジョなどの作品を研究し、枢機卿の庇護のもと古典主義の立場をとって作品を描いた。

ccxxxi　原文では Bartolomeo 表記。同じ姓或いは名を持つ画家は多数存在するが、ダ・ヴィンチやミケランジェロと同時代の画家フラ・バルトロメオ（Fra Bartolomeo, 1472-1517）のことか。

ccxxxii　Rosso Fiorentino（1495-1540）：十六世紀イタリアの画家。原文では Il Rosso 表記で、このようにも呼ばれている。出生地のフィレンツェやローマ、ヴェネツィアで活躍していたが、フランソワ一世に招かれてフランスにルネサンス美術を広めた。

ccxxxiii　Perino del Vaga（1501-1547）：十六世紀イタリアの画家。原文では Pierino del Vaga 表記。ローマではラファエロの工房で働き、フィレンツェでは前述のイル・ロッソの影響を受けた。その後ジェノヴァやローマにおいても活躍した。

ccxxxiv　Luca Giordano（1634-1705）：十七世紀イタリアの画家。バロック後期の画家で、ナポリ派の代表的な人物。多くの宗教画と速筆であることで知られ、スペインの宮廷画家としても活躍した。

ccxxxv　Thomas Gainsborough（1727-1788）：十八世紀イギリスの画家。多くの肖像画を残し、こちらの評価の高さで知られている人物である。

ccxxxvi　Pompeo Girolamo Batoni（1708-1787）：十八世紀イタリアの画家。原文では Pompeio Battoni 表記。トスカーナの出身であるが、若い頃ローマに移り、ラファエロなどの画家の絵を模倣した。宗教画や歴史画、肖像画などを幅広く描いた。

ccxxxvii　Anton Raphael Mengs（1728-1779）：十八世紀ドイツの画家。生まれは現在のチェコで、父はザクセン王室の画家であった。彼自身もスペイン王室の画家として活躍し、新古典主義の先駆者の一人となった。

ccxxxviii　Placido Costanzi（1702–1759）：十八世紀イタリアの画家。原文では Placido Constanza 表記。歴史画や宗教画をおもに描いていた。

ccxxxix　Κῶμος：ギリシア神話の祭礼の神。原文では Comus 表記。ディオニュソスの息子で、祝祭を司っている。

ccxl　原文では Not once perceive their foul disfigurement; But boast themselves more comely than before. 表記。ジョン・ミルトンの『コウマス』に同じ表現があり、ここからの引用であろう。

■エッセー十四　前章の続き

サー・ジョシュア・レノルズの『論考』で最初に問われているのは、生徒は自然をその目だけで見るべきか他の人の目と共に見るべきかということであり、作品全体において彼は明らかに後者の方に傾いている。第二の論点は自然から理解されるものは何かということである。それは普遍的で抽象的な観念なのか、具体的事物の集合なのかということである。そして彼はこれらの考え方で精力的に前者の方を支持する。だがそれでもどのくらい、その及ぶ範囲はどこまでであるのかを決めるのかは難しいのが常である。彼のこのテーマにおける最初の段階としての推論は『アイドラー』内に二ページにわたって見出される。そのうち二ページ目の最後の段落においてこう言っている。

「画家が自然の変わらぬ普遍的な観念に心を向けることによって美が産出されることが証明されたなら、彼は細かく具体的で偶発的な特徴を考慮しつつ、普遍的原則から逸脱し、キャンバス上を奇形によって汚さなければならない」

これに対する答えとして、あらゆる事物が異なっているが、私は奇形というのは具体的事物として多様性を有するようなものではないと考えている（このことから、個々の事物から成り立っている森羅万象は奇形の堆積物となってしまう）。ただ一般的普遍的原則に従わないという点では共通しており、それは全て或いはほぼ全てが調和している。それ故世界には全く同じ鼻、或いはとても多様な構成物によって成り立たない鼻は存在しないのであり、そういう鼻が仮にあったとしても器量はまだいいだろうが、鼻が全くない顔や、鼻の構成物が全くない顔（仮面のように）というのは、芸術や自然において多大な奇形である。サー・ジョシュアはこのテーマについて単語の意味合いを漠然としたままそれを取り扱ったか、或いは自然の一面的な部分しか取り入れなかったかのどちらかである。彼は偉大さを、或いは偉大の全体的一般的にもたらす効果を、具体的な要素を除くことによって成り立つとしている。というのもそれらは偉大さを有さないことが時々あるからであり、それゆえ二つの事物を互いに調和できず、取って代わったと捉えるのである。これは推論としては不完全なものである。詳細要素を単に追い出すだけで偉大さが出来上がるというのなら、そんなことは誰にでもできる。ぞんざいに塗りつける人が一番偉大な画家ということになる。家や標識を塗る人たちがミケランジェロと同列な存在に即座になり、ラファエロの細かく、無味乾燥で、粗野な様式について見下すこともあり得る。だが偉大さというのはそれ独自の際立った原則に依存しているのであり、部分部分の否定にではない。そしてそれらの排除から生じるものではないのだから、それを取り入れたからといって偉大な作品と偉大でない具体的要素が両立できないわけではないのだ。実際、画家は何らかの事物一つ一つに細かい具体性をこの上なく細心の注意を払いつつ持たせることができ、全体としてはより重要なのに、その際バランスや配置や大きな箇所の陰影を完全に無視することができる。或いは逆に後者に、つまりバランスや大きな部分の配置や陰影には細心の注意を払い、細かい部分については放棄し全て単なる染み、絵画の下準備の際の粗野に慌ただしく行うような平坦なひと塗りで描くこともできる。どちらかに偏向して創作したり、或いはこれら両方を結合したりした創作、つまり部分部分を仕上げつつもそれらを正しい箇所に置き、全体の効果と集合に適切に従属させることができる。もし部分部分の排除が全体構造の威容のために必要であったなら、その排除がより集合的なものであり、絵が漠然とし不確かで、朧気で抽象的な表象、タブラ・ラサのようなものであればあるほど、威容はそれだけ度合いが高まり、この原理を遠くまで推し進めすぎる危険性もなく、サー・ジョシュアの理論についても何らかの制限や精神上の保留から完全に解放された状態にある。だがどちらの想定も正しくはないのである。最も偉大な威容は最も完全な、いや最も微に入った細かい正確さとも共存することは可能であり、それは自然において我々は目にするのである。創作において最も度合いの大きないい加減さやだらしなさは輪郭や色彩の配分のどちらかにおいて、全く威容が認められない形で描写されることもあるだろう。私の言いたいことをもっと具体的に説明したい。私はティツィアーノの肖像画を見たことも模写したこともあるが、彼のその眉毛は小さな一振りが頭髪の生え際のように（無論、肖像画における彼の頭髪は大きな寸法がとられていた）多数塗られていた。だからといって、彼の髪の部分の配置、描き方によってその表現の威容、輪郭の真実性が毀損されただろうか？　そのような描き方がされたからといって、その威容、特徴、表現は元のままであった。というのも黒色の筆でぞんざいに塗られたかのように、全体的な形や拡大されたアーチ状の輪郭はそのままで残っているからだ。内部を構成する要素や質感を描写したことは、ただ全体としての総合的で観る者の胸を打つような効果に対する繊細さと真実性を加えただけである。確かに、多数の小さな点や線は四角や円の形を無造作に成すこともあり得る。四角や円、つまりもっと大きな四角や円の部分は、それを構成する線が途切れようと途切れなかろうと同じままで残る。輪郭や特徴や大きさはメゾチント《mezzotinto》の多様性の中で、点や線として刷られる形で変わらぬ状態のままである。もしティツィアーノが頭髪の外観を描写していくにあたって、眉毛の一般的な形や輪郭を崩したなら、彼は自然の外観を破壊したことになっただろう。だが彼はそうしなかったのであり、いずれもしっかりと捉え、さらにそれに応じてそれを発展させたのである。それ故に細かい染みのような部分の明暗の寸法、多様性、繊細な透明性、そして断続的な移り変わりは、最も広大な幅や最も著しいコントラストと不調和であるというわけではないのだ。例えば光が肩や顔の片側を強く照らしていて、反対側が特に暗い影へと投げかけられているなら、絵の表面の個々のそして多様な部分を、線描や色彩の両方において、最も綿密な正確さによって仕上げるべきだろう。そして自然は行き過ぎないものだから、これは作品構造の力と調和を毀損することはない。顔の片側は影において見られる際の偉大で堂々とした際立ちがそのままの状態であり、もう片側の光に照らされている部分は、それらの具体的な部分においては好きなだけ多様で正確であるがよかろう。仮にパンサーが太陽の下で描かれているとしよう。幅や偉大さを醸し出すための部分は確保しておく必要があるのか、それともそのパンサーのくしゃくしゃの皮膚の片側を描写する方が、もっと効果的に描くことができるのだろうか？　片側には陰影はなく、もう片側はまるで現実の影にいるように描くことができるのだ。大きな二つの部分にその絵は完全に分けられることになるが、だからといって自然や真実性を何かしら毀損するわけではない。さもなくば、明暗の配分がまとまりのない色彩に最終的に仕上がってしまう。寸法と威容は外界において等しく存在し、それには異なった色合いを持つ細かい差異がある。それでもサー・ジョシュアは、威容は対象物全体の効果として、精神における一般的な観念に制限されていて、あらゆる瑣末さや個性は自然に内在しているとしている。これは根本からこのテーマを誤って捉えている。この威容、この普遍的な効果、それらは常に細かい箇所、この理論的な思考者なら自然における些細さと名づけるだろう箇所と無論常に結合しているのである。芸術においても、自然の恩恵を授かりながら分別を以てついていくことができる限り、同様であるべきなのだ。デンナー[ccxli]の描写の仕方にはどんな問題があるのだろうか？　彼がこういった特性の組み合わせを行わない点にある。彼は細かな部分、仕上げ、普遍的な効果、真理、全体像から生まれる自然の数奇な外観、そして作品の各々の箇所を入念に仕上げることを抽象化してしまい、結果実際に我々の眼前にある対象物の重要で胸を打つその外観を完全に損なってしまうのだ。彼は顔については細かい部分まで描くが、その形、表現、全体の明暗法については誤っていて、自然なものからは程遠い。彼は人間の顔には無限と言えるくらいに多様な染みを添え、明暗法の原則からは完全に逸脱している。彼はレンブラントやティツィアーノとは違う。サー・ジョシュアの理論に基づいていたイギリスの学派たちは、部分部分のバランスや全体の印象について考慮せず、ただあるのは意味合いや特徴のない説明できぬ大きな塊のみである。デンナーがしたように彼らがせず、彼やその学派の人たちのように描かなかったのは、ティツィアーノやレンブラントのように描こうとしたからだと考えている。彼らが自然を模倣する者たちと看做されることをお世辞として捉えるかどうかはわからない。画家たちの中には「最近これが我々には無関心に改変させられた！　ああ！

それらをまとめて改変させせろ！」と言う者もいるに違いない。もし実際に彼らがそうできるのならそうするに違いない。だがそうできるかどうかについては幾分か疑っている。これは描き方と関連しているが故に美や威容についても考慮したいと思うが、その前に具体的な事物の模倣においてサー・ジョシュアのいくつかの文を参考の形でここに引用したい。第三論考において彼はこう言っている。「私はさらに、自然自体はあまりに間近でも模写してはならないことを付け加えたい……。自然の単なる模倣者は偉大なものを皆目生み出すことができない。概念を生じさせたり拡大したり、観る者の心を温めたりすることはできない。真の画家の願いはもっと幅広いものでなければならない。自然の細かい小綺麗さを模倣することによって人類を楽しませることに努めるよりも、人類を己の抱いている観念の威容によって啓蒙しなければならない。観る者の表層的な感性を欺くことによって得られるような賞賛を求めるのではなく、空想力を魅了することによって名声を得ることに心を砕かなければならない」。

この文章を読めば、自然には細かい小綺麗さと表層的な印象しかないものと思えてくる。その模倣者は偉大なものを生み出すことができないから、自然の様式にも偉大なものはなく、「観る者の有する概念を広げたり心を温めたりするため」のものが何もないということである。

一体どんな言葉がその唇から出たのだ、厳格なるアダム！[ccxlii]

真に偉大で卓越したものは空想が作った空想話であり、無から生まれたつまらぬ創造物であり、自然の事物の細かい小綺麗さを見下し嘲笑することとそのものというわけだ。こんなことが正しいはずがない。再度サー・ジョシュアは、何の前提条件も持ち出さず、「芸術の全体としての美と偉大さは、個々の形状、局所的な慣習、奇妙さ、あらゆる類の細かい詳細を超えた先にあるものなのだ」と述べる。

だがそれでも彼は別の意見を認めていることもわかる。

「私は次のことを喜んで認めるが（と歴史画について論じている時に彼は述べる）、繊細さや個々の具体性のいくつかは頻繁に作品の真実性を漂わせるような雰囲気を醸し出し、それが異常とも言えるようなやり方で鑑賞者の興味を湧かせるのだ。このような状態を頭から否定することはできないだろう。だが芸術の識別に奇妙な綿密さが何かしら要求されるのだとしたら、それはその識別のために用いられた判断力に応じた、これらの繊細で詳細な部分の性質が真理に対して有益になったり、威容に対して有害になったりすることである」

確かにその通りだ。だが「あらゆる種類の具体性や詳細」についての大雑把な条件はこれで明確に省かれることになった。全体と細部との間にある不調和のテーマについてのサー・ジョシュアの決めかねている態度は、互いに続く形で二ページ分から成る二つの短い説明において驚くほどはっきりと示されている。パオロ・ヴェロネーゼ[ccxliii]とルーベンスの作品のいくつかについて、それらに示されている器用さと統合性のとれた様式によって際立った作品であることを示した上で、さらに彼はこう付け加える。

「このことによって、そしてこのことのみによって、機械的な力は高尚なものとなり、本来の級位の遥か上へまで上っていくのである。そして私としては、自然が多種多様に造ったものを一つにまとめる形で収縮させることによって、精神が物質を圧倒するような優位性の実例として、その性質を適切に獲得するに至るように思えるのである」

この言葉の単一性と級位の原理は精神においてのみ存在し、自然は支離滅裂でバラバラな個々が積み重なったもの、点と原始の混沌であることを暗示している。すぐ次のページで以下の文が述べられている。

「絵を描くことは芸術であるから、彼ら（無知な者たち）は芸術作品が人目を引くように表現されていればいるほど、それに比例する形で楽しめるべきだと考えている。このことから、彼らは真実、素朴さ、自然の単一性よりも整然さ、派手な仕上がりやケバケバしい色彩を好むのである」

前の箇所では整然さと派手さは自然の些少さに排他的に属していたはずなのだが、ここではそれらに代わり真実、素朴さ、単一性が自然の特徴になっている。しばらくしたら、サー・ジョシュアはこう言う。「私が述べてきたことで、作品を未完成のままにしておくという不注意を促進してしまうような解釈が成り立っているところがあったら謝りたい。正確さの不足については、それを賞賛しようと言うつもりは全くない。私はどのような正確さが最良であり、どれが唯一本当の意味で尊重されるべきかを指摘したいのだ」。これについてサー・ジョシュアは「あらゆる個々と細かな部分全て」を凌駕するという主張においてすでに読み手に述べた。再度このように述べられるのを見る。

「点の多様性について踏み込んでいくのは無益なことであり、そこに注意を向ければ肉体の一般的な色合いが損なわれる。或いは細かい部分を延々と仕上げていくことは、大きい部分について注意を向けたり全体がうまくまとまらなかったりした場合、やはりそれは無益なこととなる」

実に正しいのだが、どうして二つが互いに常に不一致になると想定するのだろうか？

「ティツィアーノの作風は当時世界にとって新しいものであったが、その土台となった揺るがぬ真実は後の画家たち全員にとっての規範となっていた。そしてその構造を吟味してみればそこには普遍化しようとする力が働いていて、それも単純で手短なものに依っているのがわかる」

ティツィアーノの真の卓越性は普遍化と特殊化する力が同時にあったという点にある。単に普遍的に過ぎないのだったら、その直後にサー・ジョシュアが指摘した誤りについて説明することは難しい。彼はすぐ次の段落においてこう言う。

「多数の画家たちはヴァザーリも同じように述べるように、自分たちが作品の色合いを粗野なままに詳細部分をいい加減に描いている時、自分たちがティツィアーノの作風を模倣していると無知ながら想像したのである。だがティツィアーノが取り組んでいた創作の原理について彼らは保有していなかったので、彼らが創り上げたのは『不器用な絵《goffe pitture》』、不合理で馬鹿げた絵画、とされているものだった」

多数の画家たちは同じこと、つまり詳細をいい加減に取り扱い、同じようなつまらない一般法則や不合理で馬鹿げた絵画を創り上げている時、サー・ジョシュアの指示に従っているとも想像していた。

このテーマについてはあと二つの短い文だけをここで取り上げることにして終わりにしたい。私としてはサー・ジョシュア自身の権威と早く対峙したいと思っている。

「このように対象物を（全体として）考慮する方法の利点の方を、私としてはもっと具体的に推していきたいのである。同時に画家には自分の視野を広げるのと同様に狭める力もまた必要であることを忘れていない。というのも、具体的な部分を表現しない者は何も表現しないからだ。それでも繊細な事実とそれの綿密な描写との間のきちんとした区別は、そこにどれほどの卓越性があろうと（私はそれを損なおうとしているのではない）、天才性として画家に与えられたものではなかった」

五三ページでは次のような言葉が書かれている。

「人間の形であれ、動物であれ、生命のない物体であれ、天才画家の手にかかってどれほど外観上不毛に見えても、それが威厳や感性や感情が添えられないことはない。ウェルギリウスについて言われていたこと、つまり糞ですら地面に投げつけられる時威厳を添えたとされているが、同様のことがティツィアーノにも言われてもいいかもしれない。彼が触れたものは何であれ、それが本質的に卑しかったり親しみのあるものだったりしても、ある種の魔法によって威容と重要性を添えたのである」。――いや、それは魔法ではない。そうではなくて個々の自然に目を向けて見出し、あらゆる類の詳細をそれに結合させ、サー・ジョシュアが単に画家の脳から生まれたとされるその優美と威容と単一性を出す効果によってもたらされたのだ！　ティツィアーノがやっていたことは、用いつつ普遍的な外観を作品上に表すことであった。サー・ジョシュアの理論では、一般的な先入観も相まって、二つが互いに相容れないとして分けられ、（模倣に関連した限りでの）健全な美術を構成する模倣の正確性と鑑賞者の心を打つ作品の、強烈な印象の結合をないものとしたり疑問符をつけたりしようとすることが頻繁にある。

更に、サー・ジョシュアが個々の対象物の詳細を全体的効果に結合させたがっている傾向から、あらゆる自然の対象物にある美や偉大さを、特定の種類の中心的形状や抽象的な観念へと収縮させようとしている。つまりこの観念的な基準から、あらゆる奇異で逸脱したものといった画家の筆にとって不適合なテーマ、彼のキャンバス上を汚染させるものを全て排除するのである。最初の原理があらゆる正確さや固体を特定の事物に破壊しようとしたように、こちらの原理はあらゆる多様性、明瞭性、特性の力を自然のより広範な水準へと混ぜていこうとするのである。同じ部類なら多数ある個々の間には、自然に画一化したり共通したりする原理があるのだが、同様に認識、類似、対照性の原理もあり、それは同じく芸術、自然を問わず、我々の観念の構造と世界の体系において必要不可欠なものである。サー・ジョシュアは虹の色合いを中性化させて、表現方法や中心色として黒ずんだ灰色を添えたいとはほとんど思わないだろう。ならばどうして無味乾燥で単調なものを産出するために、特徴や形状等々を全部中性化させたいと彼は思うのだろうか？　彼はもちろん自分の美の理論が色彩においても適用可能とは思っておらず、そのことは彼自身もよくわかっているのだが、彼は概念を形成し理念化することを主張し文字通りそれを強制させようとする。だがそういったことを彼はあまりわかっていないのであり、そのため彼のこの理論に対する権威はより不信めいたものとなる。彼の（趣向と美の基準としての）中心体の理論は、それが人間の顔や姿やその他の有機的な形状の外形にとって正しくはないことをここで証明しようとは思わないが（確かに美の原理や在り方の一つだとは思うが）、絵画や色彩や特徴や表現そして概念の威容の他の主要な部分には、少ししか或いは全く関係ないとは言っておきたい。サー・ジョシュア自身は「同じ種族の生き物における美は、その種族の多様な全ての形の媒体或いは中心である」と言い争っていて、威容というのは個々の種族を同じように抽象化させたものだということも言い張っている。そういったわけで美と威容は同じ事物だと彼はするが、実際は違う。それ故この説明定義は誤っているに違いない。威容や偉大は精神を高揚させ広げたりする何かを暗示することであり、それは主に力や大規模なものである。美というのは宥めたり融和させたりするものであり、その根源はある種の調和、柔らかさ、緩やかな変化にある。そしてそれらは我々の日常的に関係しているものの範囲内にあるものであり、対象に対して何か期待しているが我々の考え方とは全く無縁なものではないことは疑いない。サー・ジョシュア自身がミケランジェロを威容の例として、彼を偉大で荘厳な様式の手本としており、「彼のような人間は存在秩序の等級において高位に位置づけられる、彼ら、彼らの行動や態度、手足や肉体の特徴や動きにおいて我々と同じ種類に属していると思わせるものは何もない」と述べている。更に「ラファエロの想像力はそこまで高くは上っていない。彼の身体的特徴は我々小柄な種族からはそこまで逸脱しているわけではないが、彼の抱いている観念は貞淑で高貴であり、描くテーマについて見事に飽和している。ミケランジェロの牽引力は強く、独創的で、特徴著しい。それは彼の精神全体から生じたもののように思え、その精神はあまりに豊穣であったため、外からの助けを必要とするといった沽券に関わることもする必要がなかった。ラファエロの方は、彼の素材は基本的に外から借用されていたが、彼の描いた高貴な作風は彼自身のものであった[44]」。一体どうして同じ作家が好む、全ての美、全ての偉大さ、そして全ての卓越性が中心体や中庸の慣習的な観念に近接し、中心からのあらゆる逸脱が多大な奇形や瑣末さを生むのだという理論が、たった今引用したものと一致するに至るというのだろうか？　ミケランジェロの特性は我々のような小柄な存在から大きく伸びているのであり、それでも人間形態に関しての荘厳さという基準であると彼が自分から白状している。そして威容というのは、我々の慣習的な印象から誇張させたものだとも認めている。そして「ミケランジェロが持っていて彼の作品にも表れていた力強く、独創的で、際立った特徴」は威容が欠けているのではない。これは主張に対する事実である。サー・

ジョシュアの述べる絵画の美点とその際立った特徴についての文の方が、彼の抽象的な形而上学的理論よりも信頼がおける。続けてサー・ジョシュアはテーマの貴賤について話す。だがこの点について彼が述べる内容、つまり各々の種類の中心形態にどれだけ近いかが貴賤の基準であり、各々の種類はそれ自体等しく美しいという原理には何か際立ったものがあるというわけではない。花にしろ、貝殻にしろ、その他のものにしろ、自分が描くものの一般的な確立されている形状に従えば、それがラファエロやミケランジェロによって描かれることで高貴なものとなるのだ。この説明に従えば、素質のない人間が描けば平凡なものに仕上がる。それ故自然や芸術における作風の貴賤について、テーマの威厳の差異について説明するには中心的、慣習的形態以外に別の何かがあるに違いない。ミケランジェロの特徴は単なる偉大さ以上のものがあるとされている。だとしたら同じ理屈で、ラファエロにも単なる美しさ以上のもの、単なる柔らかさや対称や優美以上のものがあるとしてはいけない理由はあるだろうか。ましてやこの理論には特性や表現も含まれていないのだ。あらゆる特性は平凡なものから離れたものだ。そしてサー・ジョシュアは、表現は美を破壊することを何の躊躇いもなく断定する。故に彼は言う。

「もし最も完全な美を『最も完全な状態』で保持しようとするのなら、最も美が込められた顔を大なり小なり歪みや奇形を生み出すよう情念を全く表明することはできない」

更に彼は続ける。「グイド《・レーニ》は自分の描くテーマを自分の抱く観念や力に適合するように選別する能力が不足しており、保持することができないところに美を保持しようと努めるから、この点に関しての彼の出来栄えは極めて稚拙である。彼の描く人物は壮大な表現が必要とされるテーマにおいてであることがしばしばである。だが彼のジュディスやホロフェルネス、手には洗礼者の頭を持ったヘロデヤの頭、アンドロメダ、さらには無垢なる者の母のいくつかも、彼の美の女神の服装をしたウェヌスを描く際と同程度の表現力しかない」。

ここでグイド《・レーニ》について述べられていることは何たる非難であり、サー・ジョシュアの理論自体への何たる非難だろう、このように中心の中庸たる形態に反抗するようなものを全て不法なものとして取り除けることによって、芸術の真の偉大で価値あるもの全てをこのような無味乾燥な基準に狭めるとは！　だがサー・ジョシュアはホガースについては、個性として抜きん出た画家としてではなく、この中心基準から逸脱する画家として判断する。個性は彼にとって普遍的な自然に関与することのみによって善良であれ耐えられるものだとしている。そして同様のことがミケランジェロやラファエロについても彼が非難することがあり得て、前者はその威容溢れる様式に、後者はその富んだ表現性に基づいてそれを行うだろう。彼が完璧なるものとして掲げているものを両者とも満たしていないのだ。ここで少し話は逸れるが、サー・ジョシュアはギリシア彫刻において見出される特性や表現について語る際、とても奇妙な内容を述べていることを伝えておきたい。彼はある箇所ではこう言っている。

「アポロンの像について、この彫像の特性について一つのことを考察せずに離れることはできない。この彫像の人物は大蛇のピュトン[ccxliv]に対して矢を放った直後の姿を象っているとされている。そして頭部を右肩の方に少し退くことによって、彼は放った矢の行く末に注意を払っている。この姿勢と円盤を放つディスコヴォロス[ccxlv]の姿勢の違いについて私は述べたいのであり、それもまた自分の投げた円盤がどのような結果となるのかを見定めている。片方は優美で活気漂いながら無頓着な雰囲気を放っていて、もう片方は通俗的な熱意を放っている。それらは古代の彫刻家たちが特性の違いを明確に捉え描写する実例である。両者とも等しく自然に基づいており、感嘆を覚えるものだ」

　彫刻芸術の限定された意味合いについて、そして古代人たちが形状以外の全てにほとんど注意を払わなかったことを少々述べた後、彼は次のように言う。

「我々生身の存在ができる以上に彫刻が表現できると考えている者は、我々が胸像、カメオ細工、凹彫において表現されている特性について、最初見た時にそれを見出すのは一体どういった理由からか。自分が見ているもの以上のものを見ようとしないと決心した者は、その彫像の性質が形状や美の多様性ではなく印によって区分されていることに、よく観察すれば気づくだろう。アポロンからそのリラを、バックスからその杖テュルソス[ccxlvi]と葡萄の蔓を、メリーガから猪の頭をとってみたところで、彼らの特性に違いはほとんど或いは全くない。ユーノ、ミネルヴァ、フローラについては創作者たちの考えは完全な美を表象する以外何もないように思え、後になるとそのための適正な付属物を作品に象るが、それをそもそも与えた存在について彼らは全く無関心でいる」

（だとしたら、この直前に作者が称えた「特性の違いを明確に捉え描写する」ことについてはどうなってしまうのか？）

「ジャンボローニャ[ccxlvii]は、若い男が若い女性を腕に抱え、彼らの足元に老人が横になっている彫像を完成させた時、友人たちを集めてこの題名をどうしようかと訊いたところ、『ザビニの女たちの略奪』と呼ぶことに同意した。そしてこれはフィレンツェの古い宮殿の前に立っている著名な人物たちである。この彫像は古代のそれの最も多くに見出されるのと同種の一般的な表現が込められている。だがそれでもジャンボローニャが本来意図しなかった表現の繊細な美しさを将来の批評家たちが見出し、下にいる老人の顔から、彼から奪われた上の女性との関係性について読みとれたとしても不思議ではない」

　このようにしてサー・ジョシュアの理論は特定の基準に傾いているのであり、自然と真理の厳格さより柔和で穏やかな無味乾燥さの領域へと移っていく口実をいつも用意している。こう言うと申し訳ないとは思うが、私にはやはりこう思えてならないのだ。

私としては画一性同様に芸術や自然の原理において多様性や対称性は必要不可欠なものだということは自明の理であり、世界の調和と精神の平静を作るためにも必要なものとは強く思っている。光と影の移りゆく効果、同じ或いは異なった対象物における鋭く活き活きとした色彩の対照、花の筋、大理石の染色といったものを全て同じ中性的で死んだような色彩で、同じ中庸な色合いに減じようなどと考える人はいるだろうか？　だがこの原理にこそ、サー・ジョシュアは形状における多様性、特性、印象深い効果を全て排除しようというわけであり、少なくともこれらの真価や紛い物であることを所与の中庸基準からどれほど近い、或いは遠いかによって測ろうというのである。サー・ジョシュアの理論よりも自然はもっと自由なのであり、芸術はもっと広いのだ。（この論のために）仮にあらゆる形状があり、その形状の構成要素の調和がとれずバラバラであり、形状における美や快の感情は結果、慣習的な連想或いはそれらが目指そうとする中庸的な効果からしか感じとることができないとしよう。だがこの原理は他の事物についても適用することはできないのだ。予期していたものと対応する形でしか精神に作用を及ぼす力がないにしても、このことは力や偉大と威容の観念についても当てはまるものではない。力の観念が畏敬や荘厳の感性で精神に作用を及ぼさないなどとは誰も言えない。つまり、力と弱さ、偉大と威容と些少は互いに全く無関係なものではなく、完全性は両者の中間において構成されるのだ。もう一度言うが、表現というのはそれ自体どうでもいいものだということはなく、中庸的な基準に応じることによってのみその価値と恩恵を引き出すことができる。一体どうして、快楽や苦痛の表現を中庸化させる必要があるのか？　或いは人間精神の情念、憐憫、愛情、喜び、悲しみ等々は想像上においてのみ関心が払われ、芸術家にとっても注意を引く価値があり、なぜならそのような状況のみで苦痛でも快楽でもないというはっきりしない曖昧な状態になるから、という理由で？　或いは最大級の気品や正確さや力を各々描くにあたって思い留まる人はいるだろうか？　理想的な表現は中庸な表現ではなく、むしろ極端な表現である。もう一度言うが、特性というのは奇抜なものなのであり、驚くべき対照性や特徴を持っており、画一的なものではないのだ。サー・ジョシュアの排他的とは必然的に対置されているものであり、それでも人間精神にとって推測するにあたっての面白く興味深い領域であることは確かである。人物の活き活きとした描写は自然と芸術の愛好家を満足させる一つの源泉だが、個々の特色が拒絶されれば全ての真実と卓越性がそういった描写をすることは不可能である。理想を描く特徴は決して平凡ではなく、歴史画や肖像画において一貫した特性として特徴づけられるものである。絵画上の歴史的な真実というのは異なった顔の特徴や肉体の筋肉を一貫した行動にて描写することにある。全体的な絵画上の美しさは描く対象物の特定の要素や性質に依拠するのであり、それは美の中庸の彼方にあるものを目指し、それが観る者の心を捉えるのである。だがここで述べたことは私自身の推論を晒すためではなく、むしろサー・ジョシュアが他の箇所において持論を述べているテーマについての、一般的な捉え方について確証したかったのだ。第十論考では、アポロンに対していくつかの点を批判していて、次のような特徴的な言葉を述べている。

「先ほどの批判に関してだが（彫像の下半分は正確とされているバランスよりも長めだということ）、アポロンはここでは彼の独特な力、つまり敏捷性を発揮していることを覚えていただきたい。それ故彼はその特性と最良に一致する構造をしているのである。これはヘラクレスに異常に膨らんだ強靱な筋肉が与えられていることが無謬であるのと同じである」

　そうだとして強さと活発さは中間形態には依拠しなかったということである。そして中間形態はこれらの能動的な性質を表象するものとして捧げられるのである。かくして特性というのは古代の古典の芸術様式として必要な要素というだけでなく、美の抽象的な観点よりも優先されそれそれを払い除けるのである。ホガースのゴシック的な決意、つまり彼はハ[ccxlviii]ロンを象る場合には、水夫は大抵ガニ股だからその彫刻の足もガニ股になる必要があるという決意、を固める場合にそれの正当性を裏付けるものを少し足せば良い。人間や神の抽象的な観念について語るのも大いに結構なのだが、もし他人に理解してほしい論考が思い浮かんだら、それを個別化し具体的に説明するか、今考え込んでいるその観念を取り壊さなければならない。サー・ジョシュアはこの点に関して第三論考において比較的長い分量で論じる。

「各々の存在の種類における美の観念は普遍のものであると私が前に述べた原則については、次のように反論されるかもしれない」。彼はこう続ける。「各々具体的な種類おいて多様な中間形態というものがあり、それは互いに分かれて特徴づけられていて、なおそれでもそれが美しいことは否定できない。例えば人間の像だと、ヘラクレスの美がその一つで、ローマの剣闘士はまた別にあり、さらにアポロンもあり、非常に多様な美の観念が形成されているのだ。確かにこれらは、特性や大きさが異なるにせよ、各々の特性に基づき完璧なのである。だがそれでもそのいずれもが個々のものを表象するのではなく、あくまで種類に属するのである。そして普遍的な形状は一つであり、それは人類全体に属するものと述べた。それ故にこれらの種類には一つの共通の観念があり、それはその種類の属する多様な個々の形状の抽象なのである。かくして、幼年期と老年期の姿形は大幅に異なるのだが、幼年期の共通した姿形と老年期の共通した姿形があり、それがそれらにある個々のものよりも大きく離れているためより完全なものなのだ。だが更に、人間像の一般的な分類における各々の最も完璧な形状は理想とするものであるから、その種類の中でどの個々の像よりも卓越したものではあるが、人間像の最も完全なるものはそれらの中にどれ一つとして見出すことはできない。それはヘラクレスでもローマ剣闘士でもアポロンでもない。それら全ての要素を兼ね備えたもの、つまり剣闘士の活発性とアポロの繊細な美しさとヘラクレスの筋肉的な強靭さを全て等しく備えたものにこそあるのだ。どのような種類の完全な美も、その種類内にある美しい特性を全て結合しなければならない。他のものは全て排除してどれか一つだけというのはあり得ない。そういったわけでそのような美のいずれも独占的ではなく、同時に欠落的でもない」。

サー・ジョシュアはここで特性と種類について、中間形態の主要で一般的な考えと必然的に結合されるものとして想定している。中間形態は一つの広範的な抽象の下で性別、年齢、事情と混ぜられるものではない。だが普遍的な観念は、いくつかの従属的な分類や各々の種類の分化に属する特定の差異や特性の表象によって限度が設けられる必要がある。抽象化同様、個体の原理が自然と同様に芸術作品とも分離できないことを提示するだけで十分である。人間の姿形を他の生命体のそれと、さらに男の姿形を女のそれと明確に分けておく必要がある。また、老年期と幼年期の人間も、熟慮と陽気さも、強靭さと柔和さも分ける必要がある。こうやって分けていくことはどこで止めればいいのだろうか？　だがサー・ジョシュアは自分の説に立ち返ってまさに次の内容を述べるのである。曰く「違う、我々はヘラクレスの力強さとアポロンの繊細さを結合させる必要があるのだ。というのもどんな種類においてもその中での完璧な美は、その種類における美の特性を全て兼ね備えておかなければならないからだ」。それでこれらの異なった特性がそれ自体において美であると言うのなら、それらを中間的な形態へと和らげて変えていくのではなく、それ自身の目的として最もインパクトの強い外観として授けたらどうだろうか。その場合は多様な卓越性が結合されるのではなく、妥協点が生み出されることとなる。もし全てが美を凌駕するのなら、もし全ての特性が奇形であるのなら、他の性質においてもできる限り早く喪失されるように努力すべきである。だがもし力強さは卓越したものだというのなら、そして活発性も繊細さもそうだというのなら、完全性、つまり各々の性質の最も高い度合いについてはもっと低位の度合いで満足することでしか獲得できなくなる。だがサー・ジョシュアが論考の他の箇所でこのテーマについて述べていることに耳を傾けたいと思う。「いくつかの卓越性は結合されることによって支えられ、むしろ結合によって発展する。他のものは様態として無秩序であり、それらを結合させることは不調和な原理による辛辣な不快感を与える効果しか生まない。相反する卓越性（例えば形態について）[45]を一つの像に結合させようとすることは、醜いものに退化すること必然であり、もし退化することがなかったとしたらそれは無味乾燥に堕した時である、つまり描写されたその特性を取り除いて、表現を弱めた時である。

こういったことは明白であり、美術に関する著作家の中で実際は画家ではなく、結果として何ができて何ができないのかはわかっていないのに、自分贔屓の作品を解説するにあたって馬鹿げた賞賛を好き勝手述べてきた者が多数いる。彼らが作品に見出すのは、自分たちが見つけたくて見つけているものである。彼らは互いに共存することはとてもできないような複数の卓越性を賞賛する。そして何より、色々混ざった情念による表現の多大な正確さを解説することを特に好み、それは私としてはむしろ美術の届く範囲を大いに超えているように思えてならない[46]。

ラファエロのいくつかの実物大下絵とその他の絵画について私が読んだ論考には、上のような稚拙なやり方をとっているものが多数あり、そこで批評家たちは自分たちの想像を説明しているのだ。或いは卓越した巨匠自身が芸術の力を超えたこのような情念の表現を試みる。それ故曖昧で不完全な描写によって、自分が空想するための余地を残し、同時に自分の情念も見つけられるだろうと思ったのだ。芸術において今まで何が行われてきたか、そして何が成し得るかを決めるのは、十分に困難なことだ。我々はロマンある空想の概念を描写することができなかったとして、それを恥ずかしく思ったり落胆したりする必要はない。芸術にはその限界点があるのであり、他方で空想力はないのである。古代人のように我々は、ユピテルに従属する神々が各々別個に持っていた力と完全性を有していると容易く想定することができる。だが、芸術を駆使してユピテルを描写しようとした時、画家たちは彼の威容のみが彼の特色であるとして描いたのである。それ故プリニウスについて、確かに古代の芸術家たちの作品と関係したことについての情報を遺してくれたことには多大な恩義が彼にはあるものの、彼は芸術家たちについて述べる時非常に頻繁に過ちを犯すのであり、それは現代の我々の鑑定家にも通じている。彼はパリにあるエウフラノール[ccxlix]作の彫刻について観察し、その際三つの異なった特色について気づくかもしれない。神としての威厳を持つ女神、恋する者としてのヘレネ、征服者としてのアキレウス。威風堂々と若き優美さと強健な武勇を結合しようと彫刻において努める場合、そのいずれも極度な度合いにまで作品上において保持することはあってはならない。そういったわけで、一つのテーマながら、そこに多様な要素から生じ、多様な方向へと必然的に動いていく多様な力を集中させていくように努めることには、危険性と同様に多大な困難があるように見えるのだ」

芸術に向かう生徒がこれらの矛盾を孕んだ文章から、鑑賞についてのどのような適切な原則や芸術に対する真の糸口を引き出したり、互いに矛盾ないように調整したりするにはどうすればいいのか、私は途方に暮れていることを白状しなければならない。私としては、無限の性質、組み合わせ、特性、表現、突発的な出来事等々における自然のあらゆる多様性は明確な要素や中心点から生じるもので、明確な方向へと動いていくに違いないものだと思っている。というのも異なった種類の形状は別個の基準に依るものだからである。芸術の目指すところは、その力、明晰さ、正確さを全て引き出し、漠然、曖昧、ありきたりの理念を織り混ぜることではない。後者だと一見すると結合しているように見えるが、実際は破壊しているのである。サー・ジョシュアの理論は自然に制限を設け、芸術を麻痺させる。彼によれば、我々の抱く多様な印象の中間形態や平均は、そこからあらゆる美、快、興味、空想が湧き出る源泉であるとしている。それに反論する形で私は、逆にこの多様性こそがそれ自体において善なのであり、彼の言う存在している自然全体は無以外なく、賢い人間にとっての省察は世界どころか、キャンバスにもかつて存在したことのない理想的な完全性を描くこと以外に価値はないということにも同意できない。サー・ジョシュアの理論体系にはどこか気難しく病んでいるようなところがある。彼の趣向に案ずる体系はあまりに否定するところが多く、逆に肯定するところや重要な理論が十分に多くなく、それは古代の一般的な美について以外は何も述べておらず、それも全然十分ではない。ホガースの作品の美点はギリシアの彫刻とは異なることは私も認める。だがホガースがこの基準やサー・ジョシュアの言う中間形態によって評価されることは拒絶する。ホガースには教示と娯楽の力が込められており、「異なった要素から生じ、必然的に異なった方向へと動いている」のであり、完全にその目標にまで達成するのである。もし彼の理論を採り入れるなら、喜劇には悲劇のような情動や叙事詩のような堂々さがないからといって非難しても理に適っていることになってしまう。もしサー・ジョシュアの理論が正しかったのなら、サミュエル・ジョンソンの『アイリーン』はシェイクスピアのどの悲劇よりも優れたものとなってしまう。

以上をもって『論考』の不足点は以下の点にあると考えている。

一、彼の理論だと絵画上における全体的な効果は詳細を取り除けることによって生み出され、それは最も大きな箇所や壮大な外形は、部分部分における仕上がりの最も繊細なところと一致しているということである。

二、美と威容の間には何ら差異はなく、各々の種類の多様な形態の中心点としての理想的な或いは中間的な形態を両方とも表す。それでも彼はミケランジェロの作風の威容を彼の先駆者やその弟子たちの超人的な外観に由来するものとしており、一貫性を欠いている。

三、(ミケランジェロ等においては迂闊にも彼は認めているのだが)荘厳性についての明確な源泉として対象内にある力や規模について言及することはなく、美の明確な源泉として形状の柔らかさや対称性についても言及しない。なのに、我々が個々の種類からそれらを感受することを別の源泉から生じることについては主張しているのである。

四、レノルズ氏の理論は特性をいれる余地がなく、それを異端なものとして拒絶する。

五、表現の源泉を指摘しないが、美と敵対関係にあると述べている。それでも最後に、極限まで理論体系化する中間形態について、彼は特性によって説明することも、情念を混ぜることもなく、全体として漠然として無味乾燥的なものとしている。

端的に言えば、彼の述べている理論は明晰で納得いくものとは思えず、それ自体一貫性を持ってはおらず、少しばかりの簡単な原則によって芸術の多様な卓越性について説明することも成功しておらず、このテーマを取り扱うにあたってのサー・ジョシュアのやり方は彼自身の言葉を借りて「公明正大なやり方」であるとは思えない。これは生徒たちに自分が持っていた考えによって取り扱う対象をもっとわかりやすく解説したり、それを達成するために研鑽するための強い刺激を与えたりするためというより、生徒たちを当惑困惑させるために書いたものとおそれながら思っている。

【原　注】

44　原注一：第五論考。

45　原注二：これらはサー・ジョシュアの言葉である。

46　原注三：実際にそうかはわからない。だが二つの情念について、どちらも表現せず或いは中間にあるものだけを表現することによってそれらを表現できるとは思えない。

【訳者注】

ccxli　Balthasar Denner（1685-1749）：十八世紀ドイツの画家。肖像画をおもに描いており、作曲家のヘンデルの肖像画を描いたのも彼と伝えられている。

ccxlii　原文では 'What word hath passed thy lips, Adam severe!' 表記。ミルトンの『失楽園』第八巻に以下の類似箇所があり、ここからの引用であろう。

What words have past thy Lips, Adam severe,

ccxliii　Paolo Veronese（1528-1588）：十六世紀イタリアの画家。原文では Paul Veronese 表記。宗教画や歴史画をおもに描いており、ルーヴル美術館に所蔵されている『カナの婚礼』が主要な作品である。

ccxliv　Πύθων：ギリシア神話に登場する巨大な蛇の怪物。現在ではピトンのように発音される。原文ではPython表記。脚のないドラゴンの姿で描かれることもある。ガイアの子でデルフォイを守る番人であったが、アポロンによって倒された。

ccxlv　Δισκοβόλος：古代ギリシアの彫刻家ミュロン（Μύρων　現在ではミロンと発音される、前480-前445）による彫刻作品。原文ではDiscobolus表記。現在ではディスコヴォロスと発音される。ディスコヴォロスは古典ギリシア語で「円盤投げ」を意味し、その名の通り円盤を投げている人を彫ったものである。

ccxlvi　θύρσος：ギリシア神話に登場する杖。原文ではThyrsus表記。現在ではティルソスと発音される。オオウイキョウで作られ、葡萄の蔓で装飾され、先端にまつぼっくりがつけられたものである。儀式で使われ、ディオニュソスと関連性のある物である。

ccxlvii　Giambologna（1529-1608）：十六世紀フランス生まれの彫刻家。原文ではJohn De Bologna表記。アントウェルペンで彫刻家に師事したのち、イタリアに移り住み独自のマニエリスム様式を確立した。ローマやフィレンツェにおいて多くの彫刻作品を残した。

ccxlviii　Χάρων：ギリシア神話に登場する冥界の渡し守。原文ではCharon表記。ダンテの『神曲』にも登場し、ダンテとウェルギリウスを舟に乗せた。

ccxlix　Ευφράνωρ（紀元前四世紀中頃）：古代ギリシア、コリントスの芸術家。原文ではEuphranor表記。現代ではエフフラノルと発音される。彫刻家としても画家としても優秀であり、神話の登場人物も実在の人物も表現していた。

■エッセー十五　逆説と平俗

私は逆説を好むと非難されたことがしばしばあるが、それが罪あることとは私としては認めることができない。その意見が昔からあるものだから正しいと断言はしない。かといってそれが斬新だからと最初触れた時に熱愛するくらいに好ましく思うこともない。最初の時よりも僅かに合理的になることなく千回とそれは繰り返されてきたのだろう。そしてある論拠や意見が極めて正しいこともあるが、それは未だかつて述べられたことはないということもあると考えている。かといってあらゆる偏見は無根拠なものだということを自明の理だともしない。或いはあらゆる逆説が通俗的な意見と矛盾するからといってこれまた自明の理だと思わない。シェリダンは一度何かの演説について、彼らしい鋭利で辛辣的な口調で「それは斬新さと真実性の両方を多大に含んでいる。だが残念なことにその中で斬新な部分は真実ではなかったし、真実の部分は斬新ではなかった」。これはここで取り扱っているテーマについて包括的に表現しているように思われる。それがどれほど流行して、どれほど理に適っているとしても、通俗的な意見をやたらと固持することは私にはそれほどない。かといって極めて尤もらしいような斬新な意見についても、私がその合理性をしっかりと追究してしない限りは取り上げることにそれほど熱心ではない。独創性というのは他者の意見から独立していることを暗示するものである。だがそれは単なる奇抜なものから極めて陳腐な決まり文句まで様々である。それは自分で見て思索することにおいて成り立っているものなのだ。他方で奇抜さというのは他者の意見に何らかの反駁をするためだけに気どって言うだけのものに過ぎず、そこには反駁者自身の対象となるものについて真なる意見は全く存在しないのである。バーク氏は独創的だが誇張めいたことを言う作家だった。ウィンダム氏は逆説を慣習的に作り上げるような人物だった。

人間精神の大多数は慣習と権威の圧力に由来することを除き、何らかの結論を下す能力が全くないように思える。これとは反対に少なくはなるがやはり数の多い集団があり、彼らの抱く意見は等しく斬新さと絶え間ない虚栄心の影響下にあるように思える。片側の偏見はもう片側の逆説によって釣り合いがとれている。そして愚かなことに「天秤の片方の皿に無知を載せ、もう片方にプライドを載せる」ことは「永遠の均衡によって浮かぶ喜びの微笑みを浮かべる」と言えるかもしれない。誠実で猛々しい精神を有する疑問は、模範に盲従したり突然の閃きによって立ちくらんだりすることはない。自然というのはいつも変わらぬものであり、それは永続的な真理を所管する倉庫であり、尽きぬことのない多様性が溢れているのだ。そして自然を落ち着いて熟練した目で見ることは、それが他の人によって目を向けられたことがあろうとなかろうと、自分の賢さを働かせるだけのものが十分にあることを見出すだろう。こう書くと奇妙に思えるかもしれないが、対象物について知りたい場合、真実の哲学者は対象物そのものに目を向けるのであり、他者がそれについてどう考えているか、どう口にしているか、どう聞いたことがあるかとか、彼らの意見に対抗し自分が世界の誰よりも頭がいいことを証明するために、自身の虚栄心や苛立ちや才分が専ら言うところを取り上げるといったことはしない。このことを欲してしまうが故に、精神の本当の力や源泉は、他者の意見や情念との確執や自負心に対する偏見、軽やかさに対する頑固さ、性急な革命に対する悪名高い虐待、新しいが奇抜な愚かさに対する鈍くて遅い懐古的な愚かさ、頑迷な利己心に対する世俗的な関心、老人の矯正不可能な偏見や若者の制御できぬ機嫌等によって喪失、消散される。真理というのはこの中間において位置づけられているので両端から見過ごされている。或いはルターがずっと前に不満を述べたが「人間の理性は馬に乗っている酔っ払いのようなものだ。片側から立たせればもう片側へと崩れ落ちる」。片側とは模範、権威、流行、気楽、関心、これらによって全てが支配される。また別のもの、奇抜さ、偏愛、単なる気まぐれ、あらゆる制限を投げ捨ててしまい結果に対して英雄的なほどに省みないのを示すこと、精神の慌ただしく落ち着くこともない動き、衝動的で強烈な興奮を欲すること、空想力を掻き立てるための何かの目新しい玩具、これらは全て等しく「首座星」であり、理性、真理、自然、分別、感情を凌駕してしまう。派閥があるところ、そこでは全て正しい。その派閥にとっての敵対者は、それが何であれ、全て間違っている。これらは古めかしい馬鹿馬鹿しさを全て取り入れてしまうのだ。斬新なこと、まだ成熟していない事業を行い始め、自転車[ccl]やフランス革命に関して同じように集団で夢中になっていくのである。一つの集団は崩せぬ連帯感と技術的な伝統に抱かれていて、今まで耳にしなかったことについては全く聞こうともせず、それは遠い昔の先祖たちに遡る。彼らが耳を傾けるものは今まで見てきたものと同じものだけであり、いつまでも繰り返されていく無意味な言葉だけである。他の人たちはバビロンの方言の如く、自分たちにしかわからないような無造作で冷淡で不調和な言葉を使う。その言葉は他の人たちにはその意味合いや観点について読み取ることが皆目できない。これらは最終的には、一日以上続いているあらゆる慣習や信条や制度について偏狭であり迷信であり野蛮な無知だとして言及するようになり、その鉛のような触り心地は彼らの素早く、活発で「不安気で忘れがちな」能力を硬直化させ無感覚にさせるに至る。今日の意見は昨日のそれと取って代わる。そしてそこから推測するに、明日のそれは今日のそれと取って代わる。古代人たちの叡智、学識ある者の教え、国家の法則、道徳についての一般的な感性、これらは彼らにとって古い年鑑の束のようなものである。現代の政治家がいつもその日の新聞について尋ねているように、聞き齧り屋はいつも最新の矛盾について尋ねている。彼にとっては本能というのは耄碌したものであり、自然は醜い取り換え子であり、分別は忘れ去られた決まり文句である。海千山千な人たちはかなり異なった考え方をしていて、それは正しいに違いない。一方は多数派のことである。力を持っている側は年齢、場所を問わず正しいのであるのだが、彼らは互いの喉を切り刻んでいき、世界の最初の時から口論や議論をして世界をひっくり返すことを行っている。もう一方は、二人の人間が同意に至ったものは一見したところ誤りである。騙されやすい偏狭家は「神聖化されてきた」制度を変更するという考え方に身震いする。この偽善的な決まり文句の下だと如何なるペテンや愚行、宗教裁判、聖油、王権神授等々も我慢できるようになる。もっと立派な懐疑主義者は罪の刻印の押された慣習を保持しようという考えは真っ向から笑い飛ばす。彼は前からあった先駆的なもの、「全てが些細で懐かしい記録」[ccli]、社会全体の枠組みと骨格を厄介なものとして減じようとする。これは利口ぶった人の組み合わせとしてお似合いではないだろうか？　一方はどんな時でもやたらと自分の宗教と政府のためにこだわり、もう一方はあらゆる宗教や政府を形容できぬ軽蔑の笑みを浮かべながら探し回る。前者はどんなことがあっても広くて拓かれた道から逸れることはない。後者は継続的に直角地点で逸れていき、自分の無知と推測の迷宮で迷子になっている。前者は常に最も力のある側についている。

後者はどんな派閥にも付和雷同することはない。前者は繁栄している制度なら常に従う。後者はいかなる世間的な慣習にも迎合することはない。前者は慣習の奴隷である。後者は気まぐれに弄ばれている。前者は頑固なまでに寝たきり状態になっている人間のようである。後者は聖ヴィトゥス[cclii]の踊りにいつも困惑しているようである。後者はじっと立っていることができず、如何なる結論にも身を休めることができない。「彼はいつも正しい側にいないと気がすまない」。

『鎖を解かれたプロメテウス』の作者[ccliii]（最後に述べた特性についての個々の実例を挙げるために取り上げるが）は、目には火を湛えており、血には熱狂が流れており、脳には蛆虫があり、彼の喋りには動転した羽ばたきがあり、それらは哲学的な狂信者を示しているものだ。彼は楽天的な顔をしていて、嗄れたような声をしている。宗教的な熱狂家においてよく見られるように、彼らは身体的なスタミナは乏しく、肉体の力は精神的な力とはとても釣り合っていない。その撓むような柔軟な姿形は一つのことに固執するようには思えず、周囲の世界とやり合うことはなく、ただそこから川のように流れ去っていくだけである……。

そしてその液体の手触りにおいて

傷つきし人間は流れる空気と同じだけ受け容れられる[ccliv]

事件の衝撃、権威の圧力は彼の意見に対して何ら作用することはなく、まるで羽根のように落ちていくか、己の浮力によってそれらとの遭遇にも無傷で浮かび上がる。彼は現実の無気力な制度や、愛着からくる偏愛や根付いている偏見、自然と慣習の強健な幹や頑丈な殻に属するものによって妨げられることはないが、抗えぬ軽やかさによって単なる憶測や空想の領域、空気と炎の領域へと、彼の喜ぶ精神が「真珠の海々と琥珀の雲々」に漂うように引き寄せられていく。擦り切れた無価値なものなんてなく、精神において重荷となるような陳腐な経験もない。いずれも酒石の変わりやすい知性的な塩であり、その儚く燃えやすいエキスが何か堅固で長持ちするようなものと結合されることを拒否する。泡だけが彼にとっての唯一の現実なのである……。触れれば消えていく。好奇心だけが彼の精神にあるカテゴリーであり、知識としては成人相応だが、感情としては子供である。それ故彼は全てを形而上学的な試練に課し、自分でそれを判断し興味深い経験の対象物として他人に示す。だが自分の分別としての試練を課したり、心で試したりすることもない。このあらゆる点について無造作に頭を働かせる能力は大きくなりながらも未知の状態において知らずに不安を抱かせる、ちょうど大きく育ち成人のような力を得た子供に不安を抱くように。

シェリー氏は虚栄心に関して非難された……。私としては、彼は極度な無思慮において非難されるべきだと考えている。だが彼のこの無思慮というのは程度があまりに甚だしく、その結果生じることについて彼は捉えることができないようである。彼はあらゆる確立された信条や制度を覆そうとしている。だがこれは彼の気質に起因するものである。彼は最も極端な意見に動かされてしまうのだ。だがこれは、彼が共感や慣習の単なる機械的な抑制によって制御されることがないからである。彼は有害な対象物に不当とも言える圧力をかける。だがそれは彼が腐敗したものが放つ悪臭に満足しているというより、それが放つ知性的な燐《りん》の光に魅了されているからである。彼は自分の創作物の内容で大衆を納得させたり、教示したりしたかったというより衝撃を与えたかったのである。だが彼はそれよりも自分の道徳的、哲学上の電撃的な体験で自分を驚嘆させる意図があったのだと私は訝っている。そしてそれが他人を苛立たせることはあるにしても、彼らにとってシェリー氏は無害な娯楽であり、北極圏のオーロラ《Aurora Borealis》の閃光であり、「頭の周りでは戯れるが心にまでは届かない」のである。それでも彼の電気装置から生じる絶え間なく不安を覚えさせる渦巻きを彼が止めることをまだ私は願っている。彼の熱意、才能、空想力によって、自分の荒々しい理論を撤回し、自分の読み手を動転させることによって心が躍動することが少なくなれば、より多くの善がなされ害も減るだろう。この類の人たちは、有益で世に認められた真理をまとめてより堅固にし、それによって学問と徳の原因を進歩させる代わりに、絶えず疑わしく不愉快な問題点、それは学問と徳に恥辱と不信を持ち込むこと、を挙げなければ気が済まないのである。彼らは人々の精神を社会的な向上が見込まれるような卓越性へと単に導くことには満足できない。彼らは人々に転びやすい道を歩かせ、約束されたピスガ[cclv]の頂に到達した瞬間、いつでも断崖から蹴落とすことができる状態でなければならないのだ。何か案内や警告としての役割を果たす指針となるものを携えても、同時に彗星のように共同体を怯えさせることができない限り、それは無意味だと彼らは考えている。自分たちの原理を恐るべきものに仕立てようとかいうつもりはない、自分たちを悪名高い存在にすることができるのだから。正々堂々とした手段で世論を勝ち取ろうとすることは彼らにとって味気なく、平凡な大衆的人気に過ぎないものなのだ。その手段は荒々しいものとして力ずくで実行するか、毒性の化合物によって誘惑するかのどちらかである。利己心、不機嫌、放蕩、原則の無思慮（その源泉が何であれ）は誰にとっても良くないものであり、哲学的な改革においてはとりわけそうである。彼らの人間性、彼らの叡智は常に「地平線にある」。新しいもの、未知なもの、遥か遠くのものは何であれ彼らにとって心から歓迎すべきものと確信して映るものだ。対象が新しく明らかに非現実的で、望ましいものかどうかも疑わしいならそれに比例する形で歓迎すべきものなのだ。最後の失敗の直後、フランス革命の最後の幕が完了した後に、合法的な才人たちが「道化芝居は終わりだ、さあ晩餐に行こうじゃないか」と叫んでいる間、怒り心頭の思考者たちは選挙区商売人の台頭に確実に抵抗するために、この国にネアの国内政府を導入してはどうかという活き活きとした仮説を立てた。現実的なものは彼らにとって理想に反するものなのだ。そしてそういった架空の理想の異なった形態として、彼らは黄金時代や新たな秩序はブルボン家の復興がその開始点としている。「口先ばかりでは何の役にも立たない」という諺がある。「君が結婚することについて語っている時、俺は絞首刑について考えている」とマクヒース船長[cclvi]が言っている。人々の中で最も害を与えるのは、絶望の真っ只中にあって希望について述べながら、実際は彼ら自身の楽天的で浅はかなユートピアじみた企てについてしか頭になく、成功する見込みは少しもないのだから困惑や落胆が伴うような運動を行うことが何らなく、自分たちの他愛ない空想、実際の国王、聖職者、宗教、政府、社会の悪習や私的な道徳について関係しないものを含め、追放と破門の同じ広範的な条項において、全ての派閥を組み合わせて運動を行ってそれら現実のものに対抗し、尚且つ他の人たちを空想上の到達不可能な完璧な社会よりも実際に進歩させるように一歩進めていくことを妨げようとする。

そもそも、このような不適当で早熟な熱は全て腐敗や衰退という結果に終わる。私自身もこのような意見の放縦や感情の暴力的な沸騰が、フランス革命の初期段階において実例としていくつかあったことを覚えている。極端は極端を呼ぶ。そして最も熱気に囚われた無政府主義者はあれ以来最も図々しい棄教者となった。この最も主要な例として現在の桂冠詩人とその友人たち数人について言及したい。この点において、散文家たち（ゴッドウィン氏[cclvii]、ベンサム氏等々）はこのような極端な態度をとることはなかった。彼らは自分たちの態度の根拠を変えることはなく（それは幾分か間違ってはいるが）、最初抱いていた原則から基本的に離れることはなかった。だが（言われているように）詩人たちは脳が煮えくり返ったような状態になり、何でもかんでも考えるようになって台無しにしていった。彼らは稚拙な哲学者であり更に稚拙な政治家であった。[47] 彼らは大部分において自分だけの理想の世界に住んでいる。そしてそこから出てこられないように閉じ込めた方がいいだろう。彼らの空想上の羽ばたきは彼らにも他の皆にとっても喜ばしいことだ。だが実務的なこととなると奇妙なことをやらかす。そして彼らが公の出来事に関して活動することが許されたなら世界を誤った方向へと向かわせる。彼らは自分のうっとりするような夢や迷信めいた偏見にのみ夢中になり、気に入ったものなら何でも崇拝したり心を砕いたりし、普通に論法にするのに必要な歴史的個々的事実など少ししか気に留めない。彼らはリーダーとしては危険であり、従わせるには油断のできない存在だ。彼らの中庸を知らぬ虚栄心があらゆる種類の放縦へと駆り立てる。そして彼らの慣習的な柔弱さは何か極端なことをしたかと思えばすぐにあらゆる代価を払ってでもやめようとする。常に自分が楽しみたい欲望を満足させようとし、他者を驚かせようとし、何か劇的な効果をもたらそうとし、何らかの方法で観る者に衝撃を与えたり喜ばせたりしようとする。そして自分たちが書くことによって生じた結果には明らかに無頓着なのであり、まるで世界というのは自分たちの素敵なトリックを働かせるための舞台に過ぎず、そこで感嘆している観客たちを感動して泣かそうとしているかのようである。彼らは独立であるのと同じく隷属であることにもロマンを抱き、名声や汚名のために我が身を立候補することを口うるさくせがみ、ただ著名な存在になることとしか興味がなく、そのための手段としては何も厭わない。ジャコバン派または反ジャコバン派——無政府や放蕩のあまりに突飛な主張者、或いは政治遂行のための荒々しい主張者——の者たちは自分たちの主張について暴力的で俗悪であった。彼らは有頂天で不快な動きをしながら、一つの馬鹿げた主張から別のそれへと揺れ動いていき、老いていく年齢の冷酷な悪徳によって若さによる愚行を許す。最も不快で滑稽じみた極端へとあらゆる逆説を向かわせることを皆が願っており、広まっている哲学のあらゆる性質について自分の個性を使い風刺してやろうと誰もが思っている！　彼らのこの上なく幸福な革命の日々において、哲学者たちは彼らの踵に猟犬のように這い寄っていき、その間彼らは鷹のように遠くの獲物を狙っては向かっていく。最も低い獲物を絶えず窺っている。最も腐った悪臭を嗅ぎまわっている。毒を消化する強さを考えては虚栄心を満たし、他者の偏見を最も効果的に揺るがすことを最大級の誇示を示しつつ公言するのである[48]。不合理にも抽象的な真理における目新しさや、純粋理性における劇場的な演出の爆発を追い求め続けた彼らが、自分たちの追求してきたものに最後には嫌気が差すようになり、激動の変化に晒され続けた結果、自分たちが今まで殲滅してきた分別、叡智、人間性によってもたらされた空虚さを埋め合わせるために、中毒的な偏見や惨たらしい感性を怒濤の勢いで抱くようになる！

　私は今まで詩人や改革者に対して辛辣に当たったことは少なかった。というのも彼らに対しては特別な悪意を私が抱いているとは思われたくなかったからだ。私はここで自分が詩人や改革者だと自称したことが今までなく、むしろそれらとは正反対な人物で、世故に長けており、廷臣で、機知に富んでいて、空想上に過ぎない発展のあらゆる計画に関しての上述の問題点や現実的な改革の、あらゆる計画を発動させようと努める人物の以下の言明を引用する形でその非を謝罪しようと思う。この言明自体は平凡な仕上がりであり、その円滑で響きがよく精神には何ら作用を持たないが故に世間に広まった推論が、最も荒唐無稽な逆説よりも合理性を秘められているかどうか確認してみたい。

「私の運命は大英帝国の下で放たれている」とカニング氏はリヴァプールの演説の締めくくりとして言う。「その下で私は生きてきた。その下でわが国が繁栄するのを見てきた。[49]その下で繁栄、幸福、栄光を大いに分かち合うものとして享受してきて、それらは人間社会において授けられるもののうち最大級のものである。そして私は、理想的な完全性を有するがそれが空想上の計画のもの、発展する可能性があるのかすらも疑わしいような経験のものに、幾世紀もの経験、幾世紀もの奮闘、そして一世紀以上の自由の果実、これら地球上のどの国においてもなかった完全なる祝福を授かったものとしての果実を、犠牲にしたり危険に晒したりしようとはしない[50]」。

これはカニング氏がよく述べていた内容である。そしてこの答えを次に述べるのだが、それは決していつも私が非難しているような中庸を外し、文字通りの逆説的推論の特徴があるとして非難されることはないものと思っている。

ここでこの紳士があらゆる変化、あらゆる革命、あらゆる発展に対する効果的な妨げとして投げかけているものは、一歩毎に彼の好んでいる信条を論駁していくものである。「幾世紀もの経験、幾世紀もの奮闘、そして一世紀以上の自由の果実、これら地球上のどの国においてもなかった完全なる祝福を授かったものとしての果実を、犠牲にしたり危険に晒したり」することの用意は彼にはできていない。自由の一世紀に到達するまでの幾世紀もの体験と幾世紀もの奮闘は以下の通りである。それでも、カニング氏の一般的忠言によれば、将来の発展を視野に入れたり、失われた恩恵を回復するために何らかの経験をしたり奮闘に身を委ねたりしてはならないとのことである。人というのは（と一字一句同じ教えを垂れる）いつも未来に背を向けて、顔を過去に向ける。人は擦り切れた制度や常習的な虐待によってすでに確立されて手元にあるもの以外、可能であったり望ましいと思ったりするものはない。彼は政治的ロボット、迷信と偏見の手押し車となるために作られていて、合法な管理者、所有者である国家の魔術師の糸によって引かれなければ手足を微動だにさせない。彼の持つ意志、思考、そして行動の力は麻痺しており、聞かされるものは何であれそれが絶対に正しいと信じ込むように言われている。もしかするとカニング氏は、人々は以前は試みたり奮闘したりすることを決意すべきだったが、今では支配者の下で自分たちの権利と知性を従属させよと言うかもしれない。だがコベット氏の『金貨対紙幣』というパンフレットのように、世界のいかなる時代に、これ以上変化や発展、新聞の誤りの修正を必要としないくらいに政治的な叡智の体系が定型化してしまったというのか？一体いつの時代に人類の試みは停滞し退化し、我々を過去へと駆り戻すのではなく、未来へと前進させていく今の境遇の生きた鼓動や現在に至るまでの知識と思索が蓄積された力によってではなく、過去の時代からの旧式めいた推論から行動をしなければいけないというのか？　カニング氏はベーコン卿の格言「それらの時代は我々が生きている時代における古の時代であり、我々が今の時代から順序立てて数え戻していくような『古』《ordine retorogrado》と呼ばれる時代というわけではない」を耳にしたことも、思い巡らせたことはないのか？　最新の時代にはそれより前の時代から蓄積された経験を持っていたり、その経験や自然と歴史の堅固な土台に対して人間が理性を働かせてきた蓄積があったりという点で進んでいることは必然である。それは堂々たる経路を辿っているのであり、空想ばかりの空虚な宙を舞ったり、我々の時代と我々が考えて行動しなければならない長期にわたって形成されてきた土台との間には数世紀分の隔たりがあったりするわけではない。カニング氏はバーク氏に、いかなる発見もいかなる発展も政治的学問や制度によって行われたとことはないと申し立てることはできない。というのも彼は幾多の世紀の経験と奮闘を経て自由の一世紀に到達したと言っているのだから。そう言うなら、世界は今停滞状態にあるのか？　カニング氏は、それは倦むことのない進捗と終わらぬ変化を被っていることはよくわかっているが、彼としては、それは自由から隷属への腐敗の進行であり、決して再生と改革ではないのだ。一体どうしてそう昔ではない時に、十一月と一月の大きな二つの出来事の間は（彼がまさにその演説において言うように）、歴史上のどの出来事の組み合わせよりも最も正反対で最も無縁なものとして、国家の状態に大いに対照性が持たされているのだろうか。それならば、我々の経験と奮闘はもう終わってしまったのだろうか？いや、彼は言う、「危機は目の前に迫っており、イギリスの制度に与するにせよ反抗するにせよ、人は参与しなければならないのだ」と。彼も参与している。「だが何か良きことをするのは私の仕事ではないことは確かだが！」。彼は注意深く発達をもたらすあらゆる潜在的可能性について目を光らせながら見張り、あらゆる虐待を神聖で受動的で不滅なものとして保持する。彼は幾世紀もの経験と奮闘と少なくとも一六八八年の革命以来の一世紀分の自由の果実について、何か疑わしい試みのために放棄することはない。我々は我々の経験、我々の奮闘、我々の自由の終わりにまで到達したのであり、受動的な服従と非抵抗に匿われながら時間と永遠の中でその強固な基礎を置くのだ。（イギリス国民である我々がカニング氏に彼の気高く隠された決意に思いを馳せていることを率直に教えるだろう。というのもそれは我々の決意だからだ。そしてそれはあらゆる時代の全人類にとっての決意であったのだ。古今東西、人はかつて過去の叡智や現在の祝福の楽しみを、理想的な完全性を実現する空想めいた計画のために放棄することはなかった。あらゆる変化、あらゆる革命、あらゆる発展をもたらしたのは過去の知識の集積であり、現在に実際被っている打撃なのである。（主張されているような）潜在的な発展のための架空めいた期待ではなく、長く確立されてきて、悪辣で増大していく我慢ならぬ悪習である。ローマ教皇の大きく不快な虐待や腐敗が宗教革命をもたらしてきたのである。封建制度の不快で抑圧を受ける体験が幾世紀もの苦しみと奮闘の末に廃止へと追い込ませたのである。ラニーミード[cclviii]でマグナ・カルタをもたらしたのは君主の気まぐれと暴君によってであった。テューダー朝や最初のステュアート朝の治世下における大権の恣意的で横柄な悪習を経験したことが、チャールズ一世の時代に政府への抵抗と大革命をもたらしたのだ。同じステュアートのローマ・カトリックと奴隷制度への癒着、そしてそれに伴う残虐、裏切り、偏狭からくる多数の苦しみをその身で経験したことにより革命がもたらされたのであり、ブランズウィック[cclix]の議院を王座に就かせた。悪習が癒せぬ確信が時間と忍耐に伴い増大していき、旧弊な慣習や偏見への頑固な執着（それは空想や理論によって根絶するのではなく、いつまでも繰り返されていく拒絶不可能な証によって根絶する）を打破する。それはかつて打破していった障害を今回も打破し、あらゆる改革やあらゆる革命と刷新の実例をもたらしたのだ。フランス革命をもたらしたのは、旧政府の悪習、放蕩、そして無数の抑圧のフランスにおける体験である。イギリス政府が彼らを苛み、侮辱し、略奪することを決定したという経験が、アメリカ合衆国における革命をもたらした。それ故空想でいっぱいの理論に対する哀れな決まり文句はこの辺にするとして、すでに広く認められている経験に訴えるのだ！　人というのは感情、つまり自分たちの境遇上の必要性、が動因とならなければ偏見と争おうとすることはない。彼らの理論は自分たちの実際上の確信や多様な境遇に適応されるのだ。自然がそう仕向けたのであり、カニング氏は美辞麗句を弄しながら、「のんびりと舌足らずの発音で神の被造物に愛称をつけ[cclx]」ながら、自然の仕向けた秩序を逆さまにしたり、過去の歴史を消したり、未来への前進を止めることはできない。世論というのは今までの世間の出来事と感情の結果である。そして政府の意見はそれらに基づいて形作る必要があり、さもなくばそれとは反対に武力で政府を維持することとなる。カニング氏は無論、社会的な機械といえども元来あったものとは異なった指示を受けることには「断崖の方へと追い立てられ、粉々に粉砕されないために」同意しないだろう。これら国家の破滅への警告や政治的危機への規模の大きい言葉を聞くと、エドガー[cclxi]のグロスター[cclxii]への誇張めいた言葉が脳内に入ってくるだろう、つまり「詳しく調べた末に人々をぞっとさせるが、哀れな老人は哀れな老いた英国のように今の自分よりもさらに転落することができない」。

　創意があり愛すべき詩人であるモンゴメリ氏[cclxiii]は、リッチモンド公爵[cclxiv]の『革命についての手紙』を印刷するのに一年半孤独に閉じこもっていたのだが、その後近くにある平野の狭い道を再び歩いた時、急激な下り坂の端を歩いているかのように、転げ落ちてしまうような不安に囚われた。リヴァプールでの晩餐のロイヤル・スピーチの作者は自分の先入観にあまりに長い期間孤独に、彼の利害と虚栄心という暗い独房の中に囚われていて、右か左か一歩でも間違った足取りをすれば、自分の危険で歪んだ政策によって粉々に砕かれてしまいそうな恐怖を抱いていた。彼自身としては、ここで彼に何か助言したところで耳を塞がせることに疑いはない。そして彼の故郷に関しては、彼はそれを破滅させようとしているかのようである。だがもし、彼の企て全て、そしてもっと大規模なものについて彼の考えること全ての無益さの模範を知りたくば、「警告と怯えを欲するなら」、彼はスペインの方に目を向けて、自分の不信感と恐怖心から回復するために休暇をとるがよかろう。スペインはフェルディナンドにしても君主にしてもその高さからは落ちてしまい、もう二度と上ることはない。スペインは、スペイン国にしろスペイン人にしろ、自由の墓から起き上がり、（希望として）もう二度と偏狭と抑圧者の軛の下に沈むことはない！

【原　注】

47　原注一：政治に関しては、詩人は本質的にトーリーに傾いており、トーリーの人たちが本質上詩人と想定される。何代も引き継がれて冠を被ってきた個々の人や家族の愛は、空想に耽りがちな種族にとっては大いに好まれる傾向がある。他方で数学者たち、人々に対して（少なくとも見える範囲では）何ら愛着はないが、徳や自由やその他の観念に驚異的なくらい捧げてきた抽象的な推論家たちは、一般的にはホイッグ党に傾く。ホイッグ党員たちがあの賢明で考え込み、非詩人的な人々、つまりオランダ人たちと友好関係にあるのはこのことを十分に裏付ける」（シェンストンの手紙、一〇五頁）

48

原注二：二十五、六年ほど前の文学的な会話の調子を今の読者に少しばかりわかっていただくために、私は前に男たちと女たちと子供たちから成る大規模な集いに居合わせていたが、そのうち素直で創意に富んでいること著しい二人が、あらゆる祈りは全能なる主に命令するもので、自分が優位にあるという高慢な想定が込められていることを証明するために（あたかも給料を払われているかのような困難さで）取り組んでいた。居合わせていた紳士は非常な素朴さと純真さを以て、自分はこの説明に厳密には当てはまらない祈りと遭遇したことがあり、その祈りの文句は何かと言われるとこう答えた。「主よ、どうか罪人な私に御容赦を！」。

　この訴えは議論していた二人の懐疑的な独断性を決して撤回させるには至らず、この人物が去っていくと二人のうちの一人は、その顔に満足感と勝利したような心持ちを大いに浮かべながら述べた。「どうにもあの紳士の偏見を動揺させてしまったみたいだね」。

　この出来事は当時の私としてはそこまで印象に残らなかった。一七九四年には次のことが起きた。再度鉄のように冷酷なものが私の魂の中に入ってきた。あの鼻にかけた、卑怯な二人が同じことを喋っていた。彼らが喋り続け、自分の方に理はあるとしながら勝っては勝とうとし、剣のように輝きを放ちながら偏見を踏みにじっていき復活について果敢に歩んでいった。再度彼らが後ずさりしながら、カクスが牛を後ろに踵をもって引きずっていくように、合法性の巣穴に戻ってくると、「敗走に敗走を重ね、混乱が更に織り混ざり（'rout on rout, confusion worse confounded' 訳者注：ミルトン『失楽園』からの引用）」、ポケットから『季刊誌』が垂れ下がっていて「人類に解放を、人間の二番目にして最大の堕落のために」と叫んでいた。だが私は詩人たちや哲学者たちや政治家たちが、私の頭上を行ったり来たりしているこういったことに全てできる限り耐えたのである、「踏まれれば踏まれるほど強くなるカモミール」のように。だが天に誓って、これ以上は耐えようとはしない！

49　原注三：トロヤがかつてあった。《Troja fuit》

50　原注四：カニング氏のリヴァプールの晩餐での演説、再選を祝して。一八二〇年三月一八日、第四版、改訂され修正された。

【訳者注】

ccl　velocipide：現在の自転車の祖にあたる二輪車のこと。前輪にペダルがついており、車輪は自転車と比べて大きなものが多い。

ccli　原文では 'all trivial, fond records' 表記。シェイクスピア『ハムレット』第一幕第五場に all triuiall fond

Records と記載があり、ここからの引用であろう。

cclii　Vitus（?-303）：三世紀ローマ帝国のキリスト教の聖人。原文では St. Vitus 表記。ディオクレティアヌス帝の時代に迫害されて殉教し、聖人に列せられた。中世後期になってドイツなどで彼の像の前で踊って祝う人が出てきたことで、神経性の病気の舞踏運動を「聖ヴィトゥスの踊り」と呼ぶようになった。

ccliii　十九世紀イングランドのロマン派詩人であるパーシー・ビッシ・シェリー（Percy Bysshe Shelley, 1792-1822）を指す。

ccliv　原文では And in its liquid texture mortal wound Receives no more than can the fluid air. 表記。ミルトン『失楽園』第六巻に次のような箇所があり、ここからの引用と思われる。

Nor in thir liquid texture mortal wound
Receive, no more then can the fluid Aire:

cclv　פסגה：ヨルダン西部に位置する場所。原文では Pisgah 表記。ヘブライ語で「頂上」を意味する。同地にあるネボ山の西に位置し、『旧約聖書』申命記にも登場する。

cclvi　Macheath：ジョン・ゲイのオペラ『ベガーズ・オペラ』の登場人物。原文では Captain Macheath 表記。ゲイのオペラにおいては海賊として登場することもあることから、この名前がついていると思われる。

cclvii　William Godwin（1756-1836）：十八世紀から十九世紀イギリスの政治評論家、著作家。政治評論家としては近代の無政府主義を提唱し、功利主義の先駆者となった。配偶者やその連れ子がバイロン卿などの文学者と血縁になることが多く、文学面での影響を与えたことでも知られる。

cclviii　Runnymede：イングランド南東部、テムズ川沿いにある町。文中に記述があるように、ジョン王がマグナ・カルタに署名した町として知られている。

cclix　原文では Brunswick 表記。現在のドイツ北方にある都市ブラウンシュヴァイク（Braunschweig）の英語表現、もしくはイギリスの同名の地名のことと推測される。

cclx　原文では 'ambling and lisping and nicknaming God's creatures' 表記。シェイクスピア『ハムレット』の第三幕第一場に次のような箇所があり、ここからの引用であろう。

you gidge, you amble, and you lispe, and nickname
Gods creatures, and make your Wantonnesse, your Ignorance.

cclxi　原文では Edgar 表記。後述のグロスターとあわせて考えると、シェイクスピア『リア王』の登場人物であり、グロスター伯の嫡子であるエドガーのことか。

cclxii　原文では Gloster 表記。シェイクスピア『リア王』の登場人物であるグロスター伯（Earl of Gloucester）とつづりは異なるものの、関係性からこの人を表現していると思われる。

cclxiii　原文では Montgomery 表記。同姓の詩人は数名存在するが、ハズリットと同時代の詩人としてはジェームズ・モンゴメリ（James Montgomery, 1771-1854）などがいる。
cclxiv Duke of Richmond：イングランド貴族の公爵位。現在も存在する爵位として政治家を多く輩出しているレノックス家（Lennox）の爵位があり、この家系の誰かを指すと思われる。

■エッセー十六　卑俗と気どり

これほど繋がりを有するテーマもそうそうないだろう——卑俗性と気どりである。それらについて「仕切りの細いものといえどもその境界は分かたれる」[cclxv]とも言える。いつも上流ぶって喋ったり考えたりするように、生まれが卑しかったり本質的に卑しい気質であることを証立てるものはない。人はいつも避けようとしているものについて強く関心を示すのは間違いない。あらゆる機会に何であれ大いに軽蔑心を抱いていることを表すことは、それとほぼその人は同水準にいることのはっきりした証である。卑俗な人々と気どった人々、どちらがより不快な存在かは私にはほとんど決めかねる。卑俗な人が上流ぶった猿真似をしたり、上流ぶった人が卑俗な人たちを横目で見ては彼らと自分たちは違うのだと必死になって証明したりする、一体どちらが不快だろうか。これらの二つの種類の人間は互いのことをいつも考えている。卑しい方が高い方に嫉妬心を向け、より不幸な近隣者の運のよさには軽蔑を向ける。彼らは互いに反対である。いつでもどこでも彼らの言うことを嘲るのである。そして同じ対象と一連の考え（お互いの似たような境遇によってのみ、その考えは変更され得る）にずっと注意を払うのだ。片方は全身の神経を張り詰めさせ、あらゆる分別を駆使して自分が上流なのだと思わせようとする。もう片方は自分が俗物と思われないことしか考えていない。これは惨めな悪意以外の何物でもない。野心の中でも非常に痛ましいものだ。心から軽蔑しているものに単になりたくないのは、卓越した存在への慎ましい希求心からである。だが相手の実際の在り方を軽蔑するのは、それよりももっとひどいものだ。ミス・バーニー[cclxvi]の小説の登場人物たちのほとんどは、ブラントン一家、スミス一家、ダブスター一家、セシリア一家、デルヴィル一家等々である。この点をよく描いていて作品全体としてもそうである。半分はあるがままの自分たちとして受け取られないように努めており、もう半分は前者のように思われたくないように努める。自分たち固有な存在として考えていることや言うべきこと、自分としての価値基準はどちらの側にもない。「羽根一枚で秤の均衡は破られる」。美しい女流作家は自分の創作様式と創り出した人物たちの形而上学的な独自性について気づいてはいないようだったが。

　この最大の鍵は気どりにある。自分が上流であると気どることは、単に卑俗さを技巧的に凝らしたものに過ぎない。それは卓越性を借用するような形でしか存在し得ない。それは自分を見栄え良く整え、人類の素朴な主張の宴に加わるのだ。それは何もかもその名前と流行と評判においてその価値を判断する。事物の真の性質を意識したり、それ自体に心から満足したりすることに欠けており、それは他者の惨めさや欠乏に対して高慢で空想的な自惚れを打ち立てるものなのだ。暴力的な敵意は常に不信感を伴い、敵意の向ける対象と類似していることを密かに漏らす。「偉大な俗物と些少な俗物」[cclxvii]の違いは、外的な境遇にある。気どり屋はピエロの衣装を批評し、学を衒う者は無学な者の粗悪な文法に難癖をつけ、淑女気どりの女は自分のか細い友人たちが衰えていくことにショックを受ける。自分自身の中の源泉を僅かしか持っていない者たちは、自己愛のための糧を本能的によそに求める。最も無知な人々はよそ者を笑うことが最も多い。醜聞と風刺は地方において最も広まる。自分たちが合意に至っていることから少しでも逸脱することがわかるとそれを嘲笑する傾向も、分別を身につけていくことによってなくなっていく。[51]真に価値あるものは他人の過失や不足に有頂天になったりはしない。真に洗練された者は粗野なことや奇体なことからは離れ、男らしくない勝利に没入することはしない。ラファエロは案内標識がぞんざいに塗られているからといって卒倒したりすることはなく、ホメロスがグラブ・ストリート[cclxviii]の詩人の集いに加わっているからといって鼻高々に自慢したりはしない。真の力、真の卓越性は劣ったものを邪魔しようとすることはない。かといって粗野であったり親しみやすいものと接触したりするからといって、自分が汚されるだろうと怯えることはない。それはそれ自身に憩うのであり、不機嫌や気どりからは等しく解放されているのだ。だが上流ぶろうとすることは不機嫌や気どりのエキスが込められているだけに過ぎない。或いは自分の「持ちたい」素質についての喜びの気どり、そして自分が劣等者だと思っている人たちの思わぬ失敗と偶発的な不利益について、尽きることのない軽蔑のエキスが含まれている。それ故に上流を気どる婦人は、女主人である自分に仕える者として雇われにくる地方の女が不格好なボンネットを被っていたり、突然不作法な会釈をしたりするの（ジーニー・ディーン[cclxix]がするような）を見てはいつでも笑いを爆発させるように、クスクスと忍び笑いをしているのである。彼女が自身に対して抱いている極度に高い評価と、きちんとした評価を受けていない田舎者への軽蔑の狂乱めいた表現がいかに貧弱な根拠に基づくか、それは彼女が、次の日にその田舎者と全く同じ不格好なボンネットが実はフランスの婦人用帽子販売業者からの貰い物で、今すっかり流行していることを耳にしたら、一週間もすればその田舎娘とすっかり仲良くなり、（対等な存在として）帽子とリボンとレースについて一緒に喋り合うという事実を示せばいいだろう。彼女たちの間にある違いは、台所か居間の状況くらいしかない。境遇が一緒になれば、彼女たちは手と手袋のようにピタッと嵌まり合う。女主人と女中のようである。彼女たちの喋り、考え方、夢、好き嫌いは同一なのだ。女主人の頭は休むことなく衣装と華美な服装についてばかり考えており、雇われ女中の方もそうである。若い婦人は六輪馬車に乗ることに想い焦がれ、可能ならばだが、女中の方も焦がれる。女主人は黒い両目と紅い頬をした理想的な恋人を描き、それは女中の方もそんなに変わらない。両者とも身なりのきちんとした男を思い描き、同じ理由から片や自分の下僕であり、片や自分の主人である。二人とも高価な家具や立派な馬を好む。二人とも同じ事物や人に対して動揺したり不愉快さの言葉を口にしたりする。二人とも舞踏会、演劇、歌の本、恋愛物語について頭がいっぱいである。二人とも婚姻や洗礼を好み、戴冠式を見るためにはその小さな指を差し出す。二人の違いとしては、片方は実際にその望みが叶う可能性もあることであり、もう片方は可能性がなく、羨望心でいっぱいだと言うことである。後者の抱くような羨望心は、最も偉大な君主からその最も低級な配下、つまり最も卑しい大衆たちが共通してそれに対して喜ぶものである。だがそれでもこの上流ぶろうとする感情の著しい度合いや、自分が外的に優れて絢爛たる存在であるという類の自負心の極致は、卑俗な作法であると私は敢えて言う。このような空虚ながら堂々と自分を見せびらかす行為を楽しむにあたって、どれほど気品や能力や徳を持っていたり卓越した人物であったりする必要があるだろうか。そういった人は金メッキの羽目板のついた駅馬車に乗っていたりして満足するだろうか？　そんなことに注目するのは最も哀れな者だ。その人はクリーム色の馬八頭の活発性、美しさ対称性に心打たれているのか？　そんな光景を見たくて集うような人間など、都市部出身にしろ、田舎出身にしろ、セント・ジャイルズだろうとホワイトチャペルだろうと、若かろうと老いていようと、家柄が立派だろうとそうでなかろうと、群れ集まって同じ対象に感嘆に合意しないものはない。王室の人のボディガード、軍の護衛隊、婦人たちの群れ、主権の力を示す徽章、王の証である王冠、将軍の職杖や裁判官の法服、その者に先行したりついていったりする列、混み合った通りなどに熱心に視線を送っている人たちがいる窓の光景を見ては喜んでいるのだろうか？大衆たちはそうだろう。彼らには「両目がありそれらを見る」のだから。この色とりどりな光景を為す主要な事物に関して精神や肉体の能力——それが先天的だろうと後天的だろうと——において必要不可欠なものは、最も卑賤で軽蔑すべき随行者が持っているものと共通したものだけである。蠟人形でも同じ役割を果たしてくれるだろう。ロンドンの市長もそれを果たして誇りを抱くだけの虚飾品を持っている。私としても力や寛大さを持っている国王が誰もできないことをしたり、或いは誰も恐れ多くて言えないことを言ったり、自分の治める地域にいる人たちの誰よりも器量よく、思いやりを尽くし、温和であった方がいいように思う。だがこのように見せびらかすように佇んでいる国王についてその見かけ以上に洞察しているものは誰もいない。もしその行列が、国王が不在でもその役割をよく果たすことができるというなら、国王自身の役割もその行列なしでもよく果たすことができるだろう！　国王というのは「低き仲間から愛される者」と公言されてきて、この格言はその目的に使われる時を除けば、つまり賤しい人たちから自分の意志の行使が妨害されることを少なくすることを除けば、自分たちの趣向により共感を呼ぶという今ここで述べている目的に向けられているとわかるだろう。最も無知で思慮の浅い人間は安物の宝石、外に誇示する力と華やかさ、強固な見せびらかしに対して最大級の敬意を持っていて、それは国王が日常的に味わっている喜びであり強大な特権である。最も馬鹿な奴隷が最もケバケバしい暴君を讃える。同じくらい粗野な動機が同じくらい粗野な能力に訴え、優位者の誇りをくすぐり、依存者の隷属性を刺激する。他方でより高い道徳的、知性的な気品はその偶像対象内部の価値や威厳のより強力な証を求めようとしても無駄であろう。そしてその偶像には神聖さを見出せないと、そうやって抱いた不合理な期待はおそらく双方の側の恥辱をもたらす結果となるだろう！　大衆たちの叫び以外に国王とその部下たちを区別できるものは少ない。その叫びがなくなり賢い者善き者たちから投票を獲得するという絶望的な希望を抱くに至ったなら、あらゆる人間の中で最も惨めな存在となるだろう。――だがこの辺にしておこう。

「私は好きよ」とオペラ『エヴェリーナ』においてミス・ブラングトン[52]は言う。「だって俗物じゃないんだから」。これは要するに、彼女は気に入っているが、それはそこに好きなものがあるからじゃなくて、他の人たちがそのことについて知ろうとしたり気に入ったりすることのできる機会が妨げられているからである。

ジャヌス・ウェザーロック殿は、同じくらいご立派な理由でロンドンでの演劇上の私の批評に対して嘲笑なさり、悪意を以て取り扱われ、多大に非難なさる。それで私は彼を脅す形《in terrorem》で、彼のそういった執拗な批判に対して見せしめに罰しなければならない。彼は私に対して粗探しをして私の趣向を俗物だとする。なぜなら私がサドラーズ・ウェルズに行くから（「彼が聞いたことある場所」、ああ主よ！）。なぜなら私はミス・デネットが「ホワイトチャペルの団体を大いに好んでいること」を知っているから。私がミス・ヴァランシーを「理髪師が言うにはアシュリーの元気な女道化として当地で活躍している」からといって賞賛するから（こいつには自分の美容師の下手な英語に勝鬨をあげること以外自分として立派な意見を持つことはできないのだろうか?）。そして最後に、私がコバーグとシュレーの劇場の存在（彼はそれらの名前に「はぁ」と多大な意味合いを持っているかのようにため息をあげる。まるでそれらに個人的な嫌悪感があるようだが、彼としてはそれらの劇場に足を踏み入れたことはないようだ）に気づいているから。優れた批評家と看做すには彼はてんで駄目である。大変結構なことだ。私としては彼の考え方は、とても粗野で無意味で、見境なく、それでいて大雑把で卑俗なものだと感じる。それは名前と場所と種類についての偏見の塊であり、それら自身の、真実の性質や特徴の色調に基づいて判断することはない。このような進め方には何ら取捨選択や真実や繊細さはない。それは結局無知を装いつつ、それに叡智としての称号をつけているのだ。それは自分が優位だと馬鹿馬鹿しくも想定しているのだ。傲岸不遜極まりない。悪辣な気どりだ。彼にとっては世界に他はない。大衆が尊敬するから非難するというのは、彼らが尊敬するから尊敬する卑俗さと本質的に変わらないものだ。どちらの場合も、自分の趣向や判断を行使する部分はない。両方とも良識に等しく悖るものであり、それでもどちらかを選べというのならまだ気質が好意的な後者を選ぶ。私の美容師が私と違う意見を言ったとしても私はすぐに彼に賛同するだろう。そしてどうして私はホワイトチャペルの判断をわざわざ撤回させないといけないのだろうか？　或いはどうして私はコバーグやシュレーの劇場での俳優たちの美点に関する私の意見で、それらの劇場が死亡診断に載っているか載っていないかで影響を被るなんてことがあるだろうか？　これは手軽で簡単に判断する方法として、機械的であると同時にひどいやり方である。ロンドンの地図と相談することによって好き嫌いに関する争いを収めることは難しいことではなく、自分の寛大さを地理的な特性によって証拠立てすることもこれまた難しいことではない。ヤヌスは色々な物事をごちゃ混ぜにする。もし彼がキーン氏を地方の劇場、エクスターやトーントンで見たことがあったなら、その卑俗さ故に尊敬しようとは思わないだろう。だが彼がロンドンの劇場で演じているとなった時、ヤヌスはキーン氏の演じ方や感情の表し方が流行に後れをとっていないことを見て、間違いなく自分の認識能力や鋭敏力を働かせただろう。ミス・デネットたちは「小さく未熟な娘たち」としているが、それは彼女たちがマイナーな劇場の一つで踊っていたこと以外にその根拠はない。だが彼女たちをオペラ劇場に引き出してきて、公演期間中の美と流行である彼女たちと拍手喝采の嵐を引き合わせてみるとよろしい、すると「火の芯から」彼女たちはミラニーよりも賞賛を述べられるだろう。彼の口は街の特定の地域の名前を耳にすると開く。そしてそこで目下の所起きていることは何であれ「彼は篩にかけられていない穀物を全て飲み込む、殻も何もかも」。これは趣向ではなく愚かさである。この点、彼を乗せて運転する乗用馬の御者や彼が卑俗な読者に選り抜きの重要人物として紹介した馬の献呈人は、彼が批評の対象にしているものについて同じくらい知っているのだ。これらがまず示すものは、端的に言えば、卑俗さとは何かという質問に対する答えである。そしてそれを構成する要素は、他人が実際に抱いている感情や当の事物に対してその価値について知ったり測ったりして吟味することなく、他者の振る舞いや行動や言葉や意見について他者に頼る形で判断することにあると私は考えている。個々の気品が欠けていること、さらに実例や数からくる自信や態度も一緒に欠けていることから生じる趣向というのは、粗野で浅薄なものである。他者の多かれ少なかれ明確な欠点を猿真似することは肉体や精神の悪用と定義してもいいかもしれない。というのもそうすることによって我々は関わる者たちの選挙権を確保するからである。気どった身振りや意見や言葉を大勢の間で波及しているが故に使ったり、ごく少数の事情をわかっている人たちが、前者の大勢の人たちから自分たちを線引きしたりするために貶しているが故にそれを忌避するというのは、卑俗的で不合理である。それが一般的だからといってそれだけでは卑俗だということにはならない。呼吸をし、見、聞き、生きることは一般的なことだ。自然で、自発的で、不可避的なものは卑俗ではない。粗野なことは卑俗ではないし、無知なことは卑俗ではないし、不器用なことも卑俗ではない。だがこれらが他者の権威に影響を受け、虎の威を借る狐のごとく誇示するのなら卑俗なものとなり、流行や交際する人たちに意に反して合わせるようになった場合も同様である。キャリバン[cclxx]は確かに十分に粗野だが、彼が卑俗ではないのは間違いない。足元にある土塊を跳ね除けてそれを卑俗としてもいい。コベットも十分に粗野だが、彼は卑俗ではない。彼は群れに属さないのだ。偽であること、模倣であることが卑俗であり得る。だがコベット氏の物真似師は卑俗だと思う。エメリー[cclxxi]のヨークシャーマンは卑俗である。なぜなら彼はヨークシャーマンだからである。それは特殊でちんぷんかんぷんであり、特定地域の狡猾さ、社会低階層の生活ぶりを表す。それは「閉鎖的で地方的な印」である。「最も不合理にぺちゃくちゃ喋り」それでも定義には当てはまらないこともある。だが彼の喋りは自分を表し、彼の方言は（ボンド通りののんびり屋の特殊用語のように）罪を証明するものである。もし彼が単なる頑固者であったのなら、それは卑俗さを表すことはない。だが自分が育ってきた観念や経験に応じて自分自身が知性ある「インフルエンサー」だと思い込んでいるのなら、そしてどこに行ってもそれで通じると思っているなら卑俗なのである。端的に言えば、このような人間性は悪習しか教わっていないものなのだ。それは無知と思い上がりによってできている。そしてそこに俗語が加わるわけである。同じ理由で俗語は全て卑俗である。だが一般的な英語のイディオムには卑俗なものは何もない。素朴さは卑俗ではない。だがそのように気どろうとするあらゆる試みは卑俗なのだ。ロンドンっ子には卑俗という特徴がある。というのも彼らの想像力は大都会ロンドンの郊外のさらに向こうにまでは及ばないからである。同様にエディンバラの本通りのことばかり考えている輩もまた卑俗である。後者の方に何か名称をつけられれば、と思う。もし意見に大衆の悪臭の息がかかっているならそれは卑俗である。宮廷全体のしっかり歯磨きされた歯によって消化されたからといって、それはより純潔になったり気品が添えられたりすることは微塵もない。生まれつき備わっている卑俗さというのは、大多数の人たち或いは気難しい少数者との共感から生じる粗野で、盲目的で、畜群的社交的観念を形成することにあり、それは自分たちの軽薄で苛立つような主張以外の全てに無関心であるのだ。上流階級は下流階級よりも賢い訳ではない。なぜなら異なった存在であろうとするからである。流行の寵児は、流行の中心であること以外の点で流行の寵児たるメリットはない。そして真の卑俗というのは盲目的盲従者《servum pecus imitatorum『ホラティウス書簡』より》である。彼らは上流階級だろうと下流階級だろうと、自分たちが感じないことや自然でないことを主張する畜群たちである。どのような階級に属そうとも、人生においてどのような身分や領域で行動しようとも、それは決して群を抜いた美点や卓越性を有している証拠とはならない。卓越性というのは、あらゆる階級において例外なものであり、決して属しているからといって無条件にそう看做されるものではない。そして例外はある階級同様、別の階級でも存在しないこともあり得るのだ。国王というのは襲名された称号に過ぎない。貴族は上院のメンバーのうちの一人に過ぎない。騎士や市参事会員は卑俗であることを自認している。国王はある日ウォルター・スコットに準男爵としての称号を与えたが、三つの称号を組み合わせたとて『ウェイバリー』の著者をもう一人作り上げることはできなかった。姫や英雄は普通の人であることがしばしばである。ハムレットは卑俗な人物ではなく、ドン・キホーテもまたそうではなかった。著者になること、画家になること、これらは何でもないことだ。これは策略であり、取引だ。

著者！　それは尊敬すべき名称だ。

どれほどそれに値するものがごく僅かか、なのにどれほどの数がそれを主張するのか！[cclxxii]

いや、英国王立美術院のメンバーになったり英国王立協会の特別会員になったりすることもただ卑俗な特性に過ぎない。だがウェルギリウス、ミルトン、ラファエロ、クロード《・ロラン》になることは、人間の運命に一度だけしか生じないことだ！　私は彼らが卑俗な人間たちだったとは考えない。だがそれとは反対の事実を示すこととして私が知っている限りでは、初代ベッドチャンバー卿[cclxxiii]は非常に卑俗な人物だったかもしれない。だがそうではないかもしれない……ともかく以上が上流ぶることと卑俗であることの私の考えである。

　身なりの整った群衆と身なりのみすぼらしい群衆があり、双方とも私は嫌いである。私は穢らわしき大衆が嫌いであり、彼らから距離を置く《Odi profanum vulgus, et arceo ホラティウス『頌歌』より》。その中の一人が私に対してくだらぬ気どりをとったことは、他の粗野で傲慢な態度をとってくる輩よりももっと我慢のならぬものである。もし下流の人たちがうるさく、不躾で、交際仲間たちを騒々しく小馬鹿にするというのなら、上流階級の気どり屋たちが自分たちの育ちの立派さを気難しく女々しく見せようとするのは、吐き気を催すくらいである。一方は自分の感情に支配されているが、それがどれほど粗野で誤った方向に向かっていようとも、何かしらの意義はある。だが外見だけを衒おうとするもう一方は何でもない者であり、幸福なのか或いは徳性のある者なのかを吟味することすらない。ホガースは自画像において、全くの悪党と自称立派な紳士の間にある形でバランスをとり、どちらなのか判断しかねるようになっている。彼の実際の道徳的な行為からは（チェスターフィールド卿の上流を気どった手紙や、バークの女性に対して慇懃な詩的な文章の効果が何であれ）、悪徳はその粗野さが全てなくなったとて、悪徳から悪が半分もなくならないように思える。むしろもっと軽蔑すべきものとなり、かといって不快さも減ずることはない。例えば、ラファエロの描く伊達男と美人、道楽者と媚売り女、男性たちと女性たち、真の英雄的な人物たちと理想的な人物たちの間に共通してあるものは何か？　だが彼の作品の上流階級の人々や優れた人々は、下流階級のわがままで人生の観点からすれば非理想的な人物たちと同等に描かれており、大抵はほとんど同じ人物たちで、場所が違うだけである。低い身分の者たちが高い身分の人たちへの嫉妬心や容赦なさによって突き動かされているというのなら、高い身分の人たちは低い身分の人たちには自負心と軽蔑心と嫌悪感以外の感情はほとんど抱いていない。もし貧乏人が金持ちを引き下ろして彼らの立派な品物を奪いとろうとするのなら、金持ちは貧乏人たちを葡萄圧縮機のように踏み潰し、彼らのポケットから最後の一シリングまで、彼らの血脈から血の最後の一滴まで搾り出すだろう。もし一般的な酒場の頑固な強情さや手に負えぬ騒々しさにショックを受けるというのなら、客間や女性の寝室のような学ある不誠実さや分別の味気なさや無感覚さについては何と言えばいいだろうか？　むしろ私としては、人の気質が抑圧され押し殺され、気どった上品さや定型的な礼儀正しさによって滑らかにだが冷淡に上塗りされた結果、内密に封印されているあらゆる感情を見るくらいなら、我々の一般的性質としての感情が最もむき出しに容赦なく表明されるのを見てみたいと思うのだ（というのもそれは上流、下流問わず根底は共通しているのだから）。一方はもっと適切に知識を与えれば修正され得るが、もう一方は故意にやっていて心の喪失状態にあるのだから修正不可能である。

私は、愛嬌ある微笑みを浮かべ、体裁もよく良き交際仲間たり得る雰囲気を持っている人たちが、自分たちが人間性、誠実性、原理のあらゆる感情に優越していることを無条件な前提として思っていること、礼儀の一環や食卓での精神的、道徳的慣習としてあらゆる職業人の下流階級に対する忍耐や贔屓、つまり我々同じ人間の大部分を不名誉で規律ある社会の調和に不和をもたらす存在として取り扱っていることを目撃した時、私が感じた軽蔑心や不快感はとても表現できるものではない。端的に言えば、私はマムシの巣穴よりも騒々しい熊園の方を好む。このことを最も極端な見方をするにあたって、私は生まれつき粗野な振る舞いをし、怒りを爆発させている方が、猿たちが最初に引き起こしたその怒りにしかめっ面を向けているよりもまだ我慢ができる。私は大衆たちの野蛮性（とよく表現される）の方が、宮廷の非人間性よりも耐えることができる。前者の能力性は炎のように燃え盛る。後者の狡猾なやり方はまるで伝染病のように感染していき、こちらの方がもっと致命的で不可避的である。専制がゆっくりと広めていく毒は、無政府の発作的な暴動よりもさらに酷い。ヒュームは「あらゆる悪の中で、無政府的なものは一番短命である」と言っている。一方は「暴投のように勃発する」ことはあるが、もう一方は内密で神聖な立場から、誰にも見られぬ形で作用していき、幾時代を経て王国の幸福を徐々に傷つけていって、窪んだ頬に忍び寄ってきて、欠乏と苦悶と悲痛の呆然とした目で相手の顔を見てくる。群衆が誤った感性に刺激されたり共感によって狂気に走って、怒声を上げる騒音を耳にしたりすることは恐ろしいことだ。だが微笑みに対して別の上品な微笑みで返したり、囁きに対してそれに同意する別の囁きで応えたりすることはもっと悍ましいことであり、それは最初絶望に陥れ、そして破滅へと至らせる。大衆の怒りは上品な隷属に対応したものである。もしあらゆる怒りが一方によって感知されるというのなら、もう一方によってあらゆる不法は正義や良識など関係なく是認される。「そなたは行って同様にするが良い」

という国王の言葉は、最も頑強な心を沈黙させる。真実と誠実さはその前に縮み込むのだ。[53]もし大衆によって合言葉があるというのなら、礼儀正しい上流階級にだって陳腐な決まり文句、大袈裟で無意味な合言葉も同様にあるのではないか？　両方とも忌まわしき呪文なのだ！

　ともかく最初に戻りたい。というのもそれは個々の私的な振る舞いと関係があるからだ。ベン・ジョンソンと《ジョン・》マーストンと《ジョージ・》チャップマン共作の古い喜劇『東に行こうよ』[cclxxiv]では、その登場人物のガートルードの、気どった上品さやそれがもたらす不合理さが巧みに描かれている。これはホガースの『怠け者と働き者』の一連の絵画を生み出した契機となったとされている。そしてこの『東に行こうよ』で示されている卑俗な生き方と上流気どりの生き方の両方には、ホガースらしさがふんだんに発揮されているところがある。特に作品のヒロインであるガートルードの人間性は、模倣できぬくらい独創的に描かれている。彼女は虚栄心と賤しさを兼ね備え、内部は無価値で外には気どろうとし、田舎娘としての無知さを持ちながら立派な淑女のような雰囲気を醸し出そうとして、斬新なものに夢中で、プライドの塊で、現実に存在する者というより夢やロマンス話に出てくるような人物である。言ってみればシンデレラと彼女の履くガラス靴のようなものである。彼女は（一世紀後の）ミラマントのように、成熟した立派な婦人というわけではなく、御洒落や華美な装飾品で自分を着飾ろうとするタイプの人間である。奥方さまと一緒にいるのはとても幸せであり、愚かさもその時頂点に達する。妻であること、騎士の妻であることは、「最新の化粧として着飾る」[cclxxv]喜びであり、その板ばさみ状態にあることを考えることほど歓喜でいっぱいになることはない。王族に嫁ぐのは友好ではなく、目新しさを欲する所以である。彼女は都会の生活から上品ぶった雰囲気を纏いながら浮かんでいき、そこを毛虫から変態したばかりの蝶々としてのあらゆる喜びを抱きながら羽をはためかせて進んでいく。奥方さまの声を聞けば彼女は喜びで無我夢中になり、有頂天になり、正気を保てなくなる。そしてあからさまに彼女は両親を追い出そうとし、兄弟姉妹を無限の軽蔑心と裁判官のような冷淡さを心に抱きながら取り扱う。思索家の幾人かによって現代哲学は死んでしまい、自然的な愛情を全て歪曲してしまった。そして文学の抽象的な観念や有害な卓越さが導入されていく前に、社会の原始的な状態においては素朴さや田園的に無垢な振る舞いがあるのみであった。

全ては良心であり優しき心であった[cclxxvi]

歴史劇は上述の理論の土台をかなり広範に、だが繊細に設定する。『東に行こうよ』のヒロインは無知であると同時に虚栄心でいっぱいであり、両方とも兼ね備えているが故に行動に原理というものがなく、鏡を見ながら自分を着飾り、自分が一般市民の妻を凌駕した淑女《lady》と呼ばれて看做されること以外に何ら考えも望みもない。[54] 彼女は華美に着飾ることにあまりに入り込みすぎていて、それを叶えてくれる奇跡があると信じ込んでいるほどで、妖精たちが自分にもたらしてくれると思っているのである。[55] 彼女は決済、寡婦資産、小遣い等についてはあまり考えていない。彼女は自分の意志を叶えるために作品にわたって行動し続け、この身分や称号が真に価値があり偽造できないという、無知で卑俗な観念にあまりに夢中になっているものだから、彼女は自分の立てる申し分ない策謀に逆に翻弄されていき、成熟し勇敢な紳士にではなく、カモでうすのろで虚弱なペテン師めいた人物と結婚することとなる。彼女の卑俗さは彼女の愚かさとプライドと等しい度合いだが（これより強い度合いのものはあり得ないが）、それでも当初から気どっていた主張をずっと保持し続け、成り上がり者として驚くべき首尾一貫さを発揮しながら役をしっかりと演じていく。確かに彼女が没頭したり気まぐれでいたりすることは、錯乱した空想力によって束の間の捻くれた行為に至ることと類似している。善悪の車輪がまた回れば、ホガースの描いたベドラムにおける『美女たち』やデッカーの『媚売り女たちの集い』の一座に加わることにもなっただろう。作品内の他の箇所は（エセックス海岸のカッコールズ・

ポイントのように）恐ろしい船の難破について取り扱っており、そこでは前もって決められていた船の難破が描かれ、作品内の破滅に結末をつける。だがこれもまた当時の特徴ある技法であり、作品内を通底する主要な特徴である陽気な作り話のような人間性とは対照的に描かれているのである。ホガースが街の風俗として描いた人間に彼自身も当てはまるのならば、人間はホガースの時代までは僅かしか進歩してこなかったこととなる。それ以来我々はどれほど隔たった存在になっただろうか！　これについては詳細に入らないこととするが、現代の家庭経済において目を見張るような発展があったと考えられるが、それについて私は一つ言及したい。それは女主人とその召使との関係性である。華美に着飾り訪問したら、古い学校を出た結婚した女性は専業主婦としての仕事をする以外何もすることがなかった。彼女には召使たちに長々と熱弁を垂れて威張り散らすこと以外に何かするだけの行動力や他の類の力もなかった。現代の読書教育は、キッチンでの迫害と雄弁性を発揮するという古い様式体系の代わりとなるものである。よく育てられた女性は召使たちを世話するためにキッチンに行くことは現代では滅多にない。以前はよきマネージャーと皮肉を込めて呼ばれ、家族の女主人として典型的だったが、彼ら召使を朝から夜まで年がら年中駆り立てて休む暇も安楽する暇も与えていなかった。今では召使たちはこのような奇妙で身を苛むような邪魔立てや、何かやる毎に粗探しを受けることなしに仕事をするようになり、よりしっかりと仕事をこなすようになった。女主人の目についての諺等は今では残されていない。このような類の習慣を持つ女は、最終的には制御不能な情念に取り憑かれるのだが、生涯の間合計五十年分女召使を叱ることに費やし、誰も彼女を止めることはできない。だが今では新作の詩や小説を読みたい誘惑に駆られるようになり、交際仲間に入っていく時にも彼女はそれを携えていき、結果上記のようないじめ行為の妨げとなっている。そしてあらゆる集団においてもたらされる恩恵は計りしれない。

【原　注】

51　原注一：「もしヨーロッパ人たちが髭を剃り落として頭にカツラを被った時、或いは天然の髪の毛を、普通に生えるだけではあり得ないような、通常見られるように固い結び目を作って束ね、そしてブタの脂肪や小麦粉を使いそれらを動かない状態にし、極めて規則的な機械の上に置いたなら、チェロキー族のインディアンの髪型が出来上がる。彼らは身繕いに同じくらい多大な時間をかけ、自分たちの額や頬にある黄褐色の毛に同じくらいの世話と注意を払い、自分たちにとって最も相応しいように仕立てる。自分の国の流儀について注意を向けることについて、どちらか片方がもう片方を軽蔑する者は誰であろうとも、或いは相手の方を笑いたいと笑い声を上げるのはどちら側であろうとも、野蛮人である」（サー・ジョシュア・レノルズ『論考』第一巻、二三一―二三二頁）

52　原注二：この名前は元々はBraughtonと原稿には書かれており、印刷者によってBranghtonと誤ってタイプされた。だがBranghtonでも、この場としては相応しい名前で、適用されるにあたった。ローレンス・スターンの『センチメンタル・ジャーニー』で美容師は留め具について「海に浸けるんだな、そうすればそれは浮かび上がる」と述べている。

53　原注三：当時国を治めていた王子の慇懃さを仄めかしつつ、立派な女性は「次はあなたの番ですよね」と言われたが、彼女はそれに答えて「いえ、きっとそうではないことを望みますよ。だって断ることなんてできないではありませんか！」と言った。

54　原注四：

ガートルード：忍耐心を持って、ペトロネル氏が近づくか見ていてちょうだい。あの素敵で、素晴らしく、上品な、あの……、お願いだから、彼が来たら教えてちょうだい。ああミル、私のお父さんはうだつの上がらない商売長だけれど、それでも私はレディなのだから、神に誓ってお母さんは私を奥様って呼ばないと駄目なのよ。彼はやってくるの？　恥ずかしいからこの上着はさっさと脱ぐわ、さっさと脱ぐ！　私のナイトはお願いだから私の服のスタイルを都会一般のものとは絶対に思ってほしくないわ！　引き裂いて！　こんなもの（あの人は来るの）、引き裂いて！　だから彼女が寝ている間、私は彼女のことで残念に思うわ（歌う）。

ミルドレッド：ほんと、一体なんて厚かましい焦燥と恥いっぱいの見下した気持ちで都会のことをどかしてしまうのかしら！　あなたが私たち二人を形作ったものを否定することを正しいと思っているなんて気の毒で仕方がないわ。

ガートルード：言っとくけど、私には耐えられないのよ。私はレディでなければならないの。ロンドン風の衣装なのにコイフなんて被っているのね！　ペチコートに二つのクッションン！　ビロードのレースとフードのついたバフ仕上げの上着を！　私はレディでなければならないし、レディになるの。私は街の婦人たちのユーモアは、そこそこは気に入っているわ。頼んでくれる人がいる前で一ポンドのさくらんぼを食べること、結構なことね。深紅色でいっぱいのを黒に染めることは、素敵なことね。グログラム製の上着をビロードで綺麗に裏打ちをする。悪くない。全くのリネン、彼らの三ポンドのスモック、それらを全部身につける。でもあなたの気どった几帳面さ、琥珀のピプキン、四人が着るようなペチコート、そして銀色の束髪ピン……、本当にもう！　私はレディになるんだから、そんなものには耐えられないわ。

ミルドレッド：まあ姉さん、自分の巣を馬鹿にする人は萎えた翼で飛ぶことになるのが普通よ。

ガートルード：ロンドンっ子ね！　可哀想なミル、私がレディになってもあなたのために祈るわ。そして相変わらずミルと呼んであげることをお伝えするわ。あなたは私のようなレディになりそうにないけれど、確かにあなたは神様がお造りになった者で、多分私が救われるとすぐにあなたも救われるわ（あの人来る？）。

（そしてすぐに彼女はさらに歌い続けた）

ミルドレッド：あら（レディと会えて幸せです）、なんて下品な不作法者がここにいるのでしょう！

（サー・ペトロネル・フラッシュ、タッチストン夫妻入場）

ガートルード：私のナイトは来たの？　ああ神様、紐を用意しないと！　ミル、私の頰は大丈夫かしら？　少し耳の方を叩いてみて、紅くなっているようだから。さあ、さあ！　あそこ、あそこ、ついに来たわ！　私の大好きな幸せ！　神様、神様！　それで私のナイト様はどうなの？

タッチストン：これ、もっとおしとやかになりなさい。

ガートルード：おしとやかに！　私はもう平民じゃないのよ。おしとやかに！　私は結婚するんじゃないの？　私をおしとやかにするのが精一杯よ、私はレディになるのだからね。

ペトロネル　：大胆さっていうのは素敵な流儀で宮廷人みたいだね。

ガートルード：地方のレディならきっとそうね、そうなるわ。それでどうしてもっと早く来てくれなかったの、ナイトさん？

ペトロネル　：ウェールズのナイトであるエペナウンの伯爵の一人と一緒にいて楽しかったんだよ。

それとワッカム卿と四クラウンで風船対決をしていたんだ。
ガートルード：それで一体いつ結婚してくれるの、私のナイトさん？
ペトロネル　：今その結婚を完全なものにするために来たんだ。そして君のお父さんは哀れなナイトを義理の息子と呼んでもいいんだ。
タッチストン夫人：ええ、彼はナイトだからね。紳士の付添人や報道人に対して料金を払わなければいけなかった。ああ、彼はナイトだもんね。あなたもそうだったかもしれないわね、ご近所の人たちと同じく愚かでなければね。あなたがナイトでなかったなら、私自身であなたをナイトにしたことね。私は正直な女なんだから。私は神を賛美するわ、そのために必要なものは全部揃っているの。でもガートルードお前については……。
ガートルード：ああ、お母さん、私は明日レディにならないといけないの。そしてお母さんのお許しによって（私は義務によってこう言うの、ただ夫の権利だけに基づいてね）私はあなたの立場をとらないといけないの。
タッチストン夫人：ええ、そうねレディの娘さん。私と同じく馬車を所有することになるの。
ガートルード：そうよ、お母さん。でも私の馬車の馬はお母さんの馬が置かれている部屋のところに設置されないといけないわ。

タッチストン：さあ行こう、日は沈んでいく。もう夕食だよ。そしてペトロネルさん、私の娘に敬意を払ってください。あなたのために裕福で誠実で、名高い善良な男性との縁談を断ったのですからね。

ガートルード：全くその通りよ、あの平民、平民たち！　素敵なナイトさん、私たちが結婚したらあなたの力ですぐに私をこの悲惨な街から連れ出してくださいな。すぐに、このニューカッスルの石炭の匂いと、ボー教会の鐘の音から私を連れ出して、お願い。一緒に連れてって、お願いだから。

（第一幕第一場）

この健康で誇示したような老人は当時の年代において特徴的だったものと思われる（『昔の負債を返済するための新しい方法』等を参照）。下品さや、思索と論考（現代のか細く、流通している表現方法）のあらゆる知性的、抽象的なテーマが全く欠けているかのようで、精神は自分の名前に称号が与えられるという煌めいた音に抵抗する術もなく引き寄せられていって、自分という人間のイメージは昔風の華美な装飾を身につけることによって打ち出されたというわけである。彼女のこの効果は、当時普通だった貧窮や貧困並びに奢侈と技巧を凝らした洗練さのより強い贅沢の間に更に著しいコントラストをもたらした。

55
原注五：

ガートルード：あら全く、今日では妖精なんていないのね。

シンデフィ　：どうしたのですか、奥様？

ガートルード：奇跡を起こして、レディたちにお金を持ってきてくれたら。確かに綺麗な家で暮らしたら、そこに妖精たちも住み着くんじゃないかしらね、シンニ？　今夜部屋をすぐに掃除して、水の入ったお皿を暖炉の上に置いておくわ。そうすれば妖精がやってきて真珠やダイヤモンドを持ってきてくれるかもしれないから。実際はどうかわからないわ、シンニ。そうじゃなくてもしかすると金が詰まった壺が庭のどこかに隠されていたりして、それを掘り出すための道具が必要かもしれないわね。一緒に朝早く、シンニと私で誰よりも早く起きて、百ポンド相当の宝石を通りで見つけるというのはどう？　深夜にパーティから帰ってきた宮廷の偉い女か何かが、自分の馬車を見つけようとするけど、その肝心の馬車は走り出していてそんな宝石をなくしちゃって、私たちが見つけると言うのはどう？　ハハ！

シンデフィ　：結構現実的な夢ですね、それは。

ガートルード：それとも誰か年とった高利貸しが一晩中金の入ったカバンを持ちながら酔っ払っちゃって、店の後ろに置き忘れてしまったというのはどう？　お願いだから、シンニ、明日夜明けと一緒に起き上がって見てみようよ。私が市参事会員くらいたくさんのお金があったら、それを貧しい婦人たちがいる通りにばら撒いて、それをナイトとしていつ皆が拾い上げるか確かめてみたいわ。そして今では「黄金のにわか雨」の歌は覚えているけれど、どうして私もその歌のような運命を辿らないなんてことがあるでしょう？　私はそれを歌って、そしてどんな幸運があるか試してみるわ。

（第五幕第一場）

【訳者注】

cclxv　原文では 'thin partitions do their bounds divide.' 表記。十七世紀イングランドの詩人ジョン・ドライデン（John Dryden, 1631-1700）の『アブサロムとアキトフェル』に同様の表現があり、ここからの引用であろう。

cclxvi　Frances Burney（1752-1840）：十八世紀から十九世紀イギリスの小説家。音楽家の娘であり、前述した『セシリア』など少女を主人公とした作品を手がけた。

cclxvii　原文では 'Great Vulgar and the Small' 表記。サミュエル・ジョンソンの『アイドラー』などに同様の表現があり、ここからの引用と思われる。

cclxviii　Grub street：ロンドンにかつてあった通りの名前。現在は名前を変えられたことで消滅しているが、貧しい文学者が多く住んだことから「貧乏文士街」という表現としてその名を残している。

cclxix　Jeanie Deans：十九世紀イギリスの小説家ウォルター・スコット（1771-1832）による『ミドロジアンの心臓』（The Heart of Mid-Lothian）の登場人物。濡れ衣を着せられて死刑宣告された妹の恩赦のためにロンドンの王室に徒歩で向かったことで知られる。

cclxx　Caliban：シェイクスピアの戯曲『テンペスト』に登場する怪物。舞台となった島を所有していた魔女の息子であったが、島に流れ着いた主人公プロスペローの魔術により逆らえなくなり、彼によって下働きをさせられた。

cclxxi　John Emery（1777-1822）：十九世紀イギリスの俳優。原文ではEmery表記。サンダーランド生まれで、ヨークシャーにおいて初等教育を受けた。元々は音楽家であったが、のちに俳優に転身し、成功を収めた。

cclxxii　原文ではAn author! 'tis a venerable name: How few deserve it, yet what numbers claim! 表記。十八世紀イギリスの詩人であるエドワード・ヤング（Edward Young, 1683-1765）がアレキサンダー・ポープにあてた書簡『時代の作家に関するポープ氏への二つの書簡』（Two Epistles to Mr. Pope concerning the Authors of the Age）に同様の表現があり、ここからの引用と思われる。

cclxxiii　Lord of the Bedchamber：ベッドチャンバー卿とはイギリスの王室における廷臣の称号であり、歴代においても数十人存在するため、この箇所における初代ベッドチャンバー卿を指す対象は不明瞭である。

cclxxiv　Eastward Hoe：一六〇五年初演の市民喜劇。Eastward Ho! とも表記される。文中に記載のとおり、ジョージ・チャップマンとベン・ジョンソン、ジョン・マーストンによる共作であり、近世ロンドンへの風刺が多分に含まれている。

cclxxv　原文では 'worn in their newest gloss' 表記。シェイクスピアの『マクベス』第一幕第七場に Which would be worne now in their newest glosse, という引用があり、ここからの引用であろう。

cclxxvi　原文では And all was conscience and tender heart 表記。十四世紀イングランドの詩人ジェフェリー・チョーサー（Geoffrey Chaucer, 1343-1400）による『カンタベリー物語』（The Canterbury Tales）に同様の表現があり、ここからの引用であろう。

訳者プロフィール
高橋　昌久（たかはし　まさひさ）
哲学者。著書に、
『マテーシス』（2016年、幻冬舎）
『心言集』（2016年、幻冬舎）
『古典 bot～140字で読む文学・哲学～上巻』（2018年、文芸社）
『古典 bot～140字で読む文学・哲学～下巻』（2019年、文芸社）
『プラトンとマテーシスとソクラテスと―上巻―』（2020年、文芸社）
『プラトンとマテーシスとソクラテスと―下巻―』（2020年、文芸社）
『続・文体練習』（2022年、文芸社）
翻訳に、
『負けない方法』（2020年、文芸社）
『彩られしヴェール』（2024年、文芸社）
がある。

テーブルトーク　上

2025年２月15日　初版第１刷発行

著　者　ウィリアム・ハズリット
訳　者　高橋　昌久
発行者　瓜谷　綱延
発行所　株式会社文芸社
〒160-0022　東京都新宿区新宿1－10－1
電話　03-5369-3060（代表）
03-5369-2299（販売）

印刷所　株式会社フクイン

ISBN978-4-286-25787-7

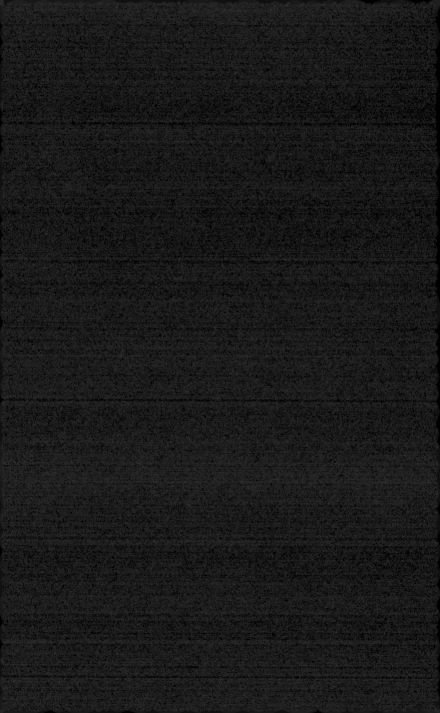